Die **Type:Writer**-Bibliothek
Band 5

Mitternachtsdämmerung

AF206542

Sascha André Michael

Mitternachtsdämmerung

Kurzgeschichten und
Erzählungen

Die **Type:Writer**-Bibliothek, Band 5

Bibliografische Information der Deutschen Nationalbibliothek:
Die Deutsche Nationalbibliothek verzeichnet diese Publikation in der
Deutschen Nationalbibliografie; detaillierte bibliografische Daten sind
im Internet über http://dnb.dnb.de abrufbar.

www.Facebook.com/SaschaAndreMichael
www.Facebook.com/TypeWriterBucharest

Herstellung und Verlag:
BoD – Books on Demand,
Norderstedt

ISBN: 978-3-7460-2997-9

Rache (zugehöriges Verb *rächen*) ist eine Handlung, die den Ausgleich von zuvor angeblich oder tatsächlich erlittenem Unrecht bewirken soll. Von ihrer Intention her ist sie eine Zufügung von Schaden an einer oder mehreren Personen, die das Unrecht begangen haben sollen. Oft handelt es sich bei Rache um eine physische oder psychische Gewalttat. Vom Verbrechen wird sie im archaischen Recht durch die Rechtmäßigkeit unterschieden.

(*Wikipedia*)

Die Rache ist mein! Ich will vergelten,
spricht der Herr!
(*5. Mos. 32,35*)

Die Rachegötter schaffen im Stillen.
(*Schiller, Braut von Messina*)

in the bottomless silence. without warning
a curtain slowly ascends revealing
a midnight dawn. A whisper of chill wind
and white sun eclipsed by pale yellow moon.

rumor of distant thunder trembles along the
edge of a galaxy
cascading down infinite corridors of burning
mirrors reflecting and rereflecting
momentous oceans of stampeding
wild horses.

glass shatters, shrieks and spins away
becoming clusters of starfall that scatter
from hidden places. pulsating. relentless.
like a recurring nightmare.

centaurs throb within the blood crossing
atreries of storming cavalries the
crash though the top of your head.
recycle and recur
again and again.
reminding of white suns eclipsing oceans of
stars shrieking through the midnight dawn.
Never ending. without warning.

(William Friedkin, The Sorcerer)

INHALT:

Schwarzer Schnee

Juli 2014. Gestern habe ich den Artikel gelesen, und nun platzt mir fast der Schädel. Darum versuche ich zumindest, alles aufzuschreiben, obwohl mir einerlei ist, wo und ob dies je veröffentlicht wird. Und ich sag auch vorweg, dass es mir ebenso egal ist, ob man mir das alles nun glaubt oder nicht. Ich weiß, dass es genau so passiert ist. Immerhin ist es *mir* passiert.

Zugegeben, beim Schreiben merke ich, dass sogar *mir selbst* meine Erinnerungen verrückt und unglaublich vorkommen. Aber dann muss ich nur meine Hände anschauen, und schon wird mir wieder klar, dass es keine Spinnerei, sondern schmerzhafte und völlig unbegreifliche Realität war, was damals auf dieser gottverdammten Straße vorging.

Irgendwie begann alles mit dem Kerl von der Tankstelle. Also, ich frage Sie: was erwartet man an einer Tankstelle, die Meilen von der nächsten Stadt entfernt wie ein nachträglicher Einfall an eine einsame Landstraße in South Dakota geklebt worden war? Vermutlich etwas wie einen zahnlosen, steinalten Kerl mit roter Baseballkappe und Latzhose; meinetwegen auch einen Psychokiller mit Kettensäge, der als Tankwart verkleidet auf neue Opfer lauert.

Doch wen fanden wir an jener Tankstelle tatsächlich?

Einen blonden Surfertypen mit breitem, fröhlichen Grinsen und schrecklich guter Laune. Sie wissen schon, einer von jenem seltenen Schlag Menschen, denen damals keine Nachgeburt, sondern eine Schwall Konfetti und Luftschlangen aus Mamas Schoß gefolgt waren. Prächtig.

Meine Laune war sowieso schon nicht gerade auf dem Höhepunkt gewesen. Die Reise, mit der Paula und ich versuchten, unsere brüchig gewordene Ehe wieder zu kitten, war bislang nicht unbedingt (wie es unser halbwüchsiger Sohn formulieren würde) *»der Bringer«* gewesen. Das ständige Nörgeln und Giften, das wir eigentlich zu Hause im guten, alten Fürth hatten lassen wollen, war wie so ein tropisches Insekt in einer Bananenkiste als blinder Passagier mit uns gereist. Spätestens nach der dämlichen Panne, als wir unseren Leihwagen abholen wollten und man uns auf den falschen Parkplatz schickte, waren Paula und ich wieder zur üblichen Hochform aufgelaufen, was Knatsch, Schuldzuweisungen und Uneinigkeit anging.

Inzwischen waren wir an einem Punkt angekommen, wo mir klar wurde, dass sich außer der Gegend, durch die wir uns bewegten, und der Sprache, die die Leute sprachen, eigentlich nichts gegenüber unserer Situation in Deutschland verändert hatte. Leider.

Aber noch wollte ich die Flinte nicht ins Korn werfen. Die Reise dauerte ja noch ein Weilchen, und so sehr dieses verdammte Zanken scheinbar zu unserem Alltag gehörte, wollte ich die Hoffnung auf ein gutes Ende unserer Autotour entlang der familiären Wurzeln meiner Frau nicht aufgeben. (Vielleicht hoffte dies jedoch auch nur der sparsame Schwabe in mir, der nicht eingestehen wollte, dass die Unsumme, die unsere Reise bislang gekostet hatte und noch kosten würde, tatsächlich mehr oder weniger in den Wind geschossen sein sollte.)

Tatsache blieb jedoch, dass etwas eindeutig schief lief, und zwar in *jeder* Beziehung.

Hier standen wir also an dieser Tankstelle irgendwo in der Pampa von South Dakota, und während *ich* den Zapfhahn bediente wie ein gefügiger Untertan, danach die Windschutzscheibe putzte und den Reifendruck checkte, plauderte und flirtete meine Frau mit Mister Superentspannt, dem blondmähnigen, unsagbar fitten Surfertyp. Ich bemerke dies absichtlich, denn glauben Sie nicht, mir wäre nicht aufgefallen, dass ihr sein gutes Aussehen *zu sehr* imponierte (während für mich meistens abfällige Bemerkungen etwa über meine wild wuchernden Augenbrauen auf dem Programm standen.)

Da sie diejenige mit dem amerikanischen Familienteil war, sprach sie fließend Englisch, während man die paar Brocken, die bei mir aus der Leinfelden-Echterdinger Schulzeit hängen geblieben waren, höchstens als *rückständig* bezeichnen konnte. Dass ich demnach von der Unterhaltung der beiden kaum etwas mitbekam, drückte meine Stimmung sogar noch weiter in den Keller. Nicht dass ich Paula Brüderle, geborene Regenauer, so etwas zugetraut hätte. Aber tatsächlich *könnten* die beiden da über mich lästern, dass kein Auge trocken blieb, während ich ein paar Meter daneben stand und nichts davon mitbekam. Kein schöner Gedanke.

Mister Ultracool sagte etwas zu ihr, und sie kicherte. In Momenten wie diesen sah sie fast wieder wie das Mädchen von siebzehn aus, in das ich mich damals verliebt hatte, und nicht wie die erwachsene Frau von neununddreißig, die immer deutlicher das Zankgehabe ihrer Mutter an den Tag legte. Wahrscheinlich denken Sie nun, das wäre eine billige Retourkutsche, aber es war einfach eine Beobachtung. Und ich muss ehrlicherweise hinzufügen, dass sich Paula in unseren achtzehn Ehejahren zumindest optisch wesentlich besser gehalten hatte als ich. Ich war ganz schön aus der Form gekommen, seit ich die aktive Rolle in meinem Klempnereibetrieb gegen ein Chefdasein am Schreibtisch eingetauscht hatte. Paula hingegen sah man die ganzen Jahre des Wohlstandes sicher nicht an, wohl aber ihre weibliche Lebenserfahrung, was ihr jene gewisse Anziehungskraft verlieh, die weit über ein normales Maß an Hausfrauen-Attraktivität hinausging.

»*What?*«, fragte sie und lachte laut auf.

Der Surfertyp nickte eifrig und machte eine Geste, die ich witzig fand: er zeichnete mit dem rechten Zeigefinger zwei kleine Kreuze auf seine linke Brust. Es sah wie ein Schwur aus, ein Ehrlichkeitsschwur unter Kindergartenkindern.

»*Come ON, you must be kidding!*«, sagte Paula und sah mit blitzenden Augen zu ihm auf. »*You're just trying to scare me, right?*« - *Du jagst mir Angst ein,* das verstand ich noch, seine Antwort war schon wieder außerhalb meiner Kenntnisse.

Kurz darauf bezahlte ich den Sprit und ein paar Snacks, dann stiegen wir wieder in den Ford Taurus von der Hertz Autovermietung. Endlich ließen wir die verdammte Tankstelle hinter uns.

»Er studiert Tiermedizin, ist das nicht goldig?«, sagte Paula etwa vier Kilometer später in fröhlichstem Zwitscherton.

»Wer?«, fragte ich, obwohl ich die Antwort schon kannte.

»Justin natürlich«, sagte sie. »Unser Tankwart von eben.«

»Paula, ein Tankwart ist jemand, der die Arbeit macht. *Ich* war unser Tankwart. *Er* hat nur kassiert«, sagte ich und wiederholte dann noch mal tonlos den Namen: *Justin.* »Was will Justin denn heilen? Surfende Chihuahuas? Oder will er Fitnesskurse für übergewichtige Pudel anbieten?«

»Das schlimme ist, Felix, dass du deine erbärmlichen Bemerkungen und Retourkutschen als einziger Mensch dieser Erde wirklich für witzig hältst«, meinte Paula. Sie sagte immer in diesem ganz speziellen Tonfall *Felix* zu mir, wenn sie damit zeigen wollte, dass sie auf dem Weg war, wütend zu werden, oder zumindest knatschig. »Obwohl du es ihm nicht zutraust, weil *er* auf sein Äußeres achtet ...« (*Autsch!* dachte ich.) »... hat dieser Junge viel mehr Grips als die meisten der Typen in deinem Betrieb, den du so vergötterst.«

»Klar, und er trägt gern Cargohosen, kämpft für den Weltfrieden und fährt im Winter Snowboard«, sagte ich.

Sie zog eine Schnute, die besagte, dass sie *darauf* nicht im Traum einzugehen gedachte.

»*Etwas* Seltsames hat er gesagt, als ich ihm erzählt habe, dass wir unterwegs in Richtung Wall sind, weil ich dort entfernte Verwandte habe«, fuhr sie fort. Diese Bemerkung ließ mich unwillkürlich wieder grübeln, was sie Justin noch alles erzählt hatte. »Er meinte, wenn wir in diese Gegend wollen, müssen wir *unter allen Umständen* auf den Hauptstraßen bleiben und diese keinesfalls verlassen, wenn uns ... er sagte *‚unsere Finger lieb sind‘*. Ist das nicht merkwürdig?«

»Klingt nach sehr viel hochkarätigem Grips«, meinte ich dumpf. Noch eine Anspielung, die sie ignorierte. Besser so.

»Vielleicht meinte er ja, dass wir uns verirren und die Finger durch Erfrierungen verlieren könnten«, sagte sie gedankenvoll. »Wahrscheinlich ist das nur eine typische Redensart hier. So wie *‚Pop‘* oder *‚Corn hole‘*.«

»Oder eine unheimliche Bande von Fingerräubern treibt dort zwischen den Dörfern ihr Unwesen, so wie in diesem blöden Film, *Signs* hieß er doch, oder?!«

»*Naaa*«, sagte Paula in breitem Fränkisch. »Du meinst *das Dorf*. Selber Regisseur, anderer Film.«

»Was auch immer«, meinte ich. Auf Diskussionen über Gruselfilme hatte ich nun keine Lust. Sie mochte diese Art von Streifen, ich konnte nichts damit anfangen. Wenn ich mir einmal ein solches Machwerk antat, dann nur Paula zuliebe.

Die nächste Zeit schwiegen wir uns erst einmal an (noch eine Disziplin des Ehezwist-Zehnkampfes, in der wir inzwischen beide Profis waren.) Doch als wir uns schließlich jenem Ort näherten, in den Paula ihren 1871 nach Amerika ausgewanderten Urgroßvater Mütterlicherseits zurückverfolgt hatte, wurde unser Groll geringer, so als habe man ihn an einen Lichtdimmer angeschlossen.

Paula war nun eher mit wachsender Vorfreude und Aufregung beschäftigt, und ich freute mich für sie und mit ihr. Ich fühlte mich besser. Ich hatte beim Fahren entspannen und buchstäblich Abstand gewinnen können; einerseits dank des völlig unehrgeizigen Autoverkehrs auf dieser Landstraße (*ein Unterschied wie Tag und Nacht zu den verbissenen Freiluftpsychiatrien, die man ,deutsche Straßen' nannte*) und nicht zuletzt auch dank des Autos selbst. Über Mietwagen gab es ja wahre Horrorstorys, aber dieser taubenblaue Ford war wirklich erste Sahne – ein fahrendes Sofa. Die strikte Geschwindigkeitsbegrenzung sorgte stets für einen angenehmen und geordneten Verkehrsfluss, immerhin machte sie amokartige Blindflüge wie in Deutschland fast unmöglich.

Als wir den Badlands Nationalpark durchquerten, wurden wir immer wieder von Hinweistafeln (*Memorials*, wie sie Paula nannte) daran erinnert, dass hier ganz in der Gegend das Massaker von Wounded Knee stattgefunden hatte. Dies war, wie ich inzwischen wusste, eines der schlimmsten Verbrechen an der indianischen Zivilbevölkerung: mindestens 200 Männer, Frauen und Kinder vom Stamm der Lakota-Indianer waren kurz nach Weihnachten 1890 vom 7. Kavallerieregiment der US-Armee niedergemetzelt worden. *Paulas Urgroßvater hatte sich eine ziemlich berüchtigte Gegend zum Ansiedeln ausgesucht,* dachte ich, während ein weiterer Memorial am Straßenrand vorübersauste.

Warum auch immer, aber ich erinnere mich noch glasklar an den Gedanken, der mir danach durch den Kopf ging: *Ich hoffe, das ist kein böses Omen oder so was*

Wenn ich es nur geahnt hätte.

Wenn, verdammt noch mal ...

Bei einer 900-Seelen-Gemeinde namens Wall wechselten wir die Straßen. Oder besser: wir verließen unsere gute, breite und gepflegte Landstraße für das wahre Abenteuer. Nun standen uns nämlich noch knappe zwanzig Meilen über vermutlich sehr obskure Nebenpfade bevor, bis wir nach endlich Franken Bridge gelangten, dem Ziel unserer Reise.

Das von Erlanger Auswanderern (darunter auch Paulas Urgroßvater) gegründete Franken Bridge lag südlich eines Ortes namens Faith, also Glaube, und hatte heute noch sage und schreibe 500 Einwohner, viele davon mit Nachnamen wie Schamberger, Goerner, Kleinlein oder eben Regenauer. Es war vielleicht nicht unbedingt ein weißer Fleck auf einer Landkarte, aber bestimmt auch kein schwarzer. Wer nicht wusste, dass sich das Dorf dort befand, würde sicherlich nie danach suchen. Genau deshalb hatte uns eine jener Verwandten, die heute noch hier lebten (eine Groß-Großcousine namens Sheila Regenauer-Edwinson) per Email einen Routenplan geschickt. Darauf beschrieb sie detailliert, wie wir fahren sollten, welche Straßen sicher waren und welche wir auf jeden Fall meiden sollten (*wieso auch immer, vielleicht wegen der Fingerräuber, die auch Justin, der*

Tiermedizin studierende Surferboy und Halbtagstankwart so fürchtete.)

Die Straße, auf der wir die Route beginnen sollten, war schmal, aber wenigstens geteert. Sie zog sich ungefähr fünf Meilen schnurgerade dahin, dann beschrieb sie eine scharfe Rechtskurve. Nach einigen weiteren Kilometern durch eine malerische Ansammlung von Nichts, Gar Nichts und Überhaupt Nichts kamen wir an eine Wegkreuzung, die auch auf Sheilas Karte verzeichnet war. Hier sollten wir einfach geradeaus weiterfahren und auf dieser Straße bleiben, bis wir Franken Bridge erreichten. Ich bremste abrupt vor dieser Gabelung.

»Was ist?«, fragte Paula und sah von ihrem Reiseführer (*Discover the real South Dakota*) auf. Es war mir schleierhaft, wie sie das machen konnte – beim Autofahren größere Texte zu lesen war für mich ein Ding der Unmöglichkeit. Sofort wurde mir speiübel, wenn ich unterwegs ein Buch nur in die Hand nahm. Ich hatte mal gelesen, dies habe etwas mit dem Mittelohr zu tun; vielleicht täuschte ich mich aber auch.

»Die Qual der Wahl«, sagte ich und zeigte auf ein Schild vor der Kreuzung.

Unter einem nach links deutenden Pfeil konnte man in verblichenen Buchstaben lesen: **FRANKEN BRIDGE 7 MILES**. Unter der geradeaus zeigenden Wegmarke prangte eine neuer wirkende Beschriftung: **MEYERS MILLS 5 MILES – NEW ESSEN 8 MILES – FRANKEN BRIDGE 20 MILES**. Die linke Abzweigung führte uns offenbar auf viel direkterem Wege nach Franken Bridge; der von Sheila vorgeschlagene Weg mündete dagegen in eine fast *drei*mal so lange Herbstrundfahrt im Abenddunst.

»Was gibt es da zu wählen?«, sagte Paula. »Geradeaus.«

»Nee, *ich* plädiere ganz klar für den kürzeren Weg«, sagte ich und machte ein paar unterstreichende

Handbewegungen. »Ich meine, es wird spät und ich bin froh über jeden Kilometer ... nee, ich meine natürlich über jede *Meile*, die ich auf diesen Straßen nicht zurücklegen muss.«

Paula verzog das Gesicht. »Aber Sheila hat ausdrücklich geschrieben, dass wir nicht links abbiegen sollen – schau her: *don't turn left!!* Mit zwei Ausrufezeichen. Und Justin war der gleichen Meinung.«

Den surfenden Sunnyboy zu erwähnen, war sicher das falscheste, was Paula in dieser Situation hätte tun können.

»Im Gegensatz zu diesem Wegweiser interessiert mich die Meinung von Justin einem feuchten Dreck«, sagte ich scharf. »Ich wiederhole noch mal: es wird langsam dunkel, das Wetter ist nicht wirklich einladend, und ich möchte jetzt endlich *irgendwo* ankommen, verstehst du? Außerdem haben wir ja das Handy.«

Ich tippte mit den Fingern auf mein Mobiltelefon, das in einem Ablagefach hinter dem Wahlhebel des Automatikgetriebes lag und verkündete, dass wir selbst hier immerhin einen Balken Netzempfang von T-Mobile USA hatten.

»Ich fände es trotzdem sicherer, wenn wir auf *dem* Weg blieben, den uns Sheila genannt hat, Felix«, sagte Paula mit einem unbehaglichen Blick nach draußen. »Das hat sie sicher nicht ohne Grund geschrieben.«

»Du kannst sie ja fragen, wenn wir da sind. *In sieben Meilen!*«

Ohne ein weiteres Wort oder Paula auch nur die Chance zu einer Erwiderung zu geben, schaltete ich die Automatik auf D für *drive*, gab Gas und brachte den Ford ruckartig auf die linke Spur der Weggabelung.

Letztlich war es dies nicht der beste Entschluss, den ich je gefasst habe. Selbst ohne das, was uns bevorstand, blieb er ziemlich unklug. Aber ich hatte es beschlossen, und nun musste ich dazu stehen. Doch schon nach einer

Meile hörte ich diese garstige kleine Stimme in meinem Kopf, die mich andauernd frage, ob ich ein Grasdackel sei und warum ich mir ausgerechnet *diesen* Ort ausgesucht hatte, um mal wieder meinen schwäbischen Dickkopf durchzusetzen.

Und leider hatte die Stimme Recht. Eine unverantwortliche Dummheit war es, jetzt hier lang zu fahren. Das wurde mir immer deutlicher, was ich jedoch *niemals* einem anderem gegenüber eingestanden hätte. In mir jedoch brodelte es. Das Außenthermometer auf dem Display zwischen Tacho und Drehzahlmesser zeigte an, dass kuschelige fünf Grad dort draußen herrschten, außerdem kroch die Abenddämmerung weiter über den Himmel. Der Nebel schien wie eine Kette von verschieden starken Blutergüssen mal dicker und mal durchsichtiger zu werden. Ich stellte die Heizung des Wagens zwar ein wenig höher, doch mir wurde nicht wärmer, denn das Frösteln der Nervosität saß zu tief in meinen Knochen.

Zwei Meilen hinter der Weggabelung rumpelten wir durch ein kratergroßes Schlagloch, und ich musste noch mehr Geschwindigkeit wegnehmen. Immer öfters kamen wir auf dem matschigen Untergrund ins Schlingern, und ich hörte die Antriebsräder durchdrehen.

Dann geschah etwas, das mich bis heute entsetzt: Ich konnte zusehen, wie die Außentemperatur absank. Wir fuhren in diese blendend weiße Nebelbank, und das Display zeigte zuerst +5 Grad Celsius. Eine Sekunde später waren es nur noch +4 ... dann +2 ... und als die Dichte des Dunstes endlich wieder etwas nachließ, herrschten um uns *minus vier Grad*. Die Temperatur war innerhalb von 20 Sekunden und vielleicht 250 Meter Wegstrecke um neun Grad gesunken.

Einen Moment später blieb mein Herz dann buchstäblich stehen, als wir auf ein von Schnee bedecktes Plateau hinausrollten. Wir waren unvermittelt in ein

Weltall aus weiß getaucht, in der es kein Oben und Unten zu geben schien. An irgendeinem Punkt waren Dunst und Schnee einfach miteinander verschmolzen. Ich hatte schon gelesen, dass ähnliche Wetterverhältnisse sogar für Flugzeugabstürze verantwortlich sein konnten, und in diesem Moment wusste ich, wieso. Nach ein paar Sekunden hatte ich völlig die Orientierung verloren.

»Großer Gott, Felix?!« Paula ächzte auf.

»Sag nichts, *bitte* sag jetzt nichts«, meinte ich und kniff die Augen zusammen, um irgendwie zu erkennen, wo die Straße entlang führte. Zu guter Letzt fand ich etwas, nach dem ich mich orientieren konnte: es war eine dunkle Fläche, die sich zuerst verschwommen und dann deutlicher jenseits des Nebels abzuzeichnen begann. Dieser Schatten entpuppte sich nach ein paar Sekunden als breiter Streifen aus einer seltsamen dunklen Substanz. Anfänglich dachte ich noch, es würde sich um Asche oder Ruß handeln, der auf dem makellos gleißenden Schnee verstreut worden war. Aber das war es nicht.

»Felix, was *ist* das?«, fragte Paula.

»Das siehst du doch – Schwarzer Schnee«, antwortete ich und betete immer inbrünstiger, dass wir nicht stecken blieben würden. Nicht nur, weil dieser von Ruß bedeckte Schnee der Inbegriff von allem Seltsamen zu sein schien und bei mir einen namenlosen Schrecken auslöste. Es gab noch diverse andere unmittelbare und viel weniger mystische Gründe: Auf dieser Straße kam realistisch gesehen nur alle Schaltjahre ein anderes Auto vorbei.

Und was noch schlimmer war: was, wenn ich tatsächlich in meiner Orientierungslosigkeit von der Straße abgekommen war, ohne es zu merken? Zumal auch das Handy keine Hilfe mehr sein würde, immerhin hatte es schon seit der vorletzten Nebelbank selbst den letzten Balken an Netzempfang eingebüßt. Dieses Detail hielt mir die Gefahr unserer momentanen Situation wohl am deutlichsten vor Augen.

Wenn wir jetzt stecken blieben, dachte ich, *konnte man uns im nächsten Februar als Klempnermeister-und-Frau-am-Stiel ausbuddeln.* (Ich gönnte mir diesen Galgenhumor in der Hoffnung, dass es sich um jene Art von Sarkasmus handeln würde, von der man anderen Menschen später erzählen konnte.)

Aber dann verlor ich schlagartig allen Mut. Ich gab zu viel Gas. Verdammt, es war nur ein *Hauch*, aber es genügte, um den Ford außer Kontrolle geraten zu lassen. Der Wagen glitschte zuerst seitwärts, wie durch Aquaplaning, dann gab es einen Ruck ... und nichts bewegte sich mehr. So hart oder so vorsichtig ich nun auch Gas gab, der Ford steckte fest.

Wir waren gestrandet. Und ich hatte Schuld daran.

Die folgende Stille hielt nur für ein paar Atemzüge, und mir war klar, dass sie enden würde und musste, sogar *wie* sie das tun würde: »O Gott, Felix!«, flüsterte Paula. »Sag, dass wir nicht feststecken ... bitte sag dass wir nicht feststecken!«

»Okay«, sagte ich. »Wir stecken nicht fest.«

»Und *lüg mich nicht an!*«

»Du wolltest es doch«, rief ich. »Denn wir stecken fest!«

»O Gott, Felix, du solltest es doch *nicht* ...«

Trotz der drohenden Gefährlichkeit unserer Situation fühlte ich den Drang, Paula ein *bisschen* zu würgen.

»Keine Panik, ja?!«, sagte ich, nachdem ich mich etwas beruhigt hatte. Dann löste ich meinen Gurt. »Ich schaue mir das mal an.«

»Na prima, jetzt fühle ich mich schon *viel* sicherer.«

Ich schluckte allen Zorn und Ärger herab wie eine Aspirintablette ohne Wasser und verließ dann das sichere und mollig warme Auto. Mit knirschenden Schritten ging ich um den Mietwagen herum. Ich hatte mit vielem gerechnet, aber nicht mit dem, was sich mir hier draußen bot. Es war keine Asche- oder Rußschicht, wie ich gedacht hatte. Der Schnee *selbst* war tatsächlich schwarz; schwer, pappig und pechschwarz. Ich verrieb ein wenig davon in meinen Fingern und erwartete einen passend finsteren Rückstand, doch das Schmelzwasser in meiner Hand hatte stattdessen eine seifige Konsistenz ... und war so rostrot wie angetrocknetes Blut.

»Das ist doch alles nicht wahr«, brummte ich.

Doch, das ist es, und zwar nur, weil du deinen verdammten schwäbischen Dickkopf durchsetzen und weder von deiner Frau noch von Justin, dem surfenden Veterinär-in-spe, einen Rat annehmen wolltest!, sagte eine zynische Stimme in meinem Kopf. *Aber zumindest* eins *muss man dir lassen - wenn du dich und deine Frau in Schwierigkeiten bringst, dann aber richtig.*

Das stimmte, obgleich ich immer noch hoffte, dass sich dieses Missgeschick rasch wieder einrenken lassen würde. Ich stapfte nochmals um den Wagen herum, fast als würde ich irgendeinen indianischen Beschwörungstanz aufführen, und ging vor dem Kühler in die Knie. Selbst im trüben, schwindenden Abendlicht sah ich, dass die Antriebsräder tatsächlich vom Weg und in eine Kuhle gerutscht waren. Das Heck des Autos befand sich aber noch auf der Trasse, das war zumindest eine halbwegs gute Nachricht. Uns trennten höchstens zwanzig Zentimeter von der Weiterfahrt.

»Paula?!«, rief ich. »Setz dich hinter das Lenkrad und lass den Motor an, okay? Es ist nicht so schlimm, wie es aussieht. Wir brauchen nur ein wenig Schwung, dann greifen die Reifen wieder.«

Sie nickte. Gott sei Dank gab sie keine schnippische Antwort oder giftige Retourkutsche (obwohl sie angesichts der Tatsache, dass unsere Situation deutlich meine Schuld war, durchaus das Recht dazu gehabt hätte). Nein, sie glitt hinüber auf den Fahrersitz und startete den Motor, wobei die Scheinwerfer einen

Moment flackerten. Dann legte sie den Rückwärtsgang ein, und ich stemmte mich mit aller Kraft gegen den Wagen, während Paula Gas gab. Wir erreichten jedoch nichts. Der Wagen war immer noch ungefähr zwanzig Zentimeter hinter der Vorderachse auf dem Erdwall aufgebockt. Nichts rührte sich, egal ob ich nun wie verrückt drückte oder stemmte oder auch versuchte, das Auto zum schaukeln zu bringen. Die verdammten Antriebsräder griffen nicht. Und hier draußen hatte es rein gar nichts, das ich benutzen konnte, um den Grund nur ein wenig zu stabilisieren, so dass die Räder nur für einen Augenblick Traktion bekamen. Ich spürte wachsende Panik in mir und wusste, dass ich mich erst beruhigen musste, bevor ich irgendeine vernünftige Lösung finden konnte. Tief durchatmen. *Tief!*

In dieser Sekunde hörte ich die Stimme.

Ich stieß vor Schreck einen Schrei aus und fuhr herum, wobei ich fast das Gleichgewicht verlor, aber ich blieb auf den Füßen. In den Lichtkegeln der Scheinwerfer sah ich drei Männer, die vielleicht zehn oder fünfzehn Meter entfernt aus dem Nebel aufgetaucht waren und nun langsam auf unseren gestrandeten Mietwagen zuschritten. Die Fremden trugen Lederhüte, lange Mäntel und schwere Stiefel von fast derselben Farbe wie der schwarze Schnee. Das einzige, was aus dieser sich bewegenden Finsternis wirklich herausstach, waren ihre fahlen Gesichter.

»*Hey there?! Don't be afraid, okay?! Looks like you're stuck, doesn't it!*«, sagte einer der Männer. Er hatte eine ruhige, dunkle Stimme und klang lässig, jedoch nicht gefährlich.

»Ja, ähm, sorry.« Ich zuckte mit den Schultern und versuchte, ein entschuldigendes Lächeln zustande zu bekommen, weil ich nicht in der Lage war, zu antworten. Was nun? Auf der einen Seite war das letzte, was ich wollte, dass Paula aus dem Wagen kam; aber andererseits war sie die einzige von uns, die fließend englisch sprach.

Sie stieg aus, blieb aber direkt neben der geöffneten Fahrertüre stehen, nur einen Hechtsprung vom Wagen entfernt, was mich ein wenig beruhigte. Den Gedanken, dass ein gestrandeter Mietwagen leider keine hundertprozentige Trutzburg gegen irgendwelche Angreifer war, verdrängten wir beide.

»Yeah«, antwortete Paula, und ich hörte keine Spur Nervosität in ihrer Stimme, was mich beeindruckte. Es war seltsam und traurig zugleich, dass mir erst in diesem Moment wieder bewusst wurde, was für eine tolle Frau sie doch war. »We're on our way to Franken Bridge. Our friends there are surely totally worried what might have happened to us. We just got into this fog and seemed to have run off the road.«

»*Franken Bridge, eh?*« Der Fremde begann zu lächeln und tippte sich in einer seltsam altmodischen Geste gegen die Hutkrempe. »*Can we help you get you car going again?*«

Paula lächelte jetzt auch, allerdings eher unverbindlich. Sie sagte: »Well ... that would be really nice, but we don't wanna bother you.«

»*Don't worry, we're glad to help*«, sagte der Fremde, der aus der Nähe noch viel *größer* und *dunkler* wirkte als aus der Entfernung. »*Get in the car, li'l lady, and we'll have you goin' in no time.*«

Die drei Männer stellten sich direkt vor den Wagen und hielten sich an der Schnauze des Ford Taurus fest, während Paula wieder in den Wagen stieg. Nickend gab der lächelnde Fremde ihr ein Zeichen, und sie trat aufs Gaspedal.

»*One ... two ... three!*«, rief einer der Neuankömmlinge, und dann legten sich die drei mächtig ins Zeug. Sie taten dasselbe, was ich vorher getan hatte, nämlich den Wagen zurück zu wuchten, jedoch mit erheblich mehr Kraft und

Effizienz, als ich allein je hätte zustande bringen können. Nach wenigen Momenten griffen die Vorderräder bereits wieder, und Paula brachte den Wagen auf der verschneiten Trasse schlitternd zum stehen. *Wir waren erlöst!*

Unbändige Freude brandete in mir auf. Ja, ich war so froh, dass ich die drei Fremden in ihren schwarzen Mänteln und mit ihren seltsamen Lederhüten umarmen wollte ... zumindest bis zu jenem Moment, in dem ich erkannte, dass keiner der drei Fremden Schuhabdrücke auf dem schwarzen Schnee hinterlassen hatte.

Mir wurde schlagartig so schwindelig, dass ich fast zusammengeklappt wäre wie ein hilfloses Frauchen in einem Historienschinken. Mit äußerster Willenskraft hielt ich mich aufrecht, obwohl alles in mir herabzusinken schien, als hätten sich meine Organe schlagartig verflüssigt und würden nun durch einen Abfluss davon flutschen, einen Abfluss jener Art, wie ich sie in meiner Zeit als Klempner zehntausende von Malen eingebaut, gereinigt oder repariert haben musste. Nun hatte ich einen solchen Abfluss in mir.

Okay, ich täuschte mich. Ich *konnte* mich nur getäuscht haben, dort mussten Stiefelspuren sein. Aber auch der zweite, dritte und *vierte* Blick zeigten mir dieselbe Unmöglichkeit: keiner der drei Fremden hatte auch nur eine Schneeflocke verschoben, während sie aus der Nebelbank zu uns herüber gekommen waren. Und nun standen ... *schwebten?* ... sie direkt neben dem Ford und plauderten mit meiner Frau.

Von hier ab schien alles, was sich zutrug, einem seltsamen Fiebertraum entsprungen zu sein.

Ich legte meinen Arm um Paula (wobei ich mich nicht an meinen Weg zu ihr und dem Wagen erinnern konnte, immerhin war ich kurz zuvor noch einige Schritte entfernt gewesen), dann beugte ich mich vor und flüsterte ihr ins Ohr, dass sie sich bereit machen sollte, sofort zu verschwinden und unsere frei fremden Helfer einfach stehen zu lassen. Sie warf mir einen kurzen Blick zu, der besagte, dass sie mich entweder für komplett bescheuert hielt, oder dass diese Situation auch ihr Unbehagen bereitete und sie bereit war.

Zuerst plauderte sie noch freundlich mit den drei Fremden, die uns aus dieser Klemme geholfen hatten. Doch dann sagte der stets lächelnde Neuankömmling etwas, und ich spürte, wie sich alle Muskeln in Paulas Körper jäh anspannten.

»I ... I don't understand«, sagte sie.

»*You don't have to*«, sagte der Unbekannte. »*We're not going to rape you or anything, don't worry. But we still need something from you. It's just a little thing we're asking for, and it will be all over in a second.*«

Erfüllt von missionarischer Ernsthaftigkeit fügte er noch etwas hinzu. Dann kamen ... oder *schwebten?!* Es war unmöglich, dies auszumachen ... die drei abrupt und wie auf ein geheimes Kommando hin näher. Einer der Fremden stand plötzlich direkt neben der halb geöffneten Fahrertüre, obwohl er sich einen Augenblick zuvor noch am vorderen Kotflügel befunden hatte.

Ohne nachzudenken gab ich der Fahrertüre einen Tritt, so dass sie aufschwang und den Fremden an der Hüfte erwischte. Eigentlich hätte ich damit gerechnet, dass die Türe so durch ihn hindurch gleiten würde wie unser Auto vorhin durch die Nebelbank, aber schon gab es einen dumpfen Schlag, und der Fremde wurde einen Meter zurückgeworfen. Sofort packte ich Paula, schubste sie in den Wagen und machte dann selbst einen Satz hinter ihr her, wobei ich derartig gegen das Wagendach rempelte, dass ich mir eine blutige Schramme an der runden kahlen Stelle auf meinem Kopf holte. Davon merkte ich in *diesem* Moment jedoch rein gar nichts. Panisch begann ich, nach dem Türgriff zu fingern, fand ihn, zog die Fahrertüre blindlings zu mir ... und spürte dumpfen Widerstand, als die Türe anstatt mit einem satten Klicken einzurasten gegen einen Fremdkörper stieß. Dieser Fremdkörper war der rechte Arm eines unserer Angreifer.

Bevor ich mich versah, wickelten sich die Finger des Fremden um meine Kehle, drückten mir die Luft ab. Seinerseits versuchte der Unbekannte nun, mich wieder aus dem Wagen zu ziehen, während ich irgendwie den Zündschlüssel erreichen wollte. Die Augen traten mir aus den Höhlen, und wie durch einen blutroten Dunst sah ich, dass sich vor dem Fahrerfenster das Innenraumlicht in der Klinge eines rostigen Beiles spiegelte. Es war diese Reflexion von Licht auf kaltem Stahl, die auch Paula endlich aus ihrer Schockstarre riss. Mit aller Kraft versuchte sie, mich von den Fingern um meine Kehle zu befreien.

»Fahr los!«, rief Paula. »Felix, du musst LOSFAHREN!«

Das Beil krachte mit einem schrecklichen dumpfen Geräusch gegen das Fenster der Fahrertüre. In diesem Moment bekam ich endlich den Zündschlüssel zu fassen und drehte ihn um. Der Motor des Ford Taurus erwachte zuerst zum Leben und heulte dann auf, als ich unbändig das Gaspedal durchtrat. Der Wagen machte einen Satz rückwärts, und der Würgegriff meines Angreifers lockerte sich schlagartig, ohne dass er mich jedoch völlig losließ. Geistesgegenwärtig bremste ich den Ford ab, bevor er auf der anderen Seite wieder von der Straße rutschen konnte, wechselte das Automatikgetriebe von R auf D und gab wieder kräftig Gas.

Erneut pochte die Axt gegen die Fahrertüre, und ich hörte das Schultergelenk des Fremden knirschen und knacken, als der Mann in Schwarz nun mit dem Auto mitgeschleift wurde. Doch er kämpfte immer noch mit einer gnadenlosen Intensität und Verbissenheit, die erschreckender war als der Angriff selbst. Die linke Hand am Lenkrad, um die Kontrolle des Wagens kämpfend, versuchte ich mit der rechten, mich von den sehnigen Fingern um meinen Hals zu befreien ... und hatte plötzlich, nach einem hellen, organischen Reißen, einen langen Fetzen seiner Haut in der Hand. Sie ließ sich abziehen wie die Pelle eines knusprig gebratenen Hähnchens und fühlte sich an wie brüchiges, dünnes Leder. Keinen Augenblick, nachdem ich sie von seinem Fleisch gezogen hatte, schien sie sich in Staub aufzulösen, und ich hörte einen gellenden und maßlos wütenden Schrei. Endlich ließ der Würgegriff um meine Kehle nach, und ich drückte den Ford in einen raschen Schlenker. Ruckartig verschwand der sehnige Arm, nachdem die Finger ein letztes Mal über mein Gesicht gepeitscht waren und dabei ein glitschiges Gefühl wie nach der Berührung von rohem Schweinefleisch hinterließen. Ich spürte noch, wie die Hinterräder des Wagens über irgendetwas Großes rumpelten und schrie auf, weil ich fürchtete, dass wir schon wieder von der Straße abgekommen waren. Doch diesmal blieben wir auf Kurs.

Für den Moment waren wir entkommen.

Wenig später warf sich die Nacht fast überfallartig auf uns. Die Scheinwerfer des Taurus fraßen nur winzige Häppchen aus der Dunkelheit heraus, es war, als schwächte irgendwas ihre Leistung ab. Selbst, als ich die Fernlichter einschaltete, brachten sie nur ein dünnes Glimmen hervor.

Ich zitterte. Nein, ich *schlotterte*. Bis jetzt hatte ich mich immer für einen auf- und abgeklärten Menschen gehalten, der sich in diesem unseren Universum auskannte wie in seiner Westentasche. Ich mochte keine Gruselfilme, und ich glaubte nicht an irgendwelchen übersinnlichen Firlefanz. Auch wenn ich das meiste nicht verstand (in Fächern wie Physik oder Chemie war ich stets eine Niete gewesen), so hielt es dennoch mit den Naturwissenschaften, weil diese für so gut wie alles eine rationelle Erklärung parat hatten. Doch dafür, was ich gesehen hatte, was hier geschehen war? Konnte es dafür eine normale und rationelle Erklärung geben?

Ja, das musste es, *das musste es einfach*! Aber ich wollte nicht darüber nachdenken ... und ich *durfte* jetzt nicht darüber nachdenken, während ich konzentriert der Straße folgte. Vom befestigten Weg abzukommen hätte sicherlich unter Ende bedeutet. Eine Erklärung finden konnte ich auch später noch, obwohl mich der innere Zwang, einen Sinn in diesem Irrsinn zu finden (hieß es nicht, dass man den Dämon nicht mehr fürchtete, wenn man ihm einen Namen gegeben hatte) immer wieder gefährlich unaufmerksam werden ließ.

»Er hat gesagt, er wolle *Fleisch* von uns«, sagte Paula. Ihre Stimme wurde immer hektischer und schrille. »Felix, er hat gesagt, er will Fleisch von uns als Gegenleistung dafür, dass er uns da heraus geholfen hat. Er will ein Stück von unserem *Fleisch*. Das sind Psychopathen!«

»Pschhhht!«, meinte ich, als spräche ich zu einem verängstigen oder verwirrten Kind. Jedes Wort fiel mir schwer, so sehr schmerzte meine Kehle noch. »Paula, es ist okay ... die sind weg. Wir haben es geschafft. Wir a-«

»Wo hast du uns nur hingebracht, Felix, wo?«, schrie sie mich an. »Wieso musstest du diese gottverdammte Abkürzung nehmen ... *wieso nur, du Mistkerl?* Die Warnung auf der Karte ... und das, was der Junge von der Tankstelle gesagt hast ... wieso wolltest du nicht hören? *Warum?*«

»Vier Meilen«, sagte ich, als wäre es eine Rechtfertigung. »Auf dem Schild hieß es, es wären nur verdammte *vier Meilen* bis Franken Bridge, wir müssen es also bald geschafft haben, Paula. Dann sind wir in Sicherheit, und ...«

28

Ich verstummte angesichts der nächsten Nebelbank, die uns verschluckte. Unwillkürlich nahm ich noch etwas mehr Gas weg, obwohl wir mangels Sicht nur noch dahin gekrochen waren. Paula begann auf dem Beifahrersitz zu schluchzen, beruhigte sich jedoch schon einen Moment später, als das erste Haus aus dem Dunst auftauchte, und keinen Atemzug später noch ein zweites.

»Ein Haus, Felix, sieh doch!«, rief sie. »Ein Dorf.«

»Ich hab's gesehen, Paula!«, sagte ich.

»Könnte das Franken Bridge sein?«

Ich schüttelte den Kopf. Nein, was ich sah, war mit Sicherheit nicht der erste Ausläufer von Franken Bridge oder irgendeiner anderen lebenden Ortschaft.

Wir fuhren mit etwa zehn Meilen pro Stunde durch ein totes Dorf. Die Häuser auf beiden Seiten der Hauptstraße waren verlassen, still und zerfallen. Abenddunst ließ ihre Umrisse verschwimmen, wie von einer Kamera mit Weichzeichner aufgenommen, aber dennoch sah ich die vielen zerfledderten amerikanischen Flaggen an Holzmasten, die sich immer wieder träge im eisigen Präriewind aufbauschten. Dennoch war nichts an diesem einsamen Ort ein Opfer von Vandalen geworden, wie es in einer Großstadt sicherlich der Fall gewesen wäre. Alles war einfach verrottet und aufgegeben. *Verendet.* Das machte alles seltsamerweise noch schlimmer. Die völlige Abwesenheit menschlicher Existenz war verstörender als deren Schattenseiten.

»Wo sind wir hier?«, flüsterte Paula. »Was ist das für eine schreckliche Geisterstadt, und ... *Felix, pass auf!*«

Im selben Moment sah auch ich die etwa zwei Dutzend zerlumpter Gestalten auf der Straße stehen. Es waren Männer und Frauen aller Altersgruppen ... und Kinder. Mein Fuß drückte instinktiv das Bremspedal durch, obwohl mir mein Unterbewusstsein *'Halt nicht an!'* befahl. Doch trotz aller Furcht und Bedenken übernahm in diesem Moment der *Mensch* die Kontrolle über mich und bekämpfte den primitiven Fluchtdrang. So kam der Wagen zwei Meter vor den Fremden zum stehen.

»Fahr weiter!«, zischte Paula. »*Fahr sofort weiter! Das ist eine Falle.*«

»Aber da sind Kinder, siehst du nicht?«, flüsterte ich und versuchte auf die Menschentraube vor uns zu deuten, konnte jedoch meine Hand nicht vom Lenkrad lösen.

Schließlich trat einer der Fremden aus der Gruppe. Es war ein älterer Mann mit grauem Haarkranz und wuchernden Augenbrauen, der sich uns mit langsamen, seltsam würdevollen Schritten näherte. Die Frontscheinwerfer des Leihwagens erhellten sein zerfurchtes Gesicht, das so blass war, dass es die Lichtstrahlen fast reflektierte. Er wirkte wie eine gealterte Ausgabe jener Gestalten, die uns erst zurück auf die Straße geschoben und dann überfallen hatten. Auch er trug einen langen schwarzen Ledermantel, ein schwarzes Hemd und dunkle Cordhosen, sowie einen breitkrempigen Hut, den ich mit den Bildern alter Wanderprediger verband. Damit wirkte er wie eine Gestalt aus dem vorigen Jahrhundert.

»*Greetings, my dear strangers*«, sagte er mit einer heiser raschelnden Stimme. Als er lächelte, spannte sich seine pergamentartige Haut über seinen Wangenknochen. Verblüffenderweise hatte er ein sanftes, einnehmendes Lächeln. «*Welcome to the village of White River Bends on the Grounds of the Black Snow. We don't have too many visitors these days, and we are very happy to see you.*«

Ich nickte, war wie gelähmt. Immer mehr Menschen in Lumpenkleidung kamen derweil aus den Schatten zwischen den Hausruinen und versammelten sich um unseren Wagen, kreisten ihn ein.

»*I am reverend Clay Sneva*«, sagte der alte Mann. Sein Tonfall war zugleich rau und gutmütig. »*Allow me a question: D'you want to continue going over our roads to leave the ground again?«*

»Was *sagt* er?«, flüsterte ich.

»Er fragt uns, ob wir diese Straße noch weiter benutzen wollen, um die Gegend wieder zu verlassen«, übersetzte Paula in verzweifeltem Flüsterton. Sie keuchte bei jedem Atemzug.

Ich nickte dem alten Mann erneut zu. Warum sollte ich lügen. Etwas in mir wusste, dass dies zwecklos sein würde.

Der alte Mann öffnete den Mund, und Paula wurde wieder zu seinem Sprachrohr: »Er sagt: Dann muss ich sie leider um etwas bitten ... Es für die Einwohner dieses Grundes von großer Wichtigkeit, von den Reisenden, die das Gebiet durchqueren, einen gewissen Preis zu verlangen. Wir finden, dass das fair ist. Allerdings wollen wir kein Geld ... das ist etwas, das uns hier schon lange nichts mehr nützt. Wir brauchen etwas, ohne das wir nicht Überleben können. Wir brauchen ...« Ich hörte Paula ächzen. »Blutzoll?! Felix, er hat wirklich *Blutzoll* gesagt ... o Jesus ... *Jeeeeeesus* ...«

Der alte Mann begann zu lächeln. Die hatten unseren Wagen nun völlig umringt. Einige starrten mit ausdruckslosen Gesichtern zu uns herab, andere stellten eine ungeduldige, wieder andere eine beinahe mitleidige Miene zur Schau. Dies jagte mir den größten Schrecken ein, denn bei aller Anteilnahme lag auch eine völlige und atemberaubende Konsequenz in diesem Blick, die besagte, dass alles bereits feststand und es keine andere Möglichkeit gab, egal wie traurig all dies auch war.

»Er sagt, dass wir keine Chance, zu entkommen ... aber er verspricht ... nein, er schwört bei Gott ... dass sie uns gehen lassen, wenn alles vorbei ist«, übersetzte Paula weiter, ihre Stimme kaum mehr als ein Wimmern. »Er sagt, dass nur dieser ... dieser Blutzoll, mit dem der

Boden benetzt werden muss, diese Menschen und ihr Dorf beschützt.«

Sie unterbrach sich für ein leises, würgendes Ächzen, dann fuhr sie fort: »Man will uns nichts böses, aber keiner der Bewohner der *Grounds of the Black Snow* möchte ... möchte ... verdammt, ich verstehe dieses *Wort* nicht ... ich glaube, er sagt soviel wie ,in den Schlund fallen'. Was *bedeutet* das?«

Der alte Mann erklärte es nicht. Stattdessen verstummte er und verschränkte abwartend die Arme.

»Fahr los!«, fauchte Paula. »Fahr los, um alles in der Welt, Felix ... JETZT FAHR ENDLICH LOS, DU IDIOT!«

Mein Fuß senkte sich tatsächlich über das Gaspedal, und für einen Moment war ich auch bereit es zu tun. Aber dann sah ich, dass direkt vor dem Wagen eine Frau mit ihrer kleinen Tochter auf dem Arm stand. Wenn ich jetzt beschleunigt hätte, so hätte ich diese beiden als erste überfahren. Das verblüffend hübsche Mädchen mochte sechs Jahre alt gewesen sein, hatte schulterlanges, strähniges Haar und musterte mich aus den traurigsten und zugleich *hungrigsten* Augen, die ich je gesehen hatte. Diese Augen ließen mich nicht mehr los. So lange ich konnte, erwiderte ich ihren Blick, als könne ich dadurch die Geschichte hinter dieser Trauer und diesem Hunger erfahren. Das wunderschöne kleine Mädchen sah mich jedoch einfach nur unverwandt an, ohne Argwohn und Aggressivität, aber mit derselben Härte und Konsequenz wie ihre Mutter. Ich ertrug diese Miene nicht lange.

»*Fahr zu!*«, schrie Paula erneut, sie klang so rau und schrill vor Angst, dass ich die Stimme meiner Frau kaum erkannte. »Das sind alles Irre ... Felix ... die wollen uns verstümmeln oder umbringen oder beides ... *Felix wir müssen hier weg!* WEG!«

Ich wusste, dass sie Recht hatte, und, bei Gott, ich versuchte es. Aber ich war nicht in der Lage, den Wagen von der Stelle zu bewegen. Ich konnte keine Kinder überfahren, egal, ob man sie nun aus genau *diesem* Grund vor unserem Wagen postiert hatte oder nicht. Ich stieß gegen eine unüberwindliche Hemmschwelle in meinem Kopf.

Ein Mann, der in vorderster Reihe stand, ging zwei Schritte vorwärts und stand nun direkt neben meiner Tür. Er trug eine dunkle Uniform, die mich an amerikanische Historienschinken wie *Vom Winde verweht* oder *Fackeln im Sturm* erinnerte. Die Abzeichen auf seinen Schulterklappen wiesen ihn als hochrangigen Offizier aus. In der rechten Hand trug er etwas, was wie eine große Knochenschere aussah.

Der Uniformierte öffnete den Mund, um etwas zu sagen, aber im selben Moment rutschte Paula zu mir herüber und stemmte ihren linken Fuß mit aller Kraft auf das Gaspedal. Der Ford heulte erneut auf und beschleunigte genau auf das Mädchen und seine Mutter zu. Ich riss das Lenkrad herum, und eine ältere Frau, die ganz vorne gestanden hatte, wurde von der Stoßstange erfasst und zur Seite gefegt. Der Wagen machte bei der Karambolage einen Satz.

»Paula!«, rief ich. »Verdammt, was MACHST du ...?«

Mit einem lauten, blechernen Krach landete ein Körper auf der Motorhaube. Es war ein Junge, achtzehn oder neunzehn Jahre alt, nicht mehr. Er hob seinen Kopf und starrte mich an, während er sich an den Scheibenwischern festklammerte. Ich ächzte auf. Die linke Gesichtshälfte des Jungen war vom Aufprall förmlich zerschmettert worden, die rechte verzog sich zu einer wütenden Fratze, und es war dieser Anblick, der sich genau so in meinen Verstand einbrannte, wie sich die Umrisse von Bilderrahmen an der Tapete verewigten, wenn man sie nach Jahren von der Wand nahm: ein schmutziges, körniges Negativ.

Jäh stellte sich der Ford unter Paulas unerbittlichem Gasgeben auf der vereisten Hauptstraße dieses seltsamen, vergessenen Ortes quer. Als ich eine Häuserfront halb seitlich und halb von vorne auf uns zurasen sah, konnte ich nur noch mein Gesicht mit den Händen schützen und auf den Einschlag warten. Ich erinnere mich noch an einen RUCK! ... und an eine Explosion von Licht und Schmerz ...

Dann war da dieses Meer von Händen. Wir werden gepackt, aus dem Wagen gezerrt und fortgeschleppt. Ich erinnere mich an Paula, die unablässig sinnlose Hilferufe schreit. Zwar versuche ich halbherzig, mich zu befreien, doch ich bin durch den Unfall groggy, und die Umklammerung, in der man mich hielt, ist viel zu stark. Ich weiß noch, wie vermodert, wie verwest und dunkel die Menschen um mich herum riechen, nicht anders als die Häuser, aus denen dieser Ort besteht. Mitleidlos schauen Menschen und Häuser zu, während man meiner Frau die Haut und das Fleisch an den Armen aufschlitzt, bis ihr Blut auf den Boden quillt. Dort versickert es so schnell in der pulsierende Erde, als würde der Grund das Blut gierig in sich aufsaugen. Bei diesem grotesken Anblick beginne ich erneut zu brüllen und toben, doch es ist zwecklos. Ich habe keine Chance gegen den Mob, der mich gefangen hält. Jäh erstirbt nun auch Paulas Wehklagen, und man trägt meine Frau weg.

Hinterher kauere ich auf jenen massiven Holztisch, auf dem Moment zuvor noch meine Frau gelegen hat. Ich zucke und winde mich wie ein Wurm unter dem gnadenlosen Griff meiner Peiniger, als man den Knochenschneider an meine Hand setzt. Jemand drückt meinen Kopf nach vorne, als ich mich abwenden will, und ein anderer (ich glaube, es ist der Reverend) hält mir erbarmungslos die Augenlider offen. So muss ich zusehen, wie die Klingen zunächst eher zaghaft meine Haut zu zertrennen versuchen. Erst, als der uniformierte Mann den Druck auf die Zangengriffe des Werkzeugs verstärkt, trennen sie meinen Daumen mit einem dumpfen Schnipp! schließlich sauber ab. Der Schmerz ist glühend, zermalmend, nicht vorstellbar, aber noch schlimmer sogar ist die Gewissheit, dass es meine Schuld ist, warum wir hier sind und dies nun durchleiden. Meine Schuld, sonst nichts.

Dies war ist letzte Gedanke, bevor mich der Schmerz in einen Abgrund der Bewusstlosigkeit stürzt.

Und danach? Ich kann sagen, dass die Bewohner der *Grounds of the Black Snow* tatsächlich ihr Wort hielten.

Als ich wieder zu mir kam, saßen Paula und ich in unserem Leihwagen. Der Ford stand auf einem einsamen Plateau abseits der Straße, wie ich im trüben Morgenlicht erkennen konnte. Vor ein paar Jahren (noch etwas schlanker und aktiver), hatte ich einmal im Mittelmeer einen Tauchkurs besucht, und das milchige Licht am Horizont erinnerte mich mehr als nur ein wenig an die einsame Dämmerstimmung, die unter Wasser herrscht, wenn man sich nur tief genug hinab begibt.

Aber es war ein neuer Tag, und wir waren beide noch am Leben ... und bis zu jenem Moment, als wir uns unsere Wunden betrachteten (*oder betrachten mussten*) hätte ich unseren Zwischenstopp in White River Bends noch für einen verrückten Nachtmahr der Übermüdung abtun können. Dann jedoch wurde es zur Gewissheit, so wie die schonungslose Diagnose einer schrecklichen Krankheit der Zeit der Ungewissheit folgt (genau wie es bei Paulas Vater gewesen war).

Diese verblassenden Erinnerungen in meinem Kopf, das waren keine Hirngespinste, sondern Realität. Selbst der Mietwagen zeigte die Spuren der Nacht: die Kratzer an der Türe, wo das Beil des Fremden über den Lack geschrammt war, oder die Dellen und Beschädigungen am Kotflügel und der Motorhaube, die unsere Amokfahrt durch die Bewohner der *Grounds of the Black Snow* hinterlassen hatten.

Unwillkürlich mussten Paula und ich uns fragen, wie wir mit dem, was uns geschehen war, umgehen konnten und sollten. Aber auf seltsame Weise war mir schon klar, dass dies leichter gehen würde als wir in diesem Moment vielleicht noch glaubten. Menschen passierten die schrecklichsten Dinge, und sie lebten damit (oder hatten damit zu leben, je nach Sichtweise.)

Es half uns ein wenig, dass wir nicht die einzigen waren, die ihren Blutzoll entrichtet hatten. Als wir schließlich in Franken Brigde ankamen, stellten wir nämlich fest, dass es dort zwei Gruppen von Einwohnern gab; ich nannte sie die *Normalen* und die *Gezeichneten*.

Den Gezeichneten fehlten Ohren oder Finger, so wie mir, oder sie hatten auffällige Narben wie Paula. Die Normalen waren zwar physisch unversehrt, aber die wachsamsten und argwöhnischsten Menschen, die ich je gesehen hatte; die Gezeichneten wirkten hingegen seltsamerweise wie von einer schweren Last befreit. Alle jedoch machte eines aus: für sie schien die Bedrohung gleichermaßen unmittelbar wie nicht existierend zu sein. Es war, als wäre man an ein ungeschriebenes Gesetz gebunden, sobald man die Stadtgrenze passierte; niemand sprach darüber, was passiert *war*, und noch weniger, was geschehen *könnte*, wenn man in seiner Wachsamkeit auch nur einen Moment nachließ.

Dieses ungeschriebene Gesetz übertrug sich sofort auch auf uns und machte es uns unmöglich, zu erfragen, was der Hintergrund oder die Herkunft der Bewohner der *Grounds of the Black Snow* war, welchen Zweck der Blutzoll erfüllte und was der alte Mann mit dem *Schlund* gemeint hatte. Aber andererseits fragte ich mich, was mir dieses Wissen gebracht hätte?

Ich meine, dieses Wissen hätte nichts von dem, was meiner Frau und mir widerfahren war, ungeschehen gemacht, oder? Ich glaube inzwischen ganz ehrlich, dass es nicht einmal beim verarbeiten wirklich geholfen hätte.

Das konnten wir nur mit uns selbst ausmachen, und das taten wir auch. Zwangsweise, aber gründlich. Und dies schweißte uns wieder zusammen. Somit hatte diese Episode zumindest *einen* positiven Effekt.

Nachtrag: Und dann kam der Artikel. Ich fand ihn auf der Homepage der guten, alten Nürnberger Nachrichten (www.nordbayern.de). Er gehörte zu einer Serie, die sich mit so genannten »Urbanen Legenden« beschäftigt – also modernen Mythen und Märchen. Darin war von einem Geisterdorf »in einem nördlichen Bundesstaat der USA« die Rede, in dem Durchreisende »erschreckende und blutige Rituale über sich ergehen lassen müssen.«

Der Legende nach hatte man vor mehr als 120 Jahren in diesem Dorf einen jungen Indianer gelyncht, der kurz zuvor einem »von der US-Armee verübten Massaker an einer Gruppe unbewaffneter Ureinwohner« entkommen war. Daraufhin legte sich ein Fluch über dieses Dorf: Menschen, Tiere und Pflanzen starben, die Ernte wurde vernichtet und der Boden »verfärbte sich entweder blutrot oder pechschwarz, selbst der Schnee im Winter.«

Um zu überleben schlossen die letzten Dorfbewohner einen Pakt mit dem Teufel: wenn der Fluch von ihnen genommen werden würde, so versprachen sie, den Grund und Boden in regelmäßigen Abständen »mit Blut zu weihen«, um ihre Dankbarkeit zu zeigen. Und tatsächlich schien der Fluch nach den ersten Opfern wirkungslos zu werden, denn der Boden zeigte sich wieder fruchtbar und die Menschen wurden gesund.

Daraufhin vergaßen die Dorfbewohner ihren Teil der Abmachung und stellten die Opfergaben ein ... mit verheerenden Konsequenzen. Anstatt sie von dem indianischen Fluch zu befreien, wurden die regelmäßigen Blutopfer nun das einzige, was die Menschen davon abhielt, direkt in »den Höllenschlund« geworfen zu werden ... und zwar bis heute. Die launige Moral der G'schicht war, dass »der Teufel offenbar

Zahlungsverzögerungen noch weniger duldet als eine ganz normale Bank oder ein Pfandleiher in Gostenhof.«

Ich las diesen Artikel zweimal, dreimal, zehnmal. Ich versuche, Quellen oder eine Herkunft zu finden, jedoch vergeblich. Konnte es sich bei diesem Dorf um »unser« Dorf handeln, um White River Bends? Es schien fast so, nicht wahr? Und es würde dem, was Paula und mir widerfahren war, einen schrecklichen Sinn und eine wirklich teuflische Logik geben. Aber andererseits ... machte es eigentlich einen Unterschied, *wieso* dies alles passiert war? Für die Dorfeinwohner sicherlich, aber für uns nicht. Wir hatten unseren Preis bezahlt, und danach hatte man uns passieren lassen. Für uns war die Sache vorbei. Für die Menschen aus dem Dorf würde es jedoch, wie es aussah, nie vorbei sein. Darum warten die Bewohner der *Grounds of the Black Snow* auch jetzt wieder im Nebel ... und zwar so lange, bis sich wieder ein unwissender Reisender in diese Gegend verirrt oder ein Einwohner der umliegenden Ortschaften unvorsichtig wird und eine Erfahrung macht, die weit über jede Vorstellungskraft hinaus geht.

Von etwas anderem bin ich inzwischen ebenfalls überzeugt: White River Bends ist keinesfalls das einzige Dorf, das diesen oder einen ähnlichen Pakt eingegangen ist ... und dafür bezahlt hat. Ich wette, es gibt Dutzende, vielleicht sogar Hunderte dieser buchstäblich gottverlassenen Flecken auf jedem Kontinent und in jeder Kultur. Daher kann das, was mir und Paula geschah, jedem Reisenden passieren. *Jedem.* Selbst Ihnen, wenn sie das Pech haben, so wie ich gut gemeinte Warnungen zu ignorieren. Die Grenze zwischen *real* und *surreal* kann nämlich sehr schmal sein. Manchmal trennt sie nur eine Weggabelung irgendwo im Nebel. Und *das* glauben Sie mir besser auch, wenn sie an Ihrer physischen Vollständigkeit hängen.

Futur imperfekt

Zielstrebig, aber mit umsichtigen Schritten ging der Mann die von den Zerstörungen der alliierten Bomberangriffe geprägte Allee entlang. Auf den Grundstücken abseits der Straße schaufelten Trümmerfrauen unablässig Schutt in Säcke, auf Schubkarren oder Leiterwagen. Ihre Arbeit beförderte Unmengen von Staub in die Luft – und es war dieses kreidige, tönerne Aroma, das der Mann augenblicklich mit jener Zeit zu assoziieren begann.

An einer Wegkreuzung blieb er stehen. Ein trockener Windstoß spielte mit seinem schulterlangen, aschfarbenen Haar und ließ seinen Trenchcoat um seine Beine flattern. Die Sonne, die gerade das Mittagshoch in einem stahlblauen wolkenlosen Frühherbsthimmel erreicht hatte, blendete ihn und heizte ihn auf. Er wischte sich mit dem Handrücken Schweiß von seiner Stirn und warf dann einen raschen Blick auf das zigarettenschachtelgroße Gerät in seiner rechten Hand. Anschließend folgte er der Richtungsangabe, die ihm das Display an der Oberseite des Kästchens zeigte.

Er war ein Fremder in einer fremden und chaotischen Zeit zwischen Ende und Aufbruch. Er sah den Menschen, die ihm begegneten, nicht in die Augen und versuchte, sich im Rhythmus der Straße zu bewegen. Doch es gelang ihm nicht, völlig unterzutauchen, obschon er dies gelernt hatte und eigentlich perfekt beherrschte. Seine Kleidung, sein Aussehen und sein Verhalten waren einfach zu verschieden. Sein Outfit stammte noch aus dem regnerischen England der 1990'er und war völlig wertlos für das Nachkriegsdeutschland und dieses unerwartet warme Wetter. Aber er hatte keinerlei Zeit gehabt, sich etwas dieser Zeit entsprechendes zu besorgen, geschweige denn sich auf diesen *Downstream* richtig vorzubereiten. Alles hatte verdammt schnell gehen müssen.

Das Display seines Peilgerätes sagte ihm, dass sich die Zielperson mit dem Wasserzeichen unmittelbar vor ihm befand, Vektor 213. Dort sah er eine Gruppe von in den Ruinen spielenden Kindern: fünf Jungen, drei Mädchen, alle im Alter von etwa zehn bis dreizehn Jahren. Während sich die Jungen als Räuber und Gendarm jagten und dabei mit Holzbrettern, die Pistolen ähnelten, Peng!-Peng!-Peng! aufeinander schossen *(als hätten ihre Väter und großen Brüder vor zwei Jahren nicht genug davon gehabt)* hatten die Mädchen auf einer alten Treppe, die einmal der Aufgang zu einem Gebäude gewesen war und nun ins nichts führte, ein Himmel-und-Hölle-Spiel aufgemalt. Fröhlich hüpften sie über die kreuzförmige Matrix.

Der Fremde duckte sich hinter einen ausgezackten Mauerrest, der Schutz vor Blicken und der Sonne versprach. Von hier aus beobachtete er die spielenden Kinder. Es war faszinierend zu sehen, wie unbefangen sie waren, wie völlig sorglos und voller simpler Lebensfreude. Es interessierte sie nicht, warum ihr Land vor acht Jahren einen Krieg begonnen und vor nur zwei Jahren verloren hatte. Es war ihnen egal, was der Rest der Welt von ihrem Land hielt, was Reparationen, der Wiederaufbau oder eine Besatzungszone waren. Sie brauchten keine Sprachen um sich zu verstehen, simple Gesten genügten. Sie begannen keine Kriege, sie durchlebten sie nur. Und die Glücklichen *über*lebten sie.

Der Zeitfremde ließ seine Gedanken einen Moment lang abschweifen; er konnte sich kaum daran erinnern, selbst so jung gewesen zu sein. Alle seine Erinnerungen an diese Zeit waren so dunkel wie die Zeit selbst, in der er aufgewachsen war. (*Vielleicht war es auch, dass er sich gar nicht daran erinnern* wollte. *Das wusste nur er.*)

Schließlich lugte wieder auf das Display des *Tracers*. Das Peilsystem konnte die Lokalisierung des Wasserzeichen auf diese Entfernung nicht völlig präzisieren, doch der Fremde erkannte zumindest, dass die Zielperson zu der Gruppe auf der linken Seite gehörte, also eines der Mädchen war. *Kacke!,* dachte er unmutig. Das machte alles unnötig komplizierter. Mädchen waren zumeist familiär besser behütet als Jungen. Aber hatte er wirklich erwartet, dass diese Mission einfach werden würde? Natürlich nicht. So naiv war er nie gewesen. Einfachheit war in diesem Spiel, auf dessen Brett er eine Spielfigur war, nicht vorgesehen.

Der Zeitfremde musste bis zum späten Nachmittag in seiner Deckung ausharren. Aber es waren noch mehr als sechs Stunden bis zum *Upstream*, also hatte er genug Zeit für die ganze Operation. Er hatte schon in wesentlich engeren Zeitfenstern gearbeitet.

Trotzdem war er froh, als sich die Sprösslinge endlich voneinander verabschiedeten – es wurde Zeit, nach Hause zu gehen! –, und sich der improvisierte Spielplatz fast augenblicklich leerte.

Eine Handvoll Kinder, zu der laut Tracer auch die Zielperson mit dem Wasserzeichen gehörte, folgte einer namenlosen Straße, die einst die Heinrich-Göbbels-Allee gewesen war. Der Mann setzte sich in ausreichendem Abstand auf ihre Spur. Als sich ein hagerer Junge von der kleinen Gruppe löste, seinen zwei Freundinnen noch einmal zuwinke und dann in einem gut erhaltenen Wohnhaus verschwand, interessierte dies den Zeitfremden keinen Deut. Für ihn zählten waren nur die beiden Mädchen, von denen eines den Wasserzeichen trug. Die zwei jungen *Fräuleins* schlenderten weiter, immer in Richtung der langsam ihren Bogen vollendenden Herbstsonne.

Kurz darauf blieben sie erneut stehen. Sie plauderten noch einen Moment, dann rannte das rundliche Mädchen mit hüpfenden blonden Zöpfen über die Straße und verschwand in einem Wohnhaus aus der Gründerzeit, das oberhalb des dritten Stockwerks völlig ausgebrannt war, und von dem nur noch das Erdgeschoss bewohnbar schien. Aber aus eigener Erfahrung wusste der Mann, dass sogar eine derartige Ruine wie ein Palast erscheinen konnte, wenn die Alternative hieß, auf der Straße zu schlafen.

Er fixierte wieder seinen Tracer. Nun würde es sich zeigen: Das Signal war eindeutig anpeilbar und befand sich direkt voraus. Seine Zielperson hatte also eine Identität bekommen – es war die dunkelhaarige Kleine, die sich noch auf dem Nachhauseweg befand. *Wer du auch bist, willkommen im Zeitspiel*, dachte er.

Jetzt galt es, heraus zu finden, wo und vor allem *wie* sie wohnte. Dann konnte der Zeitfremde einen Plan entwickeln, sie abzufangen und die Information des Wasserzeichens mit dem Cerebral-Scanner aus ihrem Unterbewusstsein abzurufen. Dieser Plan musste gut sein, trotz der kurzen Zeit, in der er entstehen würde. Zu viel hing davon ab, zu viele Probleme gab es zu lösen. Nur eines davon war, dass die Zielperson während des Ausleseprozesses schlafen oder bewusstlos sein musste. Der Wasserzeichen war so codiert – noch eines von Hamidys Spielchen –, dass die Daten nur während einer Ruhephase mit Deltawellen im Gehirn gescannt werden konnten. Betawellen, wie sie bei wacher Gehirnaktivität auftraten, machten den Wasserzeichen sofort unsichtbar, und ...

Etwas geschah: Anstatt weiter zu schlendern, rannte das Mädchen plötzlich los. Sie verließ die Straße und nahm einen Querfeldeinpfad durch ein zerstörtes Industriegebiet. Der Zeitfremde setzte sich abrupt in Bewegung und musste sich anstrengen, ihr zu folgen. Sie war kleiner als er und konnte fix durch Schlupflöcher gleiten, durch die sich der Mann mühsam zwängen musste. Doch er war die Verfolgung von Menschen in schwierigem Terrain bestens trainiert. Schließlich war es sein Job, Flüchtige ausfindig zu machen und zu stellen, was wohl auch für seinen Auftraggeber ein Grund gewesen war, ihn von der Straße weg anzuheuern (einmal ganz davon abgesehen, dass er gerade verfügbar gewesen war.)

Etwa einen halben Kilometer später wurde das Mädchen zuerst langsamer und blieb dann stehen. Vor ihr lag eine lange, dunkle Passage aus halb eingestürzten Geschäftshäusern und einer handvoll gut erhaltener, niedriger Lagerhallen, gesäumt von Metallschrott und anderem Unrat. Der Zeitfremde verharrte vierzig, fünfzig Meter von seiner Zielperson entfernt hinter einem Mauervorsprung. An ihrem Gesichtsausdruck und ihrer Körperhaltung konnte der Mann erkennen, dass sie unsicher war. Immer wieder schaute sie sich skeptisch um, rang offenbar intensiv mit sich, was sie jetzt unternehmen sollte. Dann holte sie tief Luft und nahm sichtlich allen Mut zusammen, bevor sie losspurtete und durch die Passage flitzte. Der Mann begleitete sie in sicherer Entfernung, ließ aber nun weniger Distanz als zuvor.

Das war eine gute Entscheidung, denn plötzlich bewegten sich Schatten jenseits der Passage. Zwei abgerissene Gestalten versperrten den Durchgang zwischen zwei Lagerhallen und dem freien Feld dahinter. Dann tauchten noch mehr Figuren auf und blockierten auch die anderen Schlupflöcher in Richtung Sicherheit. Jemand lachte. Das Mädchen blieb abrupt stehen, die Augen weit aufgerissen.

»Hallo, kleines Fräulein«, sagte eine der Gestalten. »Na, du bist mir ja 'ne Hübsche.«

Das Mädchen wich ein paar Schritte zurück.

»Wohin willst'n du so schnell?«, fragte der Penner. Er hatte nur noch eine Hand, dunkle Striemen zogen sich über sein vernarbtes Gesicht. »Das ist nicht nett von dir, du Luder. Ich war im Krieg ... hab für dich und deine Mammi gekämpft ... willst du nich' ein wenig nett sein zu mir?«

Der Penner dirigierte seine Kumpanen, wo sie ihrem unerwarteten, aber willkommenen Gast den Weg abschneiden sollten, und öffnete dann seine Hosen.

Hamidys Codex besagte, dass kein *Streamer* in irgendein Ereignis, das den Fortgang der Zukunft verändern könnte, eingreifen oder es verändern durfte. Darauf wurden die *Streamer* schärfstes trainiert und koordiniert. Aber der Mann hinter dem Mauervorsprung *war* kein echter *Streamer*. Bevor der KONZERN ihn angeheuert hatte, war er ein professioneller Kopfgeldjäger in New Angel City gewesen, ein Profi, den außer seinem Auftrag nichts sonderlich gekümmert hatte – kein Gesetz, keine Gegenwehr, keine Gnade. Und das kam ihm jetzt zugute, als er sich unversehens auf einer Mission befand, die wichtiger war als alles, was er zuvor in seinem vermasselten Leben getan hatte.

Er schnellte aus seiner Deckung hervor, machte eine Schulterrolle und sprang dem ersten Penner entgegen, bevor dieser überhaupt registrierte, dass etwas geschah. Er brach dem Gegner mit einem kontrollierten Fausthieb drei Rippen, schleuderte ihn zur Seite und rammte einem zweiten Gegner den Ellenbogen in die Magengrube.

Danach vollführte er eine abrupte Drehung und hörte, wie das Nasenbein eines dritten Penners unter seiner stählernen Schuhsohle brach. Einer der Gegner brachte ein Messer hoch. Erbarmungslos packte er den Penner mit dem gebrochenen Nasenbein am Kragen und benutzte ihn als Schild, ließ ihn in das Messer seines eigenen Kumpans laufen.

»*Fred, o Scheeeeeeiße!*«, schrie der Messerstecher, bevor ihn ein gezielter Fußtritt gegen die Kehle leblos zu Boden schickte. Der Zeitfremde ließ seine Kampfbewegung fließend ausklingen und ging in Abwehr- und Ruheposition.

»Will noch jemand etwas?«, fragte er in fließendem Deutsch und nickte dann dem Mädchen zu. »Verschwinde! *Sofort!*«

Fassungslos musterte das Mädchen zuerst ihn, dann die sechs blutenden, ächzenden, jammernden oder bewusstlosen Männer. Schließlich kehrte ihr Blick zu ihrem mysteriösen Helfer zurück. Keinen Augenblick später rannte sie nach einem zugleich dankbaren und verwirrten Nicken davon. Der Zeitfremde wartete, bis wieder genügend Distanz zwischen ihm und seiner Zielperson lag, dann begann er seine Fahndung durch die Schatten einer ohnehin dunklen Ära erneut.

Als das Mädchen ein Stadtviertel erreichte, das von weitgehend unversehrten oder nur leicht beschädigten Gebäuden dominiert wurde, bewegte sie sich wieder langsamer. Hin und wieder warf sie noch misstrauische Blicke über ihre Schultern, aber sie hatte nicht bemerkt, dass ihr Schutzengel noch in ihrer Nähe war. Er beobachtete, wie sie in ein fünf Stockwerke hohes, relativ gut erhaltenes Wohnhaus in der typischen Architektur der frühen dreißiger Jahre ging. Sie passierte die Treppenhaus-Fenster in der ersten Etage, dann in der zweiten, schließlich im dritten Stock. Danach war sie nicht mehr zu sehen. Sie wohnte also in einer Wohnung im dritten Stock.

Normalerweise wäre diese Betrachtung nur der Anfang gewesen, gefolgt von einer exakten Sondierung des Areals, in dem die Zielperson lebte. Dazu gehörte auch, so viel wie möglich über ihre familiären Verhältnisse und Gewohnheiten zu erfahren. Aber so viel Zeit hatte der Zeitfremde diesmal nicht, er würde mit dem Allernötigsten arbeiten müssen.

Sein Blick fiel auf das leer stehende Wohnhaus vis-a-vis, eine der wenigen Ruinen dieser Gegend, die sich dennoch als Beobachtungsplattform anbot. Er näherte sich dem Gebäude und schon nach ein paar Schritten wurde für ihn ersichtlich, wieso man diesen Block aus der Gründerzeit mied: Das Treppenhaus war einem riesigen Bombenkrater gewichen, und die Vorderfront wirkte, als könnte sie jede Sekunde wie ein Kartenhaus einstürzen. Teile der oberen Etagen lagen ganz frei wie die Rippen eines riesigen Dinosaurierskeletts. Die Rückseite des Gebäudes sah aus, wie wenn ein Riese ein Stück einfach heraus gebissen hätte. Alles in allem nicht sehr Vertrauen erweckend. Doch ob er nun wollte oder nicht, er musste dort hinauf, um einen guten Überblick zu haben.

Er hängte sich seine Ausrüstungstasche um, klammerte sich an einem vorstehenden Stück Beton fest und zog seinen Körper mit einem Ruck nach oben. Nun schwang er sich zur Seite, suchte mit den Füßen Halt, kämpfte sich weiter aufwärts und schaffte es schließlich, den zweiten Stock zu erklimmen. Hier suchte er eine Möglichkeit, auch die dritte Etage zu erreichen. Es würde schwierig werden, erkannte er. Verdammt riskant.

Er kam zu dem Schluss, dass die Sondierung des Terrains im Moment trotzdem das Wichtigste und Vordringlichste war. Die Zeit galoppierte ihm mehr oder weniger davon. Wenn er richtig gerechnet hatte, waren es nur noch knapp fünf Stunden bis zum *Upstream*, und er wusste noch nichts über die Zielperson, das er benutzen könnte, um an die Informationen in ihrem Gehirn zu kommen.

Auch wenn es ihn Unmengen wertvoller Energie kosten würde, aktivierte er manuell das temporale Schutzfeld. Sicher ist sicher. Dann visierte er einen Rest abgebrochnen Treppengeländers an, nahm ein paar Meter Anlauf und sprang. Sein Körper schlug hart gegen die Wand und schlitterte ein paar Zentimeter nach unten, bis seine Hände endlich Halt fanden und er langsam beginnen konnte, sich Zentimeter für Zentimeter an dem Geländer nach oben zu ziehen.

Er hatte nur noch knapp dreißig Zentimeter vor sich, als plötzlich ein Lichtstrahl die Gebäudefront, an der er hing, erhellte. *Scheiße!* Der Mann erstarrte. Er spähte über seine Schulter und sah einen MP-Jeep, dessen greller Suchscheinwerfer langsam hin- und herbewegt wurde. Auch *das* noch! Für ein paar endlose Sekunden verharrte das Polizeifahrzeug am Straßenrand, während die Soldaten die Gegend auskundschafteten. Dann rollte der Jeep endlich weiter. Erleichtert zog sich der Mann das letzte Stück nach oben. Mit Schwung brachte er seine Füße auf einen Fußbodenrest und ruderte noch etwas mit den Armen, um nicht die Balance zu verlieren. Aber schließlich stand er sicher und wagte es, einen ersten Schritt zu machen. Behutsam, immer wieder den Boden austestend und sein Gewicht erst danach verlagernd, schlich er hinüber zu der Gebäudefront, die jenem Wohnblock zugewandt war, in dem seine Zielperson wohnte.

Vorsichtig äugte er hinaus. Der MP-Jeep bog gerade um eine Straßenecke und verschwand aus dem Sichtfeld. Nach und nach begannen Öllampen hinter den Fenstern ihr flackerndes Licht zu verbreiten, hin und wieder auch, wenn die Bewohner Glück hatten, elektrische

Glühbirnen. Die Schatten wurden länger, und der Abend begann, wie ein Vampir alle Farben aus der Welt zu saugen.

Der Mann zog eine etwa fünfzehn Zentimeter lange, konisch zulaufende Röhre aus seiner Tasche und schob sich einen kleinen, durch ein Kabel mit dem Gerät verbundenen Knopf ins Ohr. Die Röhre selbst hielt er sich vor das rechte Auge und drückte dann einen Sensor an der Seite. Der Bildschirm der optischen Systeme erhellte sich, und ein hochempfindliches Mikrophon fing simultan alle Geräusche in der Wohnung seiner Zielperson auf.

Zuerst empfing der Mann nur weißes Rauschen. Dann erklangen plötzlich Schritte, gefolgt von einer hellen Stimme:

» ... ich sag' dir doch, ich bin beim Spielen hingefallen«, rief das Mädchen, seine Zielperson. »Jetzt glaub mir doch, es *war* beim Spielen.«,

»Da lachen ja die Hühner«, antwortete eine dunkle Frauenstimme. Sie klang gleichzeitig wütend und zutiefst besorgt, ein sehr elterlicher Emotionscocktail. »Du hast wieder die Abkürzung genommen, Ingrid. Das ist verdammt gefährlich, kapierst du das nicht? Ich habe dir doch gesagt, dass du nicht dort durch sollst. Niemals! Wahrscheinlich hast du wieder mit Vroni und Achim die Zeit vertrödelt und Bammel gehabt, zu spät heim zu kommen, wenn du nicht diese Abkürzung nimmst. *Stimmt's?* Ach, du bist manchmal ein so blödes kleines Huhn!«

Zwei Gestalten polterten ins Wohnzimmer. Die eine war seine Zielperson, die andere eine schlanke, junge Frau, vielleicht Mitte zwanzig. Sie hatte schulterlanges, dunkles Haar, der Zeit entsprechend gescheitelt, und trug ein aufreizend rotes Kleid und hochhackige Schuhe.

»Also: zur Strafe darfst du morgen nach der Schule nicht spielen gehen, kapiert?«, sagte die Frau *(die laut der*

Telemetriedaten des Scanners mit 97-prozentiger Wahrscheinlichkeit eng mit der Zielperson verwandt war, vermutlich ihre ältere Schwester, die nach dem Kriegstod der Eltern die Erziehung übernommen hatte).

Das Mädchen schnaubte: »Aber, Susan-«,

»Kein aber!«, sagte die junge Frau streng und knöpfte ihren Mantel zu. »Ab ins Bett. Seit Mama tot ist, habe ich die Verantwortung für dich, und wenn sie hier wäre, würde sie dasselbe sagen: Geh ins Bett, und zwar sofort! Kein Radio mehr. Und auch keine Kekse, klar? Morgen reden wir weiter.«

Die Zielperson prustete wütend, gab aber nach. Ihre ältere Schwester wartete noch, bis sie murrend, wenn auch folgsam in ihrem Zimmer verschwunden war, dann zog sie sorgfältig die Vorhänge an den Fenstern zu. Schließlich nahm sie ihre Schlüssel und verließ die Wohnung. Der Zeitfremde konnte sein Glück kaum fassen, während sie der Straße in westlicher Richtung folgte. Ihre Schritte, das typische Geräusch von Absatzschuhen auf Asphalt, hallte bis zu dem Zeitfremden hinauf. Unwillkürlich fragte er sich, wo sie wohl hin ging, zur Arbeit? Oder zum Rendezvous? Dann kam er zu dem Schluss, dass es egal war. Hauptsache, sie blieb schön lange weg.

Ein kurzer Blick auf sein Chronometer: *Noch dreieinhalb Stunden bis zum Upstream.* Nicht mehr viel Zeit.

Gründlich inspizierte er die anderen Wohnungen im gegenüberliegenden Häuserblock. Von einem Fenster her hörte der Mann lautes Schnarchen, aus einem anderen Zuhause erklang leise Musik; ein Radio, das den Krieg überlebt hatte. Eine Frauenstimme sang mit, vielleicht ein wenig falsch, aber mit Freude. Es war lange her, seit der Mann zuletzt so etwas gehört hatte. *(Er erinnerte sich, dass eine seiner Zielpersonen in New Angel City gerne gesungen hatte, aber er wusste nicht mehr, wer es gewesen war, oder den Grund, wieso sie von ihrer Verhandlung ferngeblieben war und die Kaution hatte verfallen lassen.*) Zwei der anderen Wohnungen waren leer oder unbewohnt, die restlichen Bewohner schienen eher mit sich und ihren eigenen Angelegenheiten beschäftigt. Gut. Das würde es ihm einfacher machen; nicht viel, aber immerhin ein wenig, und angesichts seiner Zeitknappheit und Materialschäden mutete dies wie eine gute Nachricht an.

Es mochte in der Realität nicht lange gedauert haben, aber für den Fremden dauerte es *viel* zu lange, bevor es in der Zielwohnung ganz stil wurde und das Umblättergeräusch von Buchseiten endlich verstummte. Das Atmen des Mädchens klang in den kleinen Kopfhörern nun ruhig und entspannt. Der Mann glaubte (oder hoffte) demnach, dass seine Zielperson eingeschlafen war. Er hangelte sich vorsichtig wieder nach unten, duckte sich hinter eine Mülltonne und wartete, bis ein weiterer amerikanischer MP-Jeep vorbeigefahren war. Dann hastete er auf die andere Straßenseite.

Rasch und lautlos enterte er das Treppenhaus, wo es ein wenig nach Abfall und Kater miefte. Er glitt nach oben. Die Holzstufen knarrten unter seinen Füßen, und jedes Geräusch erschien ihm entnervend laut. Als er im dritten Stock angekommen war, orientierte er sich für ein paar Momente, dann huschte er wie ein Schatten neben die Wohnungstüre, hinter der seine Zielperson war. Er öffnete sie mit ein paar geübten, routinierten Handgriffen. Das ganze dauerte nicht einmal fünf Sekunden. Der Fremde war zufrieden mit sich.

Er öffnete die Türe einen Spalt. Spähte nach innen. In der Wohnung war es stockfinster, noch dunkler als im Treppenhaus. Automatisch ging der Restlichtverstärker des Implantates in seinem rechten Auge online, und der Mann begann nach einem grellen, grünen Aufblitzen, seine Umgebung detailliert wahrzunehmen: Möbel,

Bilder an den Wänden, zugezogene Vorhänge an den Fenstern, nun von der anderen Seite aus gesehen.

Er schlüpfte durch den schmalen Schlitz zwischen Tür und Rahmen in die Wohnung, zog dann den Eingang unhörbar hinter sich zu. Seine Schritte waren bedacht. Auf keinen Fall durfte ihm etwas so banales wie ein loser Holzbalken unter seinen Füßen die Mission zerstören.

Die Türe zum Raum, in dem seine Zielperson schlief, war angelehnt. Aus seiner rechten Manteltasche zog er ein winziges Ölfläschchen, fuhr damit über die Türscharniere und hörte zufrieden, dass er gar nichts hörte, als er gewandt und behände in den Raum glitt. Wie ein Nachtschatten näherte er sich dem Bett und vermied es dabei, die Zielperson direkt anzusehen; er wusste, dass man einen Schlafenden, selbst wenn man sich vollkommen lautlos an ihn anschlich, nur durch Anstarren wecken konnte. Doch was ihm schon unzählige Male die Arbeit erleichtert hatte, wurde nun für ihn riskant. Vielleicht hätte er gesehen, dass sich die Umrisse unter der Decke nicht zum Atmen hoben und wieder senkten, hätte er die Zielperson richtig taxiert. So jedoch merkte er erst, dass etwas nicht stimmte, als es schon zu spät war. Dann gab es einen grellen Lichtblitz, als das antitemporale Schutzfeld aufflammte und einen Angriff gegen seinen Körper abwehrte, und er reagierte instinktiv, in dem er sich zur Seite abrollte und in Abwehrposition ging, bereit zum tödlichen Schlag.

Etwas ließ ihn jedoch zögern – zum Glück. Denn vor ihm stand seine Zielperson, drohend ein Brennholzscheit über den Kopf erhoben. Sie trug ein dünnes Nachthemd und eine Jacke, die sie sich hastig übergeworfen hatte. Ihr Haar war zu zwei dicken Zöpfen gebunden.

»Wer sind Sie?«, rief sie. »Was wollen Sie hier?«

»Würdest du mir glauben, dass ich auf den Bus warte?«, antwortete er in akzentfreiem Deutsch. Das Hilfssystem seines Gehirn-Implantates übersetzte ohne

Zeitverlust die Impulse, die er seinem Sprachzentrum zusandte, in die für ihn bislang fremde Sprache.

»Würden *Sie* mir glauben, dass ich Ihnen gleich noch mal eines über den Schädel ziehe, wenn Sie nicht antworten?«, sagte das Mädchen und schrak zusammen, als sie sah, *wer* der fremde Kerl hier in ihrem Zimmer war. »Sie ... sie sind doch der, der mir zur Hilfe gekommen ist, oder?«,

»Stimmt«, antwortete er.

»Warum haben Sie mich verfolgt, hm? *Antworten Sie mir!* Gehören Sie doch zu denen?«

Drohend hob sie wieder den Holzklotz. Das Mädchen hatte Mumm in den Knochen. Sie imponierte dem Mann.

»Ich brauche deine Hilfe«, sagte er.

Sie legte den Kopf schräg. »Was? Sie ... *wie bitte?*«,

Er seufzte. »Ich mache es kurz, also hör gut zu. Ich komme aus der Zukunft – einer möglichen Zukunft aus deiner Sicht. Ich verfolge einen Mann, der in der Zeit rückwärts reist und immer wieder Spuren hinterlässt, so genannte *Wasserzeichen*, wo er als nächstes aus dem Quantenstrom bricht und wo man ihn finden könnte, wenn man schnell genug ist. Du würdest dazu Schnitzeljagd sagen, nur dass es bei dieser Schnitzeljagd um die Gradlinigkeit des Raum/Zeit-Kontinuums geht und nicht um Süßigkeiten. Professor Egbahl Hamidy – das ist der Mann, hinter dem die halbe Welt her ist, inklusive mir – war einer der größten Wissenschaftler meiner Zeit. Niemand weiß mehr über Quantenphysik und Energiegewinnung aus *Schwarzer Materie* als er. Allerdings ist er nur bereit, dieses Wissen an jemand weiterzugeben, der ihm ebenbürtig ist – also verschwand er eines Tages in seiner eigenen Zeitmaschine und ließ das erste Puzzleteil zurück, wo man ihn finden wird. Und seitdem ist er verschwunden, manipuliert den Zeitstrom und platziert die Informationen über sein Reiseziel in den Köpfen wildfremder Menschen, die er dann mit seinem Wasserzeichen markiert. Und genau *das* ist bei dir passiert, Ingrid. Du kannst dich nicht daran erinnern, weil Hamidy dein Gedächtnis manipuliert hat, nachdem er die Daten in deinem Kopf installiert hat.«

Das Mädchen sah ihn bestürzt und wütend an. Der Zeitfremde redete, um sie zu verwirren und abzulenken, und er wusste, dass sie das auf einer unterschwelligen Ebene auch genauso erkannte. Andererseits konnte ihre ehrliche Verblüffung gut nachfühlen. Er erinnerte sich an seine eigene Konfusion und Ungläubigkeit, als man ihn nach seiner Rekrutierung mit den geheimen Informationen des Zeitspiels von Egbahl Hamidy konfrontierte.

»Und wie du dir vielleicht denken kannst«, fuhr er fort, »ist ein Genie wie Hamidy – ein höchst exzentrisches Genie, zugegeben – viel zu wertvoll, um ihn einfach verschwinden zu lassen. Immerhin ist er der einzige, der die Systeme für die Quantentunnel reparieren kann, wenn es nötig wird. Deshalb hat man ein hohes Preisgeld auf den Professor und die Zeitspuren ausgesetzt. Dumme Idee. Denn jetzt machen nicht nur Profis wie ich, sondern auch weitaus weniger wohl gesonnene Männer diese *Downstreams*, um die nächste Information aufzustöbern und Hamidy zu fassen zu kriegen. Und das ist der *erste* Grund, wieso wir uns jetzt beeilen müssen, um ...«

Eine unbeteiligte Frauenstimme aus seiner linken Manteltasche unterbrach ihn: »Achtung, der *Upstream* in das primäre Raum/Zeitkontinuum wird in zwanzig Minuten beginnen, ich wiederhole, in zwanzig Minuten. Machen Sie sich bereit. LIFTBACK-System geht nun online. Sie haben noch zwanzig Minuten! Achtung - Energieversorgung der subnuklearen Zellen im roten Level. Gefahrenpegel!«

»W- ... Was *war* das?«, fragte das Mädchen.

»Mein Servo. Und das ist der zweite Grund, wieso wir jetzt diese Unterhaltung leider beenden müssen, Ingrid.«

Ihren Mut bewundernd, packte er ihr rechtes Handgelenk und entrang ihr das Holzscheit. Er hasste die Tatsache jetzt schon bitterlich, dass ihm gar nichts anderes übrig blieb, als sie bewusstlos zu schlagen, um an die Daten in ihrem Kopf zu kommen. Sie stieß einen wütenden Schrei aus, warf sich herum und schaffte es, ihm über die linke Gesichtshälfte zu kratzen. Das antitemporale Schutzfeld glimmte auf und hinterließ Spuren wie von glühenden Kohlen auf seinen Wangen.

»Neunzehn Minuten bis zum *Upstream*!«, sagte der Servo unbeteiligt.

»Ingrid, bitte, ich werde dir nicht wehtun!« Er packte sie fester, wickelte seinen Arm um ihre schlanke, zerbrechlich wirkende Taille, spürte ihre Füße verzweifelt gegen seine Beine trommeln und versuchte dabei zu analysieren, wie viel Kraft nötig war, um sie bewusstlos zu machen und nicht schwer zu verletzen. Doch plötzlich meldeten seine optischen Sensoren den Schatten einer Bewegung im Wohnzimmer. Er riss seine rechte Hand nach oben, drückte sie auf den Mund der Zielperson.

Die Schwester, dachte er. *Mist! Ihre Schwester ist zurück!*

Wenn sie ihn nun so sah, mit dem kleinen Mädchen in seinen Armen, dann hatte er ein ziemlich übles Problem.

Aber es war nicht die Schwester. Und in dem Moment, in dem er die Gestalt sah – sowie die Gestalt ihn –, begann er sich zu wünschen, dass es die Schwester gewesen wäre.

»Fuck!«, rief der kahlköpfige Koloss, der den Türrahmen des Mädchenzimmers fast völlig ausfüllte. »Fuck, fuck, *fuck!*«

»Breughel, zu spät wie immer«, sagte der Zeitfremde.

»Halt *bloß* deine Fresse!«, warnte Breughel. »Du hast mich in Peking ziemlich in die Scheiße geritten und dich dann einfach vom Acker gemacht – wo ist die Solidarität unter Kollegen?«

»Ich lach mich tot, Breughel«, meinte der Zeitfremde. »Als ob wir Kollegen wären.«

»Wir hätten es sein können«, sagte Breughel, »ich, Mahler und du – wir hätten das Siegerteam in diesem Spiel sein können. Aber dann ... Ehrlich, du Wichser, ich bin immer noch *sehr sauer* darüber, was damals in Kanada mit Mahler passiert ist. Du hast ihm in den Rücken geschossen.«

Der Zeitfremde lachte zynisch. »Weil *du* ihn geschickt hast, um mich zu erledigen. Du hattest nicht einmal genug Mut, es selbst in Angriff zu nehmen. Typisch für dich. Soviel zum Dreamteam.«

Breughel schlug den Mantel von seiner Waffe zurück, einem aufgemotzten Lombard-Plasmastrahler. Schon im Urzustand sehr effektiv, und mit seinen diversen (illegalen) Umbauten vermutlich sogar ein Problem für das antitemporale Schutzfeld.

»Hey, Zorc, ich denke, wir haben beide zu wenig Zeit für diesen Mist«, sagte Breughel. »Du hast da etwas, das ich will. Gib mir das Mädchen, okay? Ich will nur das Wasserzeichen und dann verschwinden. Ich brauche die Kohle, und ich finde, ich habe das Recht auf diese Runde.«

»Ich sagte doch, du kommst zu spät.« Der Zeitfremde zuckte gleichmütig mit den Achseln. »Sie hat die Informationen nicht mehr. Ich habe sie bereits ausgelesen. Diese Runde und die Belohnung gehen an mich. Ich war schneller als du. Such dir dein eigenes Zeitpäckchen.«

Breughel lachte. »Das glaubste selbst nicht, oder?«

»Wie du meinst.« Der Fremde stellte das Mädchen achtlos neben sich ab. »Du kannst sie braten, aber damit änderst du nichts. Der Wasserzeichen ist schon längst nicht mehr in ihrem Kopf. Hier ist kein Zeitpäckchen mehr. Puste sie weg.«

Breughel wurde unsicher. »Du ... äh, bluffst?!«

»Vielleicht, vielleicht auch nicht. Es bist schließlich *du*, der dieses Risiko eingehen muss, nicht ich. Ich habe alle Informationen, die ich brauche. Und wie steht es mit *dir*, Breughel?«

»Halt' deinen verdammten Mund, Zorc, du Arschloch«, rief Breughel und trommelte mit den Fingern auf seiner Waffe herum. »Mann, ich muss nachdenken, *nachdenken* ...«,

»Wenn ich es sage«, hauchte der Fremde seiner Zielperson ins Ohr, »dann stellst du dich direkt hinter mich. Wenn du überleben willst, dann tust du besser, was ich sage. Klar?«

Sie nickte stumm.

»Nein, du bluffst!«, sagte Breughel schließlich und mit groteskem Triumph in der Stimme, weil er diese schwierige Denkaufgabe gemeistert hatte. »Du hättest gar keine Zeit gehabt, das Wasserzeichen zu scannen ...«

»Fünfzehn Minuten!«, blökte der Servocomputer mit seiner unbeteiligten Kunststimme. »Achtung: Energieversorgung der subnuklearen Zellen im kritischen Bereich! Diese Warnhinweise können ab jetzt nicht mehr deaktiviert werden.«

Breughel wurde für ein paar Momente abgelenkt, höchstens einen Wimpernschlag lang, aber es war genug für den Fremden, um in Aktion zu treten. Er machte einen Satz zur Seite, direkt vor das Mädchen, und brachte mit einer Bewegung, die fast zu schnell für das menschliche Auge war, seinen *Dragonslayer* hoch. Ein gebündelter Feuerstoß erfasste Breughel und hüllte ihn für ein paar Momente in einen Feuerball, dann löste sich die grellrote Entladung in einem Plasmanebel auf; das antitemporale Schutzfeld absorbierte die Energie.

Das Überraschungsmoment ausnutzend riss der Zeitfremde seine Zielperson so abrupt mit sich, dass ihre Haare durch die Luft wirbelten, und hetzte auf seinen Gegner zu. Mit der Schulter stieß er Breughel zur Seite, machte einen Satz durch die Wohnungstüre und hastete dann nach rechts, das Mädchen schützend an sich gedrückt. Ein Energiefeuer aus Breughels Partikelstrahler explodierte in Wegrichtung, zwang ihn zu einer abrupten Änderung des Weges, nun hinauf, in Richtung Dach. Es war der letzte Ort, wo der Fremde hin wollte, doch Breughel ließ ihm keine Wahl.

Die beiden oberen Stockwerke hatten offensichtlich während eines alliierten Bombenangriffs zumindest einen leichteren Schaden abbekommen und waren unbewohnt. Schutthaufen, abrupt endende Wände und leere Nischen bildeten ein unübersichtliches Labyrinth, in das an einigen Ecken Mondlicht durch Löcher im Dach und den Wänden hereinspähte, weiß und hart, viele Schatten auf dem Boden und an den Wänden.

Der Fremde übersprang einen Teil des Fußbodens, der ihm brüchig erschien, und landete mit katzenhafter Sicherheit auf der anderen Seite. Schleunigst rollte er sich hier hinter ein Wandfragment und legte den Zeigefinger der rechten Hand an die Lippen des Mädchens. Sie schien zu verstehen, blieb völlig still, zitternd und eng zusammengekauert neben ihrem Beschützer.

Zuerst polternde Schritte in der Stille, als Breughel nach oben rannte, dann das leise Rauschen von Stoff, gefolgt von Grabesstille. Das Mädchen mit dem linken Arm umklammernd, hielt er den Griff des *Dragonslayers* mit der rechten Hand und visierte pausenlos die Richtung an, in der sich sein Gegner befand. Er hörte Breughel in einen Raum auf der anderen Seite des Korridors schleichen. Kurz entschlossen hob er das Mädchen vom Boden hoch und trug sie weiter in das Stockwerk hinein, weg von dem Ort, wo sich die

Silhouette seines Rivalen, umhüllt von einer Aura aus Mondlicht, wie ein Trugbild manifestierte. Der Zeitfremde ließ sich von der Stille vereinnahmen, während er Breughel zu umrunden begann. Wenn alles glatt ging, würde er in etwa fünfzehn Meter eine Chance haben, wieder die Treppen nach unten zu erreichen.

Die Technik spielte ihm einen bösen Streich.

»Neun Minuten bis Upstream!«, verkündete plötzlich der Servo. »LIFTBACK ist positioniert. Energieverso-«

Breughel fuhr herum, und der Zeitfremde hatte keine andere Wahl, als den ersten Angriff auszuführen. Breughel warf sich zu Boden, als die Energiefontäne über ihn hinwegjagte und sich in die Mauer hinter ihm fraß. Ein Flammenpilz blähte sich auf, Ziegelsteine und Trümmer wurden weggeschleudert und landeten prasselnd auf der Straße und den umliegenden Häusern. Breughels massiger Körper wurde von der Detonation verschluckt, sein antitemporales Schutzfeld ein Inferno aus Feuer, Glut und energetischen Entladungen. Aus seiner Waffe züngelte ein wilder Plasmastrahl hervor, als sich sein Finger bei der Explosion reflexartig um den Abzug kümmerte. Die Salve fauchte ungezielt durch den Raum und entlud sich an einem Rest des Hausdachs. Flammen färbten den Nachthimmel grellrot, als Breughel, ohne den Finger vom Abzug zu nehmen, seine Waffe planlos hin- und herschwenkte. Explosionsdonner hallte dumpf durch die schlafende Stadt, ließ viele Menschen zu Tode erschrocken aufwachen und an die Bombennächte vor nur wenigen Jahren zurückdenken.

Instinktiv schleuderte der Zeitfremde die Schutzperson zu Boden und warf sich, die Arme weit ausgebreitet, wie ein lebendiges Schild über sie. Beansprucht bis zum äußersten glühte sein antitemporales Schutzfeld immer wieder grell auf, während das Energiefeuer einer lebendigen, gefräßigen Mauer an Wänden und der Decke entlang züngelte und schließlich in grauem, dichtem

Qualm verpuffte, als Breughel endlich den Finger vom Abzug nahm.

Krachend stürzten Teile der noch vorhandenen Decke ein und durchschlugen den Fußboden, sowie auch noch die darunter liegende Etage. Wo vor ein paar Minuten noch eine solide Wand gewesen war, konnte der Zeitfremde nun die Häuser der Stadt sehen. Die Bewohner flüchteten aus dem Gebäude, rannten in kopfloser Panik auf die Straße. Zwei MP-Jeeps bremsten mit quietschenden Reifen vor dem Haus, die Besatzungen sprangen mit verwirrten, wütenden Gesichtern von ihren Maschinen. Mit ihren M1-Gewehren und Colt Goverment-1911-Pistolen in den Händen spurteten sie auf das umkämpfte Gebäude zu.

Hektisch blickte sich der Zeitfremde um, doch selbst sein hochempfindliches Augen-Implantat konnte Breughel nirgends ausmachen. Der Gegner verschanzte sich irgendwo in dem Chaos aus Rauch und Trümmern.

»Acht Minuten«, kündete der Servo an. »Warnung! Subnukleare Zellen verfügen nur noch über Energie, um ihr Antitemporales Schutzfeld für drei Sekunden aufrecht zu erhalten!«

Der Zeitfremde fluchte lautlos. Vor dem Haus wurden derweil Befehle gebrüllt. Der Fremde versuchte zu verstehen, was genau gesagt wurde, hörte aber nur die Anweisung: »... *secure the area! Drake, Kaminsky, follow me!*« Dann war da ein anderes Geräusch, näher, unmittelbarer, aber der Fremde konnte es nicht identifizieren. Es klang wie ein anschwellendes Knirschen und Knacken, ein fundamentales Reißen unter und *neben* ihm.

Im selben Moment hörte er den panischen Aufschrei seiner Zielperson, als unversehens der Boden an der ganzen Gebäudeflanke einstürzte, so wie eine Etage in einem Kartenhaus. Das Mädchen rutschte in den schwarzen, gähnenden Abgrund, sechs Stockwerke über dem Boden, hilflos mit den Armen umherrudernd, ihre Finger keinen Halt findend. Der Fremde ließ seine Waffe fallen. Seine Hände ruckten zur Seite und hinter dem Mädchen her. Er erwischte mit drei Fingern der rechten Hand den Stoff ihres Nachhemdes, sah ihre weit aufgerissenen Augen, hörte den dünnen Stoff reißen. Ihr ersticktes, wimmerndes Ächzen entfernte sich immer weiter von ihm.

»Ruhig!«, sagte er. »Ich hab' dich ... *Ich hab' dich*!«,

»Sieben Minuten bis zum *Upstream* ... Positionierung für LIFTBACK abgeschlossen«, sagte der Servo. Der Fremde begann schon, die Wirkung der sich ankündigenden Zeitverschiebung zu spüren: als pulsierendes Kribbeln, das aus dem Innersten seines Körpers zu kommen schien und nach jedem *An-* und *Ab*schwellen ein wenig intensiver wurde.

Eine Frau auf der Straße schrie auf, als sie das Kind dort oben hängen sah. Zwei GIs folgten ihren Blicken und zuckten ebenfalls zusammen. »*Gee-suuus*«, sagte der eine mit einem starken texanischen Akzent. »*There's a girl up there! C'mon, Charlie, move your ass!*«

Irgendwie schaffte es der Fremde, die Zielperson ein paar Zentimeter wieder nach oben zu ziehen, doch ihre Schultern und ihre Hände waren immer noch außerhalb seiner Reichweite. Zudem riss bei jeder Bewegung das Leinen des dünnen Nachthemdes noch weiter ein. Schon entglitt ihm die Zielperson wieder ein paar Zentimeter. Der Riss in dem dünnen Hemd klaffte jetzt schon fast bis zu den Fingern des Zeitfremden.

Wo war Breughel? Der Zeitfremde warf einen gehetzten Blick über seine Schulter. Der Schatten seines Gegners huschte wie ein Schemen über die Wände, kam immer näher.

»Sechs Minuten!«, sagte der Servo. »Noch fünf Minuten fünfundfünfzig Sekunden bis zum *Upstream*!

Countdown läuft! Warnung: Energieversorgung im kritischen Bereich! Sie haben nur noch Energie f-«

Scheiße! So wenig Zeit. In diesem Moment dämmerte es ihm, dass er nur einen Ausweg gab: eine *teure* und riskante Flucht, die ihm das letzte Quäntchen Energie für das Schutzfeld kosten würde. Es war das letzte, was er tun wollte, und dennoch hatte er keine andere Wahl. *Sieben Stockwerke,* dachte er. *Verdammte sieben Stockwerke!*

»Fünf Minuten bis zur Aktivierung von LIFTBACK!«

»Was auch immer jetzt passiert«, versprach er der Zielperson und sah ihr dabei tief in die großen, ängstlich aufgerissenen Augen, »ich werde dich beschützen. Vertrau mir!«

»Bitte!«, wimmerte sie. »Ich will nicht sterben!«

Er schüttelte den Kopf. »Das wirst du nicht! Ich werde dich beschützen, okay? Schließ jetzt Deine Augen!«

Ein letztes Mal brachte er den *Dragonslayer* hoch und feuerte eine Ladung in Richtung jener Wand, hinter der sich Breughel befinden musste. Dann stieß er sich ab und stürzte gemeinsam mit dem Mädchen in die Tiefe.

Während die meisten Menschen von der neuerlichen Explosion unter dem Dach des halb zerstörten Gebäudes überrascht wurden und sich geblendet abwandten, sah eine ältere Frau im Erdgeschoss des Nachbarhaus sofort die zwei Objekte, die im Augenblick der feurigen Entladung zu Boden purzelten. Und die Frau erkannte ebenfalls, dass es sich dabei nur um zwei Menschen handeln konnte.

Noch im Sturz, sein Mantel wie ein paar Fledermausflügel oder ein Fallschirm umherwirbelnd, rollte sich einer der beiden Todgeweihten herum und zog die zweite Gestalt zu sich, so dass er nun mit dem Rücken voraus auf den Asphalt zuraste. Die Zeugin schrie entsetzt auf, *wollte* nicht mehr zusehen, konnte sich aber dennoch nicht abwenden ... und erlebte etwas

Unglaubliches: In einen Ball aus gleißendem Licht gehüllt krachten die beiden Todgeweihten auf dem Bürgersteig. Aber als sich das Glimmen wenige Augenblicke später aufgelöst hatte, lagen keine verstümmelten Leichen dort vor dem Haus. Stattdessen hastete ein langhaariger Mann, der ein offenbar ohnmächtiges kleines Mädchen mit sich trug, direkt auf das Fenster zu, von dem aus die bleiche, geschockte Frau das groteske Schauspiel in ihrer Nachbarschaft verfolgte. Dann verschwand er in einer Seitenstraße, als wäre nichts geschehen.

»Vier Minuten bis zum Upstream«, verkündete der Servo mit seiner teilnahmslosen Stimme. »Achtung: Sie haben Ihre Energiereserven für das antitemporale Schutzfeld komplett aufgebraucht. Ihnen steht kein Schutz mehr zur Verfügung. Ortung des LIFTBACK-Kanals hat Sie bereits erfasst. Machen Sie sich bereit!«

Mit großen, schnellen Schritten entfernte sich der Zeitfremde vom Tumult um den Wohnblock. Das Mädchen hing ohnmächtig in seinen Armen. Der Schock des Sturzes und des Aufpralls hatte sie bewusstlos werden lassen, was für die Mission das Beste war, das hätte passieren können.

Etwa zweihundert Meter die schmale Querstraße entlang erblickte der Zeitfremde ein Quartier, das er nutzen konnte: Es war eine alte, leerstehende Fabrikhalle ähnlich der, in der das Mädchen gestern Nachmittag fast vergewaltigt worden wäre. Mit einem gezielten Tritt brach er die Hintertüre auf und verschanzte sich in einem der Büros an der Stirnseite des Industriegebäudes. Rasch öffnete er die Augenlider des Mädchens und sah, dass sie noch immer völlig bewusstlos war. Der Fremde stieß ein erleichtertes Seufzen aus. Allmählich hatte sich um ihn ein bläulicher Nebel manifestiert, elektromagnetischer Dunst, der rasch begann, sich um seinen Körper als Zentrum zu drehen.

»Zwei Minuten dreißig Sekunden bis zum *Upstream*«, meldete sein Servo.

Er holte den Scanner aus seiner Tasche und entfaltete das Gerät, das wie ein altmodischer Kopfhörer für Musik aussah. Dann setzte er den Abtaster seiner Zielperson in korrekter Position halb auf die Stirn, halb auf den Kopf und berührte einen Sensor an der Seite des Geräts. Am Statusfeld leuchteten rote Symbole auf. Systematisch durchsuchte die Maschine nun die Erinnerungssektoren des Mädchens nach Hamidys Wasserzeichen.

»Zwei Minuten bis zum *Upstream* ...!«

Immer noch arbeitete der verdammte Scanner. Einmal hatte es drei Minuten gedauert, bis die Informationen endlich aufgespürt worden waren. Der Zeitfremde betete, dass es diesmal schneller gehen würde, während die Sekunden heruntertickten.

»Ich *wusste* es!«, rief plötzlich eine Stimme vom Eingang der Halle her. Der Zeitfremde wandte sich um. Die Energieschlieren, die immer intensiver durch die Halle wogten, spiegelten sich in Breughels Glatze und dem matt glänzenden Karbon seines Partikelstrahlers.

Impulsiv hockte sich der Zeitfremde hin, so dass das Mädchen nun zwischen ihm und seinem Gegner war.

»Ich hätte dich nicht für so feige gehalten, dass Du dich hinter einem *Mädchen* verstecken musst«, sagte Breughel.

»Manchmal muss man Dinge tun, die einem widerstreben«, sagte der Zeitfremde. Immer noch waren die Datenreihen auf dem kleinen holografischen Display des Abtasters rot abgebildet. Die Maschine suchte weiterhin.

Breughel bewegte sich seitwärts, und der Zeitfremde machte ebenfalls einen Schritt im Krebsgang, behielt das Mädchen stets zwischen sich und seinem Gegner. Es hasste es wirklich, aber seine Zielperson und die Daten in ihrem Kopf als Schild zu benutzen war momentan die einzige Chance, die er und das Mädchen hatten. Breughel konnte keinen Schuss abgeben, ohne die Kleine und den Wasserzeichen ebenfalls auszulöschen.

»Noch eine Minute bis zum *Upstream* ... LIFTBACK beginnt, den Tachyonenkorridor aufzubauen ...«

Während sich die beiden Gegner umkreisten wie zwei kämpfende Kater, begann der Energiewirbel den Zeitfremden so einzuspinnen, dass er aus einiger Entfernung kaum noch zu erkennen war. Seine Silhouette begann zu flirren wie weißes Rauschen auf einer Mattscheibe.

»Dreißig Sekunden ... Zeitkorridor wird verifiziert ... Datentransfer abgeschlossen ... Daten gesichert ...«

In diesem Augenblick verfärbte sich das Display des Abtasters von rot zu grün. Der Scanner hatte die im Gedächtnisstamm verankerten Informationen gefunden und heruntergeladen. Die Hinweise auf Professor Hamidys nächstes Ziel waren endlich physisch und greifbar und somit noch wertvoller geworden.

»Fünfzehn Sekunden ... Tachyonenkorridor zu 60 Prozent stabil ...«

Beide Gegner bewegten sich ruckartig auf das Mädchen zu, doch es war der Zeitfremde, der als erster den Scanner an sich riss. Hinter ihm offenbarte sich im Inneren des Wirbels ein enger, rotierender Korridor aus Tachyonen, subatomaren Partikeln, die sich schneller als das Licht bewegen konnten. Es war ein wachsender Torbogen, in das Kontinuum gestanzt von riesigen Magnetfeldgeneratoren, die erst dreihundert Jahre später von Professor Egbert Hamidy und seinen Zeitingenieuren entwickelt werden würden.

» ... zehn Sekunden! Tunnel zu 80 Prozent stabil ...«

»Du wirst mit mir kommen müssen, Breughel«, sagte der Zeitfremde und dirigierte seinen Gegner mit dem Scanner als Köder weg von dem Mädchen und in

Richtung des wabernden Tachyonenkanals. »Hier ist dein Geld! *Hier ist der Scanner mit den Daten!* Spring mit mir in den Kanal und du hast deine Chance.«

»Fünf Sekunden bis zur völligen Stabilität ... drei ... zwei ...«

»GIB IHN MIR!«

Breughel versuchte, nach dem Scanner zu greifen, doch der Zeitfremde hatte bereits mit einem Angriff in letzter Sekunde gerechnet. Er nutzte den Schwung seines Gegners und klammerte sich an ihn, bevor er sich einfach fallen ließ. Die beiden landeten exakt im Scheitelpunkt des flirrenden, summenden Rotationsellipsoids voller Lichter und Farben, die nur Zeitreisende jemals zu sehen bekommen würden. Jählings verschwanden sie aus diesem Kontinuum. Der Korridor fiel daraufhin in sich zusammen wie ein Bild auf einem alten Röhrenfernseher. Seine Partikel kreisten noch ein paar Sekunden lang kontrolliert um das hochenergetische Zentrum in seiner Mitte, dann stoben sie einfach davon wie der Staub, den der Zeitfremde wenige Stunden zuvor eingeatmet hatte und für immer mit dieser Zeit verbinden würde.

Als Ingrid Koch später aus ihrer Bewusstlosigkeit erwachte, besaß sie keinerlei Erinnerung daran, was auf dem Dach des Hauses, in dem sie und ihre Schwester wohnten, geschehen war. Das Mädchen wusste nicht, wie sie in diese alte Lagerhalle gekommen sein könnte, wo eine amerikanische MP-Patrouille sie schließlich fand. Und sie konnte auch die Herkunft der Lichtblitze und Explosionen nicht erklären oder wer der Mann gewesen war, der sie offenbar in Sicherheit gebracht und dann zurückgelassen hatte. Ihre Erinnerungen endeten in dem Moment, als sie in ihrem kuschelig warmen Bett eingeschlafen war – sauer auf ihre Schwester, aber sicher und geborgen.

Während der nächsten Jahre ihres Lebens schien die Erkenntnis über das Geheimnis der fehlende Zeit in ihrer Kindheit mehr als einmal so nah vor ihr zu schweben, dass sie glaubte, alles wieder vor Augen zu haben. Und dann sah sie im Geiste das Bild eines Mannes, den sie nie gekannt hatte.

Im Laufe der Jahre schusterte sie sich viele verschiedene Erklärungen zurecht, wer dieser Mann gewesen sein konnte.

Doch die eigentliche Antwort blieb vor ihr verborgen und kehrte nie zurück, außer in ihren Träumen, wenn er wieder vor ihr stand, groß, mit seinem schulterlangen, aschfarbenen Haar und den kühlen grauen Augen - der Fremde in einer fremden Zeit, der ihre Vergangenheit verändert hatte, um seiner Zukunft das Überleben zu sichern.

Eine Frage der Balance

Die Zimmerdecke war das erste, dessen sie sich völlig bewusst wurde: hoch und holzgetäfelt spannte sie sich über ihr ganzes Blickfeld wie ein sanft gemaserter Himmel.

Dann schob sich ein Gesicht, umrahmt von dichtem, silberfarbenem Haar, vor ihre Augen. Ihre zu gleichen Teilen überraschte und ratlose Miene spiegelte sich in den Gläsern der Nickelbrille jenes Mannes, der sie da mit freundlichem, obschon unleugbar wachsamem Blick anschaute.

»Willkommen zurück«, sagte er. Er hatte eine sanfte, sonore Stimme - eine Radiostimme, wie man sie gern hörte.

»Danke«, antwortete sie, da ihr keine bessere (oder auch nur irgend eine) Antwort einfiel.

»Wie geht es Ihnen, Carina?«

Dieser Name brachte endlich eine Glocke in ihr zum läuten. Denn es war ihr Name: Carina Arnold.

Prima. Wenn ihr jetzt noch einfiel, wo sie war, was sie getan hatte und wieso sie sich fühlte, als hätte man ihr Gehirn wie eine Zitrone ausgequetscht, konnte sie sich als einigermaßen zufrieden betrachten.

»Hab keine Ahnung, wie es mir geht«, sagte sie. »Mein Kopf ist ... wie leergefegt. Und er brummt ganz gewaltig. Wie nach einer heftigen Party.«

»Keine Sorge, das passiert manchmal nach einer Hypnosesitzung, die so tief im Unterbewusstsein gräbt, sagte der Mann mit der silbernen Einstein-Mähne. »Scheint so, als hätten wir Sie auch diesmal termingerecht wieder aufgegabelt, nicht wahr?«

Damit entschwand er wieder aus ihrem Blickfeld. Was hatte er nur gemeint – ,wieder aufgegabelt'? fragte sie sich matt, und auch: Was ergab hier überhaupt einen Sinn?

Carina Arnold richtete sich auf und schaute sich um. Der Raum, in dem sie auf einem weichen, burgunderroten Divan ruhte, hatte zwei strikt getrennte Sphären – eine gemütliche und eine funktionelle. Die abgewandte Seite des Zimmers mit seinen stuckverzierten Wänden dominierten ein riesiger, penibel aufgeräumter Holzschreibtisch und ein Spalier schlichter, weißer Holzregale voller Fachliteratur. Die andere Seite hingegen – wo Carina sich befand – wurde durch mehrere japanische Paravents vom Arbeitsbereich abgetrennt und wirkte wie ein behaglicher Wintergarten aus vergangenen Zeiten. Durch die halb zugezogenen Holzlamellenrollos fiel das träge Licht der Nachmittagssonne auf eine Gruppe runder Tischchen voller Antiquitäten sowie eine stattliche Ansammlung gesunder Topfpflanzen, die jene behagliche Sitzgruppe einrahmte, wo Carina gerade zu sich gekommen war.

Dies war Doktor La Roches Praxis, sickerte es ihr beim Anblick der Umgebung endlich in den Kopf. Hier war der Ort, an dem sie in den vergangenen Monaten so viel Zeit verbracht hatte, seit sie zum ersten Mal diese seltsamen wiederkehrenden Träume bedrängt hatten ...

Die Träume! Schlagartig wusste sie wieder, wieso sie sich hier befand. »Na ja, Doktor ... *und?*«, fragte sie. »Was ist passiert ... ich meine, was habe ich erzählt?«

Doktor Cedric La Roche (einundsechzig, ein renommierter Psychologe und Hypnosetherapeut aus Straßburg) konnte an dieser Stelle ein mildes Lächeln nicht unterdrücken.

»Ganz ruhig«, sagte er. »Sie werden alles erfahren. Ich kann Ihnen aber eines sagen – wir haben einen großen Schritt gemacht. Sie haben zum ersten Mal ein Ereignis genannt, mit dem wir vielleicht arbeiten können.«

»Ein *Ereignis?*«, sagte sie und setzte sich ruckartig auf.

Wie nach bislang allen Hypnose-Sitzungen konnte sich Carina nicht daran erinnern, was sie in Trance erlebt (vielleicht sogar *wieder*erlebt?!) und dann erzählt hatte. Sie war stets auf die Erzählungen und Interpretationen ihres Psychologen angewiesen. Das machte sie etwas ungeduldig, aber sie vertraute La Roche.

»Sie erwähnten den Prager Fenstersturz. Das geschah, wenn ich mich nicht irre, im Jahre 1618«, sagte er. »Der Fenstersturz hatte einen Aufstand in Böhmen zur Folge und war einer der Faktoren im Aufkeimen des dreißigjährigen Krieges. Genau darüber haben Sie gesprochen – über Ihre Angst, dass es zu einem Krieg kommt und Ihr Geliebter in die Schlacht ziehen muss.«

»*Das* habe ich gesagt?« Sie runzelte die Stirn. »Dabei war ich in Geschichte in der Schule immer eine Niete.«

Der Doktor zog eine kleine Bandkassette aus seinem altmodischen Diktaphon. »Ich könnte Ihnen die Aufnahme gerne mal vorspielen, wenn Sie möchten, Carina. Aber bislang hat Sie diese Aussicht zu sehr beunruhigt.«

Sie schüttelte vehement den Kopf. Ihre eigene Stimme zu hören, die in gespenstischem Ton Dinge erzählte, die offenbar in ihrem Kopf gespeichert waren, die sie selbst aber nicht abrufen konnte, jagte ihr eine *Scheißangst* ein.

Daher verweigerte sie sich konstant den Aufzeichnungen und vertraute den Dingen, die ihr der Psychologe erzählte.

Und diesmal hab ich also ein historisches Ereignis erwähnt! Wow!, dachte sie zugleicht begeistert und *erleichtert*. Das war zweifellos ein Durchbruch. Nach mehr als zwölf Sitzungen unter regressiver Hypnose hatten sie endlich jenen Punkt erreicht, an dem eine mögliche Datierung der Lebenszeit der geheimnisvollen Protagonisten ihrer nicht minder rätselhaften wiederkehrenden Mittelalterträume endlich möglich wurde. Endlich!

»Carina, was in dieser Sitzung entschleiert wurde, ist sicherlich signifikant«, sagte Doktor La Roche, als hätte er ihre Gedanken gelesen und versuchte nun, sie ein wenig zu bremsen. »Aber das Geheimnis Ihrer Seelenverwandtschaft mit dieser Frau, die demnach vor mehr als 350 Jahren gelebt hat, wird dadurch leider noch kein Stückchen kleiner. Da liegt noch viel Arbeit vor uns. Recherche. Verifizierung. Rücksicherung.«

»Da haben Sie recht«, sagte sie ein wenig verdrossen.

»Sie sollten keinesfalls die Geduld verlieren«, sagte der Psychologe. »Geheimnisse neigen dazu, noch verzwickter zu werden, wenn man mit Gewalt versucht, sie aufzudecken. Das hat mir mein Vater mal gesagt. Und er hat Recht, finden Sie nicht? Das Geheimnis *wird* sich uns erschließen, nicht heute und nicht morgen, aber es wird. Wir dürfen nur die Geduld nicht verlieren und alles überstürzen. Damit könnten wir das, was wir bislang erreicht haben, unwiederbringlich zerstören. Das Band zwischen Ihnen und Katharina ist sehr fragil – wie eine Funkverbindung über Kontinente hinweg, die nur dank ganz besonderer atmosphärischer Phänomene zustande gekommen ist und jederzeit wieder zusammenbrechen kann.«

Carina Arnold nickte. »Das stimmt natürlich. Klar würde ich lieber sofort als irgendwann in der Zukunft wissen, wieso dieses Band zwischen *ihr* und *mir* besteht, und wieso alles ausgerechnet jetzt begonnen hat.«

Genau *dies* war interessanterweise keine Frage, die dem Psychologen schon schlaflose Nächte bereitet hätte.

Dr. Cedric La Roche blieb noch lange versonnen am Fenster stehen, nachdem er sich von seiner Patientin verabschiedet hatte. Er sah Carina Arnold nach, wie sie die Straße vor dem prächtig renovierten Jugendstilhaus in Sankt Johannis überquerte, dann in ihren leuchtend roten New Beetle mit Fürther Nummernschild stieg und davonbrauste. Schließlich setzte er sich wieder hinter seinen breiten, aufgeräumten Schreibtisch. Er fuhr mit den Fingern über die dicke Akte, auf der in schmalen und schlichten Buchstaben CARINA ARNOLD zu lesen war.

In seiner mehr als dreißigjährigen Laufbahn als Psychologe und Spezialist für regressive Hypnosetherapie hatte La Roche viele interessante Fälle bearbeitet. Immer wieder dachte er gerne daran, wie vielen Menschen er geholfen hatte, die unter unerklärlichen Ängsten litten. Er hatte unzählige Kindheitstraumata ans Tageslicht gebracht und dadurch gestörte Erwachsene von Neurosen befreit. Er hatte Opfer von sexuellem Missbrauch unter Hypnose dazu gebracht, das Geschehene zu verarbeiten und nicht mehr nur zu verdrängen. Ja, er hatte sogar an einigen Kriminalfällen mitgearbeitet, indem er mit Hilfe der Hypnose verloren geglaubte Erinnerungen im Geiste von Verbrechensopfern und -zeugen wieder erweckte.

Carina Arnold war dennoch eine Story für sich – als Mensch wie als Patientin. Zweifellos war dies eine der interessantesten und herausforderndsten Therapien, die er je in Angriff genommen hatte.

Es schien ihm ein wenig wie gestern, dass die junge Frau zum ersten Mal seine Praxis betrat. Zuvor hatten er und das Mädchen bloß ein einziges Mal kurz miteinander telefoniert, und während des Gespräches hatte die junge Frau nur wenige Informationen preisgegeben, wieso sie psychologische und hypnosetechnische Hilfe suchte. Sie erwähnte seltsame, wiederkehrende Träume und Deja-vu-Erlebnisse.

La Roche war zunächst nicht sicher gewesen, wie er die ganze Sache – inklusive der Patientin – einschätzen sollte. Irgendwie roch es ihm verdächtig nach dem an den Haaren herbeigezogenen Hirngespinst einer gelangweilten Geschäftsfrau. Er befürchtete eine hoch frustrierte Donna-Kern-Zicke, die dem Beispiel moderner Fernsehserien nacheifern und endlich auch einmal pro Woche auf der Couch eines Therapeuten liegen wollte. (*Wobei er eines jedoch zugeben musste: Immerhin verdankte er der Handvoll penetranter »Sex and the City«-Seherinnen, deren nicht vorhandene Probleme er mehr zu therapieren vorgab, als dass er sein völliges Können auf sie konzentrierte, sein neues Sommerhaus auf Rügen.*)

Dann aber traf er Carina Arnold zum ersten Mal, und er bedauerte das Vorurteil, dem er erlegen war. Weder war sie eine Donna-Kern-Zicke, noch eine frustrierte Geschäftsfrau oder ein Medienfreak. Sie entpuppte sich als ein kluges, kreatives, fleißiges Mädchen von nicht alltäglicher Schönheit und beruhigender seelischer Bodenständigkeit.

»Ich habe seltsame Träume«, sagte sie mit unsicherer Stimme und knetete ihre im Schoß gefalteten Hände, als wäre es das dümmste, was man jemals zu einem Psychologen gesagt haben könnte.

Dr. La Roche nutzte diesen Moment, um sie genauer zu betrachten. Das Licht der untergehenden Sonne fing sich in ihrem dichten, rotbraunen Haar, das weich und seidig auf ihre Schultern und ihren Rücken hinab fiel. Ihre mandelförmigen Augen, deren äußere Winkel sanft nach oben geschwungen waren, schillerten smaragdgrün. Ihre hohen Wangenknochen spiegelten das Erbe slawischer Vorfahren wieder. Alles in allem konnte sich La Roche nicht an den Anblick eines derartig aparten, ebenmäßigen Gesichts erinnern, ach, und er hatte *viel* gesehen.

»In Ordnung, Frau Arnold. Schildern Sie mir bitte, was ist an diesen Träumen so ungewöhnlich? So beunruhigend?«

»Na ja, es ist immer wieder derselbe Traum ... er spielt im Mittelalter. Dabei interessiere ich mich überhaupt nicht für das Mittelalter«, fügte sie mit einem unbehaglichen Lächeln hinzu. Sie suchte ein paar Momente nach den richtigen Worten, dann gestand sie: »Das klingt jetzt sicher verrückt, aber es ist, als wären das nicht meine Erinnerungen ... sondern als hätte ich die Erinnerungen eines anderen Menschen im Kopf. Wie gesagt, ich interessiere mich nicht für das Mittelalter, also sehe ich keine Filme, die in dieser Zeit spielen, und ich lese keine Bücher darüber. Dennoch habe ich das mittelalterliche Leben bis ins kleinste Detail in meinem Geist.«

La Roche nickte. »M-hm«, meinte er teilnahmslos. »Erleben Sie diesen Traum als Sie selbst? Oder aus der Warte eines Beobachters? Gewissermaßen aus der Distanz?«

Das Mädchen sah auf. In ihren gefährlich tiefen Katzenaugen blitzte es auf. Der Doktor schien sie nicht für verrückt zu halten, im Gegenteil. Er schien zu wissen oder wenigstens zu vermuten, auf was sie hinaus wollte ... und das erfüllte sie offenbar mit großer Hoffnung.

»Ich würde sagen: beides«, sagte sie und sprach plötzlich schneller, aufgeregter. »Zeitweise beobachte ich nur, und zeitweise sehe ich durch die Augen der Hauptperson ... die ich bin, und doch wieder nicht. Wenn ich in einen Spiegel sehe, dann sehe ich ein Gesicht, das dem meinen zwar ähnelt, aber das trotzdem nicht meines ist. Aber letztlich ist es immer nur wie ein Film, der da abrollt, und auf dessen Handlung ich – im Gegensatz zu einem normalen Traum – keine Einflussmöglichkeit habe. Und das nicht nur in einer Nacht ... sondern immer, immer wieder.«

»Ich verstehe.« Er nickte. »Wie begannen die Träume?«

»Ich falle – aber es ist kein unkontrollierbarer Sturz, eher wie ein ... wie ein gesteuerter Abwärtsflug mit einem Gleitschirm«, sagte sie. Sobald sie für ein paar Momente schwieg, um nachzudenken oder sich zu sammeln, hörte sie die Spitze von Dr. La Roches Kugelschreiber emsig über das Papier seines Notizbuchs kratzen.

»M-hm, m-hm«, wiederholte er dabei.

Nach der Erzählung setzte sich Carina auf und fragte, so direkt sie den Mut hatte: »Okay, *was* geschieht hier? Seien Sie ehrlich, Doktor La Roche, bin ich ein Fall für die Klapsmühle? Total *Banane?* Bekloppt?«

Der Psychologe schüttelte den Kopf. Er konnte sich zwar ein Lächeln nicht verkneifen, klang aber ruhig und überzeugend, als er sagte: »Mitnichten. Solche Fälle sind mir nicht fremd, Carina. Es kommt zwar sehr selten vor, was Sie beschrieben haben, aber die menschliche Seele ist nach wie vor *Terra inkognita* – unerforschtes Land. Und ich weiß, dass derartige wiederkehrende Realträume ein durchaus echtes Phänomen sind. Ein unerforschtes zwar, aber völlig reell.«

Sie sah verblüfft aus. »Sie ... Sie *glauben* mir also?«

La Roche nickte. Er schob seine Brille mit dem Zeigefinger ein paar Zentimeter auf seiner graden Nase nach oben und begann: »Ich will Ihnen eine Geschichte erzählen, Carina. Vor ein paar Jahren kam eine Frau zu mir, nennen wir sie Hilde. Hilde war ein paar Jahre älter als Sie, eine erfolgreiche Immobilienmaklerin mit Familie, die, wie man sagen würde, mit beiden Beinen fest auf dem Boden der Tatsachen stand. Eines Tages besuchte Hilde einen Kunden, der sein Haus verkaufen wollte, in einer fremden Stadt. Es war eines jener Nester auf dem Land, irgendwo in der Oberpfalz, die sich seit Ewigkeiten kaum einen Deut verändert zu haben scheinen. Als sie das Städtchen zum ersten Mal sah, da beschlich sie plötzlich ein Gefühl, all dies bereits gesehen zu haben. Sie war sicher, schon an diesem Ort gewesen zu sein. Dieses Gefühl kennt jeder, das so genannte *Deja vu*, eine simple kleine Fehlschaltung im Gehirn, nicht wahr?

In ihrem Fall aber war es offenbar mehr. Hilde erzählte mir später, dass sie den Plan, wie sie zu ihrem Kunden kommen würde, im Büro liegen gelassen hatte – und dennoch fand sie das abgelegene Haus auf Anhieb. Sie meinte, es wäre gewesen, als hätte sie den kompletten Stadtplan des Städtchens im Kopf gehabt. Nach diesem Erlebnis an begann sie, Träume zu haben ... Träume, die in jener fremden Stadt spielten, die sie zuvor nie gesehen hatte und dennoch bis ins letzte Detail beschreiben konnte. Auch dies waren Träume, in denen sie eine andere Person zu sein schien, und das alles in einer außergewöhnlichen Intensität und Lebendigkeit, wie sie es noch nie erlebt hätte ... ebenso wie bei Ihnen.

Und genau wie Sie wollte auch Hilde dem Geheimnis auf den Grund gehen. Zuerst fragte Hilde ihre Eltern, aber die meinten, dass sie mit ziemlicher Sicherheit niemals länger in diesem Städtchen waren, nicht einmal, als Hilde noch ein Kind war. Andere Verwandte gaben ihr dieselbe Antwort. Also suchte sie mich auf und bat mich, der Sache mit Hilfe einer regressiven Hypnosetherapie auf den Grund zu gehen. Ich studierte ihren Fall und Hilde selbst ... immerhin musste ich sicher gehen, keinem Schwindel aufzusitzen. Als ich von ihrer Aufrichtigkeit überzeugt war, stimmte ich zu.

Zuerst war es einmal wichtig, die Träume selbst zu erforschen; dazu versetzte ich sie in Trance und ließ sie die Träume nochmals erleben. Wie bei Ihnen. Nachdem ich auf diese Weise genug Informationen gewonnen hatte, fuhr ich mit Hilde in diese Stadt ... und diesen Ausflug werde ich nie vergessen! Es war wirklich so: Hilde kannte jede Einzelheit, jede Straße, wusste beim Anblick von Häusern von Geschehnissen, die sich dort vor 60, 70 und mehr Jahren zugetragen hatten. Ich vergrub mich in Archiven und ging der Sache weiter nach ... und was glauben Sie? Fast alles, was ich anhand vorhandener Daten überprüfen konnte, stellte sich als richtig heraus: Namen, Ereignisse, Fakten. Ganz schön unglaublich, nicht wahr? Aber es ist die absolute Wahrheit.

Bei meinen Recherchen stieß ich schließlich auf den Namen einer Frau, die der Schlüssel zu Hildes Träumen zu sein schien. Sie war während der betreffenden Zeit in jener Stadt und ihr Leben zeigte so viele Parallelen zu den Ereignissen aus Hildes Träumen, dass kein Zufall möglich sein konnte. Und selbst damit endeten die Verbindungen zwischen ihr und Hilde nicht - sie starb etwa zehn Jahre vor Hildes Geburt, am selben Tag, an dem Hilde später geboren werden sollte. Als wir dies in Erfahrung gebracht hatten, wurden die Träume zuerst weniger und hörten dann ganz auf. Der Schleier hatte sich gelüftet.

Also, Carina, urteilen Sie selbst - haben wir es hier mit einem echten Fall von Seelenwanderung zu tun? Oder doch mit einer perfekt vorbereiteten Betrügerin? Ich habe mein bestes getan, dies auszuschließen. Welchen Zweck hätte sie auch damit verfolgt? Sie hat nie Profit aus der ganzen Sache zu ziehen versucht – etwa indem sie durch TV-Talkshows tingelte oder alles mit einem angeblichen Tatsachenbuch zu vermarkten versuchte. Im Gegenteil, sie wollte so weit wie möglich in Distanz bleiben. Haben wir es hier mit einem wirklichen Fall von

Seelenwanderung oder Re-Inkarnation zu tun? Morphogenetischen Erinnerungen?

Das, meine Liebe, müssen Sie entscheiden.«

Es folgten einige Momente der Stille, in denen Carina verarbeitete, was der Doktor ihr soeben erzählt hatte.

»Bitte glauben Sie mir, um Kohle und Publicity geht es *mir* nie und nimmer«, sagte sie. »Das habe ich nicht nötig. Ich bin nicht geltungssüchtig, und das Geld brauche ich auch nicht wirklich. Ich arbeite für eine florierende Firma und habe keinen völlig überkandidelten Lebensstil. Ich will nur wissen, was oder *wer* da in meinem Kopf ist, und wieso. Helfen Sie mir?«

Kunstvoll wölbte er die rechte Augenbraue.

»Ich *weiß*, dass auch Sie kein Talkshow-Typ sind, sonst hätte ich Ihnen diese Geschichte nie anvertraut. Möchten Sie den Weg gehen? Dann bin ich bei Ihnen. Aber nur, wenn Sie wirklich dazu bereit sind.«

Sie sah ihn unsicher an, bevor sie sich vorsichtig erkundigte: »Eine Frage noch: was ist mit Hilde heute?«

»Sie lebt wieder glücklich ihr eigenes Leben ... übrigens in jenem Städtchen. Die Träume sind nie zurückgekehrt.«

Das war *eindeutig* die Antwort, die sie hatte hören wollen.

Auf einmal klang sie freudig und ungeduldig, als sie losplapperte: »Also, dann ... ja, ich bin bereit, ich will diesen Träumen auf den Grund gehen, glauben Sie mir! Wo fangen wir an ... ich meine, wo werden wir anfangen?«

»Die Therapie wird sehr ähnlich wie im Fall von Hilde verlaufen«, sagte er. »Zunächst müssen wir die Träume selbst ergründen. Ich versetze Sie in Trance und lasse Sie alles erneut kontrolliert erleben. Das, was ich dort erfahre, versuchen wir dann mit der Realität abzugleichen ... und dazu sind alle Informationen wichtig, die wir bekommen können. Aus Gründen, die auf der Hand liegen, wird die Recherche in ihrem Fall erheblich schwieriger wird als in Hildes. Wenn es dennoch Anhaltspunkte für Übereinstimmungen gibt, so klein sie auch sein mögen, dann graben wir weiter.«

»Und danach?«

»Sobald wir soweit sind, geht es darum, die nächste Frage zu klären: Was hat die Träume ausgelöst? Wieso haben sie ausgerechnet jetzt begonnen und nicht vor Jahren? In Hildes Fall war diese Frage nicht schwer zu beantworten: Es war der zufällige Besuch in der Stadt ihrer Vergangenheit, der die in ihr gespeicherten Erinnerungen ans Tageslicht brachte. Was bei *Ihnen* der Auslöser war, wenn wir es wirklich mit einem gleichartigen Fall zu tun haben, genau das müssen wir ergründen. Wenn Sie bereit dazu sind, denn das wird keine einfache Reise. Manchmal führt einen eine solche Reise an einen Ort, wo man nicht hin will ... oder *wieder* hin will.«

»Das ist mir egal.« Carina schüttelte den Kopf. »Ich will es wissen, Doktor. Ich *muss*. Es macht mich wahnsinnig, dass ich das Gefühl habe, jemand anders benutzt meinen Kopf mit wie einen geteilten Telefonanschluss.«

La Roche sah sie auf meisterhafte Weise zugleich lächelnd, entschlossen, nachdenklich und stolz an. Dies war ein Blick, der genauso kompliziert und hintergründig war, dass nur die besten der besten Ärzte ihn so mühelos und auf Kommando beherrschten. Es war ein Blick, wie man ihn von einem silberhaarigen, gütigen älteren Psychologen geradezu erwartete, letztlich zwar ein Klischee in sich, aber dennoch verbunden mit einer gewissen Enttäuschung, wenn dieser Blick ausblieb.

»Nun denn«, nickte La Roche. »Dann lassen Sie uns graben, und zwar nicht nur in Ihr Unterbewusstsein, sondern direkt in ihr Unter-Unterbewusstsein, wo all die Dinge verankert sind, die bei uns Menschen zur

Grundausstattung gehören, ob sie rational sind oder nicht – die Angst vor Dunkelheit, Insektenphobien, diese Sachen. Manchmal bleiben da nämlich auch noch andere Dinge hängen, von denen wir jahrelang ... manchmal sogar ein Leben lang! ... keine Ahnung haben. Jeder hat so eine dunkle Besenkammer, und nun werden wir versuchen, Licht in die Ihre zu bringen und das ganze störende Gerümpel auszuräumen.«

Als sie ihn daraufhin fröhlich und voller Zuversicht anlächelte (zwar noch ein wenig unsicher, wo all dies hinführen würde, aber auch so entschlossen, wie man nur sein konnte) leuchtete ihr apartes Gesicht derartig auf, dass selbst La Roche spürte, wie wenig man ihr widerstehen konnte, und er fühlte sich sehr, sehr glücklich. Es war nicht das erste Mal, aber ganz sicher das letzte Mal, dass er diese *ganz spezielle Art* von Glück empfand.

Kompakte Lautlosigkeit. Brausende, zerrende Schwärze. Dann:

... helfen ...

... kann ...

... ich Ihnen ...

... helfen?

Irgendwo und irgendwie stand diese Frage im Raum: »Kann ich Ihnen helfen?!« Das war seltsam. Hatte er diese Frage gestellt? Oder gestellt bekommen? Wieso geisterte sie ihm noch derartig durch den Kopf, als habe man bei einer alten Musikkassette an einer bestimmten Stelle einfach *STOP!* gedrückt und das Tape später wieder anrollen lassen? War er nicht dazu gekommen, diese Frage zu stellen? War es *das?* Vielleicht. Aber selbst wenn die Antwort darauf *ja* lautete, wieso war er nicht dazu gekommen, diese Frage zu stellen?

Das alles war höchst mysteriös – und mehr als nur ein wenig beunruhigend.

Dr. La Roche erinnerte sich daran, dass er seine Praxis in Johannis verlassen hatte und er durch die klare, kraftvolle Schönheit eines sonnigen Herbstnachmittags zu seinem Jaguar hinüber gelaufen war, in der Nase der typische kreidige Duft, der besagte, dass sich die Natur baldigst in sich selbst zurückziehen würde. Er wollte am Nachmittag im Garten seines Grundstückes in Schwarzenbruck das Herbstlaub zusammenrechen, und dann ...

Kann ich Ihnen helfen?

Da war wieder diese Frage. Cedric La Roche wusste, dass diese Frage eine Bedeutung hatte. Aber er konnte sich keinesfalls entsinnen, zu welchem Anlass oder wem er sie hatte stellen wollen ... oder auch schon gestellt hatte?! In dem Bienenkorb, der einmal sein Kopf gewesen war, war es ihm unmöglich, diese synaptische Verbindung herzustellen.

Was ihn zu der nächsten analytischen Frage führte: *Wieso* war sein Kopf ein Bienenkorb? Wieso schien sein Herz in seiner Brust zu rasen? Wieso schien alles an und *in* ihm zu kribbeln?

Die Antwort war zugleich einfach schrecklich und schrecklich einfach: *Etwas stimmte nicht.* Irgendwas stimmte hier nicht! Dennoch zwang er sich, ruhig zu bleiben, und benutzte dazu autogene Atemtechnik. Er spürte seinen Atem. Und er hörte auch sein Atmen. Er roch und schmeckte feuchte, klamme Luft. Zuerst konzentrierte er sich, um sicher zu gehen, dass das Geräusch der tiefen Luftzüge auch wirklich von ihm zu kommen schien. Dann versuchte er zu ergründen, was diese anderen Laute waren, die er hörte. Dies gelang ihm jedoch nicht, denn sein eigenes Atmen wurde immer lauter und hektischer, furchterfüllter, als er langsam realisierte, dass er sich nicht bewegen konnte ... oder nein, das war nicht korrekt. Er konnte sich bewegen. Er konnte seine Arme und Beine spüren und die Muskeln anspannen. Etwas *hinderte* ihn, sich zu bewegen. Etwas anderes schien ihn zugleich daran zu hindern, etwas zu sehen – er wusste und *fühlte*, seine Augen waren geöffnet, dennoch fand er sich entgegen aller Vernunft von Finsternis umgeben.

Hatte er einen Unfall gehabt und eine schwere Kopfverletzung davongetragen? Dieser Gedanke schien logisch – entsetzlich, aber zumindest logisch. Immerhin lag er, konnte sich nicht bewegen und sah auch nichts. Doch mit seltsamer Erleichterung (obschon sein Zustand also etwas anderes bedeuten musste) realisierte er, dass er keinen Unfall gehabt haben konnte. Denn dieser Geruch, den er deutlich in der Nase hatte – ein typischer Kellermief, anders konnte er es nicht beschreiben – würde nicht zu einem Hospital passen.

In diesem Moment sprach ihn jemand an: »Pssssssssst!«

Es klang, als ob man ein unruhiges oder verängstigtes Kind beruhigen wollte. La Roche wusste jedoch, dass man ihn meinte, daher stellte er die Frage, die vermutlich jeder Mensch in seiner Situation gestellt hätte:

»Wo bin ich? Was ist passiert?«

»Sie werden sterben«, antwortete eine Männerstimme leise, aber intensiv. *Tod*ernst.

Obschon ihn diese Auskunft in seiner Situation hätte schockieren und lähmen können und ganz bestimmt *sollen*, schaltete er einfach in Überlebensmodus, als habe er schon lange Zeit auf diese Situation gewartet.

»Sind Sie hinter meinem Geld her?«, fragte er mit leiser Stimme. »Wenn Sie Geld wollen, so kann ich Ihnen versichern, dass ich viel Geld besitze – Sie könnten mit meinem ganzen Geld verschwinden, und die Polizei würde es nie erfahren. Aber Sie brauchen mich lebend und unversehrt, um an das Geld heranzukommen.«

»Ich will kein Geld.« Die Männerstimme klang nun zutiefst verächtlich. »Da, wo ich hin gehe, brauche ich kein Geld. Ich will Balance.«

Einen absurden Moment lang glaubte La Roche, der Mann hätte ,Ich will *Ballons'* gesagt, aber dann wurde ihm klar, dass er natürlich von *Balance* gesprochen hatte.

»Was bedeutet *Balance* für Sie?«, fragte der Psychologe.

»Es bedeutet für mich das, was es für jeden bedeutet, Doktor Rathmann: Gleichgewicht«, sagte der Fremde.

»Rathmann? Ich heiße nicht *Rathmann*. Mein Gott, Sie verwechseln mich«, stieß La Roche hervor. »Mein Name ist Cedric La Roche, und ich komme aus Straßburg im Elsass, hören Sie? Ich hatte einen elsässischen Vater und eine deutsche Mutter, und wurde am elften Oktober 1950 im Universitätskrankenhaus in Straßburg in der Rue Kirschleder geboren ...«

Eine kalte, sich sehr knochig anfühlende Hand legte sich für ein paar Momente auf La Roches Lippen. Natürlich verstand er diese Geste als Aufforderung, still zu sein, und er kam ihr augenblicklich nach.

»Ihr Name ist Doktor Alfred Rathmann, und sie wurden am vierten Mai 1951 in Berlin geboren«, korrigierte ihn der Fremde, der irgendwo *hinter* und *über* dem liegenden, gefesselten Doktor zu stehen schien. »Cedric La Roche stammte tatsächlich aus Straßburg, aber er starb im Jahre 1954 im Alter von drei Jahren an einer Atemwegsentzündung. Sie haben vor zehn Jahren seinen Namen angenommen, nachdem Sie in einer wirklich mehr als filmreifen Art und Weise Ihren eigenen Tod vorgetäuscht haben, Doktor Rathmann.«

»Ich schwöre bei Gott und allem, was jedem Menschen auf diesem Planeten heilig ist, dass mein Name Cedric La Roche ist, dass ich an der Universität von Paris Psychologie studiert habe und nach dem Tod meiner Frau vor ein paar Jahren nach Nürnberg gezogen bin«, erwiderte der Psychologe. »Ich habe hier die Praxis eines alten Freundes übernommen. Prüfen Sie meine Papiere, meine Diplome, meine Approbation, meinen Pass, um Gottes Willen, Sie haben den *Falschen* erwischt. Ich flehe Sie an, wer Sie auch sind ...«

»Sie ist sehr hübsch«, sagte der Fremde scheinbar völlig zusammenhangslos.

»Wer?«, fragte La Roche. »Von was *reden* Sie?«

»Ihre neue Patientin«, sagte der Fremde. »Das Mädchen in dem roten VW Beetle mit dem Fürther Kennzeichen. Sie ist jeden Mittwochnachmittag bei Ihnen, als letzter Termin, bevor Sie sich den Rest des Tages frei nehmen. So, wie es auch Doktor Rathmann in Berlin getan hat.«

»Eine Menge Ärzte tun dies«, rief La Roche. Es fiel ihm immer schwerer, seine Stimme zu beherrschen. »Sie glauben, ich sei dieser Rathmann, nur weil ich mir Mittwochnachmittage frei nehme? Das würde bedeuten, dass fünfundachtzig Prozent in Deutschland aller Ärzte dieser Doktor Rathmann sein könnten. Was muss ich tun, dass Sie mir glauben, dass ich nicht der bin, den Sie suchen ... dieser Mann, der Ihnen offenbar noch Geld schuldig ist oder mit dem Sie sonst eine bestimmte Rechnung begleichen müssen.«

»Eine Frage nur – haben Sie wieder mit der Hilde-Geschichte angefangen?«, fragte der Fremde. »Ist ein guter Eisbrecher, wenn man so will. Und sie scheint immer wieder zu funktionieren ... bei Nina hat es das damals jedenfalls.«

»Ich werde Ihnen *niemals* meine Behandlungsmethoden oder die Identität meiner Patienten offen legen«, sagte La Roche, dessen Angstgefühl sich in ein glühendes, fließendes Band aus flüssigem Stahl verwandelt hatte, welches kreuz und quer durch seine Körpermitte geflochten war – eine Furcht, welche die folgende minutenlange Stille nur noch vergrößerte.

»Mich würde trotzdem interessieren, ob es auch immer noch zu Ihren Behandlungsmethoden gehört, sich an ihren hypnotisierten Patientinnen zu vergehen, wie es Doktor Alfred Rathmann bei meiner Schwester getan hat«, meldete sich der Entführer schließlich mit eisiger Stimme wieder zu Wort.

»Mich an meinen Patientinnen zu vergehen?«

Wenn er nicht förmlich an der Liege festgenagelt gewesen wäre, so hätte La Roche vor Empörung einen Satz in die Höhe gemacht. Nun schrie er: »Sind Sie noch bei Trost? Sie entführen mich, fesseln mich, verbinden mir die Augen, weil Sie mich für einen völlig anderen Mann halten, und jetzt werfen Sie mir auch noch vor, ich würde mich an meinen Patientinnen sexuell vergehen, während sie hypnotisiert sind? O Gott!« La Roche ächzte.

»Ich werfe es Ihnen nicht vor«, sagte der Fremde. »Ich *weiß*, dass Sie das tun. Damals wie heute. Ich habe Beweise.«

»Bei der Liebe der Jungfrau Maria, Sie sollten ...«

»Pssssssssssssssssst!«, zischte der Fremde. »Sie erzählen sicher immer noch gerne Geschichten, nicht wahr? Nina hat in Ihrem Tagebuch davon geschrieben. Jetzt werde ich Ihnen mal eine Geschichte erzählen, und Sie hören zu. Und wenn Sie auch nur ein Wort sagen, dann werden Sie leiden. Haben Sie das verstanden, Doktor Rathmann?«

Ich bin nicht Doktor Rathmann, wollte er antworten und hatte schon Luft geholt, um zu sprechen, nein, zu flehen, aber dann biss er sich im letzten Moment auf die Zunge und versuchte nur zu nicken. Der Schraubstock, in dem sein Kopf gefangen war, verhinderte dies jedoch. Dennoch begann der Fremde zu erzählen:

»Vermutlich erinnern Sie sich nicht einmal mehr an meine Schwester Nina. Für Sie war sie ja nur ein Stück Fleisch, irgendeines der Mädchen, die Sie während der

Hypnosesitzungen missbraucht haben. Aber für uns war sie unser ein und alles. Unser Nesthäkchen. Was soll ich Ihnen über Nina erzählen? Sie hatte ein unglaublich großes Herz. Sie konnte es nicht ertragen, jemand in ihrer Umgebung traurig zu sehen, wissen Sie? Sie wollte immer, dass die Menschen in ihrer Nähe lachen und fröhlich sind, so wie sie es war. Und was hatte sie für eine Phantasie. Sie konnte Geschichten erfinden und erzählen, das war einmalig. Unsere Eltern meinten immer: *Von uns kann sie das nicht haben.* Witzig, oder? Jedenfalls machte sie dieses Ferienpraktikum bei unserer Lokalzeitung, und dann stand für sie fest, dass sie Journalistin werden wollte. Nach dem Abi wollte sie Germanistik und Journalistik studieren, aber dazu ist es nie gekommen.

Denn da waren diese verdammten Träume. Die begannen kurz nach ihrem neunzehnten Geburtstag. Es waren seltsame Träume, total anders als alle anderen Träume, die sie je gehabt hatte. Sie handelten von fremden Orten und Menschen, und sie waren, wie sie selbst sagte, völlig plastisch. Sie konnte Städte in allen Einzelheiten beschreiben, ohne je dort gewesen zu sein. Zuerst hieß es nur: *Ach, wieder Nina mit ihrer blühenden Phantasie.* Aber dann wurde uns klar, dass dies wirklich ernst war. Irgendwann belasteten und verwirrten sie diese Träume so sehr, dass sie es nicht mehr aushielt, und sie ging zu einem Psychologen. Der verwies Nina an Sie weiter, Doktor Rathmann.

Zu diesem Zeitpunkt galten Sie ja noch als eine der absoluten Koryphäen auf dem Gebiet der hypnotischen Regressionstherapie – hab ich das jetzt richtig gesagt? Ich glaube, schon zwei Monate später hätte der Psychologe Nina nicht mehr zu Ihnen geschickt, denn da kamen die ersten Gerüchte auf, dass etwas in Ihrer Praxis nicht stimmt. Aber hinterher ist man immer schlauer.

Die ersten paar Male war Nina noch Feuer und Flamme für die Therapie bei Ihnen. Sie erzählte uns immer ganz begeistert wieder von den Sitzungen und all den interessanten Dingen, die Sie ihr danach von ihren Träumen erzählten, weil sie sich selbst an nichts von dem erinnern konnte, was sie da angeblich alles erlebte und von sich gab. Aber Sie sagten ihr ja, das sei immer so, sie müsse sich keine Sorgen machen. Nina glaubte Ihnen das. Sie war ein vertrauensvolles Mädchen. Wen sie mochte, dem vertraute sie bedingungslos. Und sie hat Sie wirklich gemocht. Aber wie haben Sie ihr – und all den anderen Frauen – für diese Zuneigung und dieses Vertrauen gedankt? Sie haben sie berührt, während sie in Trance war. Sie haben sie befummelt und missbraucht. Wieder und wieder. Natürlich hatten Sie auch *dafür* einen Plan. So oft haben Sie ihr gesagt, dass so eine Therapie ungute Assoziationen und Angstgefühle hervorrufen könnte, ja, dass selbst das Gefühl sexueller Erniedrigung entstehen könnte, wenn man all die in der ‚dunklen Besenkammer der Seele verborgenen Dinge plötzlich ans Licht zerrt'. Das waren Ihre Worte, Doktor. Nina hat sie in ihr Tagebuch geschrieben.

Sagen Sie mal, Doktor Rathmann, benutzen Sie diesen Spruch eigentlich immer noch? Damals hat er jedenfalls funktioniert. Zumindest am Anfang. Einmal hat Nina in ihr Tagebuch geschrieben, dass sie das Gefühl habe, in ihr sei ein Schwarm Fledermäuse aufgeschreckt worden und würde nun um ihre Seele kreisen wie die Fledermäuse in der Nacht um einen Kirchturm. Ihr Psychologen faselt ja oft vom Unterbewusstsein. Ich bin sicher, irgendwas in ihr wusste schon, was Sie mit ihr tun, bloß sie wollte es nicht wahrhaben.

Aber irgendwann verbrauchte dieses ständige Leugnen mehr Energie, als sie hatte. Da war es schon zu spät. Als diese frühere Patientin von Ihnen – Ruth Willemsen, ich wette, *dieser* Name sagt Ihnen noch etwas, oder? – endlich an die Öffentlichkeit ging, da hatten Sie Ninas Seele schon in kleine Stücke gefetzt mit ihren gierigen Händen. Sie ist einfach zerbrochen, als sie davon hörte. Sie hat sich in ihr Zimmer eingeschlossen und Schlaftabletten geschluckt. Als wir sie fanden, hatte sie sich auf ihrem Bett ein Nest mit all ihren Plüschtieren und Kinderbüchern gemacht ... nur darin hatte sie scheinbar noch so etwas wie Trost und Linderung gefunden. Einen Ausweg wusste sie nicht mehr.

Wissen Sie, was das schlimmste ist, Doktor Rathmann? Nina hat gelächelt, als wir sie fanden. Können Sie sich das vorstellen? Sie hat gelächelt, als wäre sie froh, dass sie diese Last nicht mehr mit sich herumtragen musste. Sie sah so süß aus, als würde sie nur schlafen ... ja, als würde man sie nur wecken müssen, und dann würde sie wieder mit Pferdeschwanz, in einem kuscheligen T-Shirt und mit Snoopy-Socken am Frühstückstisch sitzen und herumalbern. Aber das würde sie nie wieder. *Wegen Ihnen!* Weil sie es nicht ertragen konnte, dass Sie sie unter Hypnose missbraucht haben. Weil sie nicht so stark war wie die anderen Opfer, die den Mut und die Kraft aufbringen konnten, mit ihren Erlebnissen an die Öffentlichkeit zu gehen und Sie endlich zur Strecke zu bringen, Dr. Rathmann.

Aber was taten Sie? Sie verschwanden, bevor man Sie zur Verantwortung ziehen konnte. Sie wussten, dass Doktor Alfred Rathmann erledigt war – also verschafften Sie sich eine neue Identität, was dank ausgiebiger Anleitungen im Internet damals schon erheblich leichter war als noch ein paar Jahre zuvor. Ihr Ticket in die Freiheit war Cedric La Roche, ein Kind aus Mühlhausen im Elsass, das am selben Tag geboren wurde wie Sie und früh starb. Vermutlich benutzten Sie die Ausrede, alle Ihre Dokumente seien verbrannt, um sich Cedric La Roches Geburtsurkunde zu besorgen. Ich wette, Sie sind exakt so vorgegangen, wie es in den einschlägigen

Internet-Foren geraten wird. Und diese Geburtsurkunde eines längst verstorbenen Kindes – ich habe übrigens Cedrics Grab gesehen! – wurde dann für Sie zur Basis einer neuen Identität.

Aber dazu musste Doktor Rathmann sterben, und zwar auf die spektakulärste aller Arten: Sie haben die Gasleitung manipuliert und Ihr eigenes Haus in die Luft gesprengt. Alles, was man noch fand, war dieser Abschiedbrief, in dem Doktor Alfred Rathmann voll blumigem Selbstmitleid schreibt, dass er die Last der Anschuldigungen nicht mehr aushält und lieber Schluss macht, als mit dieser Schande weiterzuleben.

Natürlich waren Sie nicht tot. Sie waren quicklebendig, nannten sich nun offiziell Cedric La Roche und eröffneten ein Jahr später eine Psychologiepraxis in Freiburg. Meine kleine Schwester Nina, die nie einem Menschen ein Leid zugefügt hat und ein Glück für alle war, die sie kennen lernen durften, ist tot. *Sie ... ist ... tot!* Das ist so verflucht ungerecht. Verstehen Sie jetzt, was ich meine? Ich *muss* die Balance wieder herstellen, und ich habe nicht mehr viel Zeit dazu. Wieso? Sehen Sie mich doch an. Vor knapp eineinhalb Jahren wurde ich einen lästigen Husten nicht mehr los. Also ging ich zum Arzt ... und bekam die Diagnose Lungenkrebs. Oh, ich weiß, was Sie jetzt denken, aber ich habe nie geraucht, nee. Ich hab dummerweise nur in einer Großlackiererei gearbeitet, deren Chef es mit gewissen gesundheitlichen Vorsichtsmaßnahmen nicht so genau genommen hat. Zwei Kollegen von mir haben übrigens inzwischen auch ihren Lungenkrebs abbekommen. Einer ist sogar schon gestorben. Direkt nach der Diagnose sagte man mir, ich hätte Glück, wenn ich noch sieben Monate schaffe. Und Sie können mir glauben, ich war schon kurz davor, den Löffel zu werfen.

Doch dann ... Mann, da ist etwas passiert, das mir so viel neue Energie gegeben hat, dass ich inzwischen mehr als ein Jahr über der mir noch gegebenen Zeit bin. *Ein Jahr*, ist das nicht Wahnsinn? Und was glauben Sie, was das war, was mir so viel Kraft gegeben hat? Genau – das Ziel, endlich die Balance wieder herzustellen. Jedenfalls saß ich im Krankenhaus im Warteraum und wartete auf meinen Doktor, da sehe ich diesen Artikel ... und darüber war Ihr Bild, also ein Bild von Cedric La Roche, einem renommierten Psychologen mit dem Spezialgebiet Traumforschung und regressive Hypnosetherapie. Sie standen weit hinter diesem Kollegen, der in Schweden mit irgendeinem Psychologen-Preis ausgezeichnet wurde. Sie wussten natürlich, dass Sie nicht fotografiert werden durften, weil eben *doch* irgendjemand Alfred Rathmann wieder erkennen könnte. So wie ich es getan habe. Darum haben Sie immer wieder versucht, allen Fotos zu entkommen ... ich denke, ein Mann von Ihrem Kaliber hat es mühelos geschafft, das all die Jahre lang als Bescheidenheit zu tarnen, oder? Aber einmal hat es sie eben doch erwischt, als Sie vielleicht ein paar Sekunden lang abgelenkt waren. Aber das war genug. Können Sie sich diesen Zufall vorstellen? Wenn ich nicht krank geworden wäre, hätte ich keine Chemo gebraucht. Hätte ich keine Chemo gebraucht, wäre ich nie an diesem Tag dort oben im Südklinikum gesessen, wo ich auf dieses Magazin stieß, eine vier Monate alte Ausgabe, die vermutlich einen oder zwei Tage später aussortiert worden wäre.

Ich wusste, dass Sie es waren. Aber in der Bildunterschrift wurde nur der Preisträger erwähnt. Also rief ich bei der Redaktion der Zeitschrift an, und da gab man mir die Nummer des Fotografen, der das Bild gemacht hatte. Der wiederum wies mich an den Autor des Artikels weiter. Und von dem hörte ich dann zum ersten Mal diesen Namen: Cedric La Roche. Danach brauchte ich nur noch das Internet, ein wenig Spürsinn, Bestechungsgeld und Durchhaltevermögen, um Sie zu finden und sicherzugehen, dass dieser Cedric La Roche tatsächlich in Wirklichkeit Doktor Alfred Rathmann aus Berlin ist. Wenn ich mir nicht zuvor schon sicher gewesen wäre, so hätte ich es gewusst, als ich Ihre Wohnung sah. Ihr Aussehen haben Sie vielleicht ein wenig verändert, aber Ihren Kunst- und Büchergeschmack, Ihre Vorliebe für englische Autos und spanische Rotweine und die hübschen Patientinnen, mit denen Sie sich immer noch am liebsten beschäftigen, nicht. Also fing ich an, Sie zu observieren, bis ich Ihre Gewohnheiten und Ihren Tagesablauf auswendig kannte. Sie dann einzusammeln, mit einem Elektroschocker zu betäuben und hierher zu bringen war dann verhältnismäßig einfach. Es war nur eine Zeitfrage, denn meine Zeit läuft mehr als schnell davon, wie Sie sich vorstellen können. Das wirklich Schwierige an der Sache war, einen Weg zu finden, die Balance so herzustellen, wie es *richtig* ist. Aber ich denke, das ist mir gelungen. Sie werden überrascht sein, Doktor.«

Die Geräuschlosigkeit, die sich nach der Geschichte des jungen, todgeweihten Mannes über den Keller legte, war harzig und so verseucht wie Altöl. In diesem Moment hätte der Psychologe, der – vielleicht erst seit ein paar Jahren, vielleicht auch schon seit seiner Geburt – den Namen Cedric La Roche trug, nicht gefesselt sein müssen. Er *konnte* sich nicht mehr bewegen.

Um sich wieder zu fassen brauchte er eine Zeit, die ihm ewig lange vorkam. Und selbst dann war er nur nach und nach in der Lage, sinnvolle Dinge formulieren zu können:

»Um Gottes Willen«, flüsterte er. »Das ist ... Sie können nicht ... das ist völlig ... ich *flehe* Sie an ...« Er brach sein Gestammel ab, holte Luft und begann dann erneut: »Ich *bin* Doktor Cedric La Roche, aber ich kann Ihnen vermutlich erzählen, was ich will. Würden Sie mir Ihren

Namen sagen, damit ich Sie anreden kann? Was haben Sie zu verlieren. Sie nennen mir nur Ihren Vornamen, nicht mehr.«

»Lars«, sagte der Entführer.»Nennen Sie mich Lars.«

»Gut, Lars«, sagte La Roche. »Nehmen wir einmal an, nehmen wir nur einmal an, ich kenne diesen Mann, von dem Sie gesprochen haben, Lars. Und nehmen wir nun einmal an, dass es mir möglich wäre, diesen Mann zu kontaktieren und zu dazu zu bringen, sich zu stellen. Wäre das nicht noch viel besser für Sie und Ihren Plan, Lars? Stellen Sie sich die Demütigung für den *wahren Täter* vor. Müsste man diese Art von Balance und Gerechtigkeit nicht der irdischen Justiz überlassen? Besonders zu einem Zeitpunkt, an dem Sie Ihre Seele nicht mit dem Tod eines Menschen belasten sollten? Mich zu töten würde keine Balance in diese Welt zurückbringen. Davon abgesehen, dass ich der falsche Mann bin, hat Ihre Schwester Suizid begangen, weil sie die Bürde des Lebens nach dem Missbrauch nicht mehr ertragen konnte. Nina wurde nicht *ermordet*, wie Sie es jetzt bei mir vorhaben. Das ist doch keine Balance.«

»Ich habe nicht vor, Sie zu töten«, antwortete Lars nach einem eisigen Lachen. »Das werden Sie selbst tun, wenn es soweit ist.«

»*Ich selbst?*«

So lauteten die letzten Worte von La Roche.

Lars kniff ihm unverhofft die Nase zu. Als er den Mund aufriss, um nach Luft zu schnappen, schob ihm der Entführer einen Fremdkörper zwischen die Zähne. Es war jedoch kein Knebel, sondern fühlte sich an wie ein Seil.

»Beißen Sie zu!«, sagte Lars. »Bei Gott, Sie sollten so fest zubeißen, wie Sie nur können. Ich hoffe, Sie haben Ihre Beißerchen immer schön mit *Blend-a-dings* geputzt.«

Lars kicherte über seinen Scherz. La Roche stieß ein kehliges Ächzen aus und tat, wie man ihm auferlegt hatte. Er presste seine Kiefer so fest aufeinander, dass er ein leises Sirren der gespannten Muskeln in den Ohren hörte und sich seine Zähne fest in das Hanfseil gruben.

»Sie werden gleich sehen, wieso Sie Ihren Mund nicht öffnen sollten«, sagte Lars.

Schlagartig hüllte kaltes, diffuses Licht den Doktor ein, als ihm der Entführer die dicke, samtene Schlafbrille von den Augen riss. La Roche stöhnte, während sich seine Augen an das Gleißen der Arbeitslampe gewöhnten, welche den kleinen Raum illuminierte. Diese Kammer, sein Gefängnis, hatte schiefe, ungleichmäßig verputzte Wände. Wasserrohre schlängelten sich an der niedrigen Decke entlang. Auf der linken Seite gab es zwei halbrunde Scharten, durch die jedoch kaum ein Hauch Tageslicht einfiel. Es dauerte einen Moment, bis der Doktor den Raum erkannte: die subterrane Kammer gehörte zum weitläufigen Kellersystem des aufwändig renovierten Gebäudes aus der Gründerzeit, in dem er seit Jahren seine Praxis hatte.

»Balance«, sagte Lars und erschien von oben im beschränkten Sichtfeld des Doktors. Er sah so sterbenskrank aus, wie es sich La Roche anhand der brüchigen Stimme und der kalten Berührung dieser knochigen Hand schon vorgestellt hatte. Wächserne, bleiche Haut spannte sich über Lars fast völlig haarlosem Schädel. In seinen Augen jedoch brannte ein Feuer, das fast atemberaubend war. »Sie sind nur ein paar Meter Luftlinie von ihrer sicheren, stilvollen Praxis entfernt. Aber diese Nähe wird sie nichts nützen, so wie auch Nina die Nähe zu Ihrem warmen Zuhause nichts genützt hat. *Balance.*«

Er tippte auf das Seil in La Roches Mund.

»Das hier symbolisiert Ihren Lebensfaden. Und erinnern Sie sich noch daran, dass ich Ihnen gesagt habe,

92

Nina hätte gelächelt, als wir sie gefunden haben? Auch *Sie* werden lächeln. Zwangsweise, das gebe ich zu. Aber ein Lächeln *ist* ein Lächeln und sagt mehr als 1000 Worte, nicht wahr?«

Lars verschwand wieder aus La Roches Sichtfeld und tat etwas, das der Doktor nicht sehen konnte. Dann gab es einen Ruck. Sanft raschelnd sank ein Tuch zu Boden, das bislang eine rechteckige, an den Rohren unter der Raumdecke befestigte Aluminiumplatte verdeckt hatte. Mit Hilfe dieses improvisierten Spiegels konnte La Roche sehen, was um ihn herum geschah, obwohl ihm die Fesseln keinen Millimeter Bewegungsfreiheit erlaubten.

Und erst in diesem Moment begann er hinter dem Seil aus Leibeskräften zu schreien.

»Schreien nutzt nichts, Doktor Rathmann«, sagte Lars.

Doch La Roche (oder auch Rathmann) konnte nicht aufhören, ein schrilles, unkoordiniertes Greinen auszustoßen, schwer zu sagen ob aus Angst, Verzweiflung oder Wut. Vielleicht war es ja auch eine Kombination aus allem. Die Spitzhacke zeigte jedenfalls unbeeindruckt im exakten Winkel auf seinen Brustkorb. Das andere Ende jenes Seiles, das er zwischen den Zähnen hielt wie ein Hund sein geliebtes Holzstöckchen, war um den Kopf der Hacke gewickelt worden und verhinderte, dass das scharfe Werkzeug sofort umkippte und seine Rippen so mühelos spaltete wie ein Tranchiermesser eine Truthahnbrust.

Als sich La Roche schließlich und endlich zur Ruhe zwang und man nur noch ein hektisches, fiebriges Keuchen von ihm hörte, werkelte Lars gerade irgendwo unterhalb seiner Füße herum. Es dauerte ein paar Augenblicke, dann schob er ein unförmiges Ding heran, das wie ein alter Servierwagen aussah. Darauf befand sich etwas, das La Roche nicht identifizieren konnte, so sehr er sich auch anstrengte. Das fremdartige, obskure Konstrukt war annähernd quaderförmig und besaß mehrere schwenkbare Ärmchen, die Lars so lange gewissenhaft justierte, bis die filigranen Ausleger genau auf La Roches nackte Füße zeigten.

»*Balance*«, wiederholte Lars und beugte sich nun von der Seite aus über den Gefesselten. »Ich denke, den ersten Teil mit dem Lebensfaden haben Sie schon verstanden. Falls nicht: Wie Nina werden Sie Ihren Lebensfaden selbst kontrollieren, bis auch Sie keine Kraft mehr dazu haben. Aber das ist natürlich noch nicht alles. Wie gesagt, es gibt ja noch das Lächeln.«

Mit diesem Satz machte er einen Schritt zur Seite und legte einen altmodischen Kippschalter an der Oberseite des rätselhaften Geräts zu La Roches Füßen um. Kleine Motoren begannen zu sirren, und die Spitzen von Vogelfedern begannen in einem langsamen, aber stetigen Rhythmus über die empfindlichen, bloßen Fußsohlen des Doktors auf und ab zu streichen. La Roche erschauerte und stieß dann ein helles Kieksen aus, das in dieser alles andere als komischen Situation noch viel absurder und unpassender wirkte.

»Und schon lächelt er«, sagte Lars zufrieden. »Dieses Ding habe ich selbst gebaut, mit meinem alten Fischertechnik-Baukasten. Mann, habe ich diesen Baukasten geliebt. Ist schon cool, was man damit alles machen kann, finden Sie nicht? Ich weiß nicht, ob das der erste Kitzelautomat ist, den man je mit einem Fischertechnik-Baukasten gebaut hat, aber es ist *mein* erster – und dafür ist er gut gelungen, was denken Sie?«

Hinter dem Seil versuchte der Doktor hektisch, Worte zu formulieren, immer wieder unterbrochen von bizarren Heiterkeitsanfällen, die sich angesichts der Spitzhacke mit ihrer erbarmungslosen Schärfe in pure Hysterie zu verwandeln drohten.

»Sparen Sie sich besser die Kräfte, Doktor Rathmann«, sagte Lars. »Ich werde jetzt nämlich die Sicherungen an der Hacke lösen, und danach hängt alles von Ihnen und

Ihrem Lebenswillen ab. Wenn Sie sehr lange – sagen wir mal zehn oder zwanzig Stunden – durchhalten, *könnten* Sie sogar davonkommen und gefunden werden. Es liegt nur an Ihnen. Halten Sie sich bereit ... *jetzt!*«

Schon löste er das Drahtseil, das die Hacke bislang in ihrer Verankerung gehalten hatte. Mit einem Ruck übertrug sich das ganze Gewicht der massigen Werkzeugs auf das Seil, das sofort zur Seite zu sausen und sich abzuwickeln begann. Die Hacke begann sich zu senken. Mit einem immer wieder von Kicheranfällen unterbrochnen Ächzen biss La Roche so fest zu, wie er noch nie in seinem Leben zugebissen hatte, und die Hacke verharrte wieder in ihrer Abwärtsbewegung. Nur noch ein knapper Zentimeter des rettenden Seiles ragte seitlich aus dem Mund des Psychologen, das war alles, was ihn vorerst vor dem Tod bewahrte. Ein sehr kurzer Lebensfaden – aber einer, um den er mit aller Kraft kämpfen würde.

Das würde er aushalten! beschloss er.

Ja, das würde er aushalten können und müssen. Die Hacke war zwar schwer, aber wenn er es schaffte, mit seinen Kräften irgendwie zu haushalten, würde er eine Chance haben, aus dieser grotesken Falle lebend hervorzukommen.

Wie lange konnte es dauern, bis man ihn vermisste und nach ihm suchte? Wie lange könnte es dauern, bis irgendjemand der anderen Mieter zufällig in den Keller kam? Sicher nicht derartig lange. Genau – darauf konnte und musste er hoffen. Das Kitzeln entpuppte sich ebenfalls als weniger schlimm als er befürchtet hatte. Nach ein paar Minuten konnte er den Rhythmus der Federn voraussehen und sich wappnen.

»Aber nicht dass Sie denken, ich würde es Ihnen zu einfach machen«, meinte Lars, als hätte er La Roches Gedanken gelesen. »Alle drei Minuten wird die Maschine schneller und ändert die Frequenz.«

Fast wie auf Kommando schaltete die Kitzelmaschine in diesem Moment tatsächlich eine Stufe höher, und das quälende Gefühl wurde stärker, intensiver ... und unberechenbarer.

»Ich weiß, dass Sie es sind, Rathmann«, flüsterte der junge Todgeweihte dem gefesselten Todgeweihten zu, und in seiner Stimme schwang nicht der geringste Zweifel mit. »Ich wünsche Ihnen einen lächelnden Tod in jenem Moment, in dem es für Sie zu schwer wird, den Lebensfaden weiter festzuhalten. Wie bei meiner Schwester damals. Und dann wird wieder ein wenig mehr Balance auf dieser Welt herrschen.«

Nach diesen Worten verschwand das letzte menschliche Wesen, das Doktor Cedric La Roche oder Alfred Rathmann (*Namen waren nur noch Schall und Rauch in diesem Meer aus gequältem Lachen, irrwitzigem Kichern und Tränen der Angst und Anstrengung, die über sein schmales, sympathisches Gesicht rollten*) jemals sehen würde.

Das Klicken des Vorhängeschlosses, welches diese abgeschiedene Kellerkammer sicherte, wurde vom leisen, aber stetigen Surren der Motoren der Kitzelmaschine übertönt.

Ich halte es durch! dachte der Psychologe zugleich verzagt und hilflos entschlossen. Sein Schweiß und seine Tränen bildeten schon kleine Pfützen auf der hölzernen Tischplatte, an die er mit brutalster Effizienz gefesselt war. *Ich halte es durch!*

Doch das immense Gewicht der Hacke schien sich alle paar Sekunden beinahe zu verdoppeln. La Roches Kiefer wurde allmählich von krampfartigen Schmerzen durchzogen, für die es keinen menschlichen Begriff mehr gab. *Ich ... halte ... es ... durch!*

Seine Augen quollen aus den Höhlen, und er stieß zwischen den glucksenden Kicherattacken immer wieder ein hilfesuchendes Ächzen aus, das jedoch niemand auch nur annähernd hören konnte. Dafür waren die Wände des alten Kellers viel zu dick.

Das Seil bewegte sich, o Gott, es *rutschte*!

La Roche (oder Rathmann) mutete es seinen schon vor Schmerz glühenden Kiefern irgendwie zu, sich noch fester zusammen zu drücken. Er holte schöpfte diese Kraft aus dem puren Überlebenswillen, der auch immer wieder jenen kämpferischen Gedanken durch seinen Kopf pulsieren ließ:

Ich ... halte ... es ... durch!

Wieder wechselte die Kitzelmaschine ihren Modus, und La Roches Kichern, Greinen und Kieksen wechselte ebenso wie die kleinen Motoren in eine höhere, schnellere Frequenz.

Trotz der Schmerzen und der Angst wusste der Doktor, dass schon seit geraumer Zeit nicht mehr alleine war in dieser unterirdischen Folterkammer. Er hatte den Schatten – einen der Form nach *weiblichen* Schatten – schon zuvor gesehen, als der lichtlose Fleck noch ganz am Rande des Holztisches verharrt hatte. Inzwischen hatte sich der Schatten fast komplett über den alten Tisch gelegt, auf dem sich nun Tränen, Schweiß und unhaltbarer Urin zu einer lauwarmen, salzigen Brühe mischten.

La Roche (oder Rathmann) hätte den Ursprung des Schattens im Spiegel an der Decke hätte sehen können. Aber stattdessen hielt er die Augen ebenso krampfhaft zugedrückt wie seinen Mund. Er wollte *sie* nicht sehen. Denn hier war niemand, der ihm zur Hilfe kam. *Hier* war jemand, der ihn sterben sehen wollte, jemand, der den Moment miterleben wollte, wenn ihn die Kräfte verließen und er den Lebensfaden nicht mehr halten konnte.

Das unnatürliche Lächeln auf seinem Gesicht wurde immer breiter und qualverzerrter, sein Keuchen immer schriller, bis sich sein energiespendendes Mantra »*Ich ...*

halte ... es ... durch!« im gleichen Maße davonstahl wie ein fremdes Funksignal in einer kalten, klaren Winternacht.

Die emotionslose Kitzelmaschine erfüllte weiterhin zuverlässig ihre Programmierung und schaltete immer wieder in den nächst höheren Level, selbst nachdem die Luft längst zerschnitten und der Klang von La Roches gepeinigtem Kichern verstummt war. Sein Blut quoll in die Lache auf dem Holztisch. Seine Miene blieb wie eingefroren zwischen Schmerz, Erleichterung und grotesker Belustigung. Aus seiner Brust ragte die Spitzhacke.

In jenem Moment, als die Balance schließlich wieder hergestellt war, fiel der beobachtende Schatten seidig raschelnd in sich zusammen und versickerte im Steinboden wie eine schwarze Flüssigkeit, als habe er nie existiert.

Nächtliche Brücke

Die Brücke ist das letzte Hindernis, das IHN noch von SEINER Zuflucht trennt. Als ER den stählernen Übergang zum ersten Mal sieht, ist alles in blauweißes Mondlicht getaucht. Der Mond ruft IHN immer lauter, drängender, unwiderstehlicher, aber ER muss flüchten, darf dem Mond nicht huldigen. Noch ist ER nicht in Sicherheit, und die Nacht ist erbarmungslos hell und frostklar. Überall liegt Schnee, der IHN zum leichten Ziel werden lässt.

ER hört, wie sich seine Verfolger weit hinter ihm etwas zurufen, dann vernimmt ER das Krachen ihrer Gewehre und das gepeinigte Jaulen einer verwundeten Kreatur. Offenbar glauben sie, sie hätten IHN getroffen, aber was sie tatsächlich angeschossen haben, ist nur ein streunender Hund. Das verschafft IHM etwas Zeit. ER stößt ein leises, dankbares Winseln aus und rennt weiter, bewegt sich in Richtung der Brücke, auf deren anderen Seite das riesige Waldgebiet beginnt, wo ER untertauchen könnte. Wenn ER es soweit schaffte.

ER huscht auf die Brücke wie ein Schatten. Das Geräusch SEINER Krallen auf dem Betonboden gleicht einem scharfen Klicken. Es ist der einzige Laut neben SEINEM Atmen, das eine Kette kleiner Dampfwolken aufstoben lässt. SEIN Körper bewegt sich leicht und schnell, fast schwerelos.

Plötzlich blitzen Lichter auf, gleißen IHM direkt in die Augen. SEINE Augen sehen viel mehr als die SEINER Verfolger, sind deswegen jedoch auch empfindlicher. Das Licht tut IHM weh. ER knurrt und verharrt in geduckter Haltung der Brücke, wirft den Kopf in den Nacken, um zu wittern ... und ER wittert Gefahr! Eine Gruppe SEINER Jäger hat ihm den Weg abgeschnitten und ist IHM nahe, viel zu nahe.

Instinktiv gleitet ER zur Seite, zurück in die tintenfarbene Finsternis jenseits der Fahrspur der nächtlichen Brücke. Hier wartet ER mit gespannten Muskeln im eisigen Nachtwind auf den nächsten Zug SEINER Verfolger. Das Mondlicht ist so erhaben und lockend. Der Drang, SEINE Stimme zu erheben und den Mond zu preisen ist inzwischen fast schmerzhaft für IHN, aber ER widersteht dem Drang.

Doch so gestrafft SEINE Muskeln sind, so erwartungsvoll und offen sich all SEINE Sinne auf die Umgebung konzentrieren, pflanzt der Anblick der nächtlichen Brücke unverhofft einen fremden Gedanken in SEINEN Kopf: eine Erinnerung an etwas, das erst kürzlich geschehen war ... an etwas, das ER einmal gewesen ist, bevor das Mondlicht IHN erweckte und IHM seine jetzige Form gab ...

Jonathan Brock (37, blaue Augen, dunkelblonde Haare, sportlich, Jahreseinkommen zwischen sieben- und neunhunderttausend D-Mark, dies nur zur Orientierung) hörte die Schritte der jungen Frau schon lange, bevor sie schließlich erbost seinen Namen rief. Das passte ihm nicht wirklich, denn er wusste schon, was ihm nun bevorstand: Beschwerden. *Auch das noch*, dachte er. Mit einem nur halb unterdrückten, entnervt klingenden Stöhnen verschränkte er die Arme auf dem Dach seines schwarzen Saab-Cabrios.

Lioba Reuther aus Esslingen war Soziologiestudentin und so etwas wie die offizielle Sprecherin der vierköpfigen Studenten-WG, die eine der einfacheren Wohnungen unter Brocks geräumigem, zweistöckigem

Dachstudio bezogen hatte. An ihren besten Tagen war sie miesepetrig und langweilig. Jetzt klang sie ziemlich *angepisst*, und sie wurde mit jedem weiteren Wort und jedem Meter, den sie näher kam, noch *angepisster*. Brock war nur zu klar, *was* die junge Frau (die mit ihrer biederen Frisur und Aufmachung ungefähr doppelt so alt aussah, wie sie eigentlich war) dermaßen auf die Palme gebracht hatte. Er konnte ihr diese Wut tatsächlich nicht einmal übel nehmen. Also würde er wieder eine Erklärung zusammenfaseln müssen.

»Hallo Lioba«, sagte er. »Was gibt's denn?«

»Was es *gibt?*«, antwortete sie aufgebracht. »So geht es *nicht* weiter, Herr Brock, ich bin am Ende! Nein, nein, nein, wir *alle* sind am Ende. *Das* gibt es.« Sie wollte gerade eine weitere Vorhaltung beginnen, als sie stutzte. Es war jener Moment, da sie ihren Vermieter genauer besah. Und was sie erblickte, riss sie tatsächlich für einen Moment aus ihrer rechtschaffenen Rage. «Guter Gott, sie sehen ja *wirklich schlimm* aus«, meinte sie. »Herr Brock, was ist denn mit *Ihnen* los? Geht's Ihnen nicht gut?«

Als ob das nicht offensichtlich genug wäre, vielen Dank für die Sorge, dachte er bitter und begann mit dem Zusammenfaseln: »Ach, ich glaub, ich hab mir 'ne Grippe geholt.«

»Kein Wunder, bei ihrem ungesunden Lebenswandel. Ihnen fehlt frisches Obst!«, sagte sie mit dem feierlichen Ernst einer altjüngferlichen Religionslehrerin. Dann schwenkte sie um: »Äh, wo war ich?«

»Sie sagten: *so geht es nicht weiter, Herr Brock, ich bin am Ende – wir alle sind am Ende.*«

»Ach ja, genau. Also, dass Sie der Vermieter sind und für Sie ein anderes Gesetzbuch gilt als für mich, das mag sein. *Quad licet jovi, non licet bovi* und so weiter. Und wenn Sie mit dem Hund, den Sie jetzt da oben haben, glücklich sind, dann soll mir das recht sein, auch wenn der Mietvertrag *mir* nicht einmal einen Wellensittich erlaubt«, fuhr sie fort, jedes ihrer Worte wie eine kleine Nadel, die irgendwo in Brocks Schädeldecke gesteckt wurde. Perverse Akupunktur mit dem Zweck, zu quälen, nicht zu lindern. «Wir alle machen jetzt wegen der Jaulerei dieses Viehs seit einer Woche schon kein Auge mehr zu. Ich wäre gestern in der Mensa fast eingeschlafen, Herr Brock. *Eingenickt*. Das kann es doch nicht sein, oder? Da müssen wir doch eine Lösung finden.«

»Da, äh, da haben Sie recht«, sagte er. »Der Hund gehört einem Freund und ich soll für ein paar Tage auf ihn aufpassen. Den Hund meine ich, nicht den Freund. Jedenfalls ist ... äh, Rex ... also er vermisst sein Herrchen, und darum jault er so. Ich weiß, dass ich unangenehm, aber er ist ... er ist nur noch ein paar Tage hier, dann haben Sie wieder Ruhe. Wenn Sie wollen, kürze ich Ihnen für die Tage die Miete, okay? Nein, ich mach' Ihnen einen Vorschlag zur Güte, Lioba: vergessen Sie die Miete für diesen Monat völlig. Das gebe ich Ihnen sogar schriftlich. Aber dann muss ich *dringend* ins Büro.«

Er zog sein Filofax aus der Innentasche seines Boss-Jacketts, riss ein Blatt aus und kritzelte folgendes darauf:

Meine Mieterin Lioba Reuther muss im Monat November des Jahres 1995 keine Miete (ausgenommen individuelle Nebenkosten wie Heizung/Wasser etc.) bezahlen.

Jonathan Brock, Vermieter.

Ein Moment der verblüfften Stille, dann folgte die unausweichliche Frage: »Das würden Sie wirklich tun?«

Argwöhnisch starrte Lioba Reuther ihr bleiches, hageres Gegenüber an. Ein Vermieter, der freiwillig auf Miete verzichtete, um Ärger aus dem Weg zu gehen, schien ihr verständlicherweise zutiefst unheimlich. Doch Jonathan Brock wirkte weder, als wäre er durchgedreht, noch als hätte er einen Scherz gemacht. Im Moment sah er, wie sie erschreckt feststellte, sogar noch mehr »am Ende« aus als sie selbst.

»Sie haben's schriftlich«, sagte er und reichte ihr den Zettel. »Bis bald dann.«

»Ja ... äh ... bis bald, Jonathan.« Sichtlich verdattert winkte sie ihm nach, als ihr Vermieter beinahe fluchtartig in den Wagen kletterte und den Saab mit quietschenden Reifen aus seiner Parkbucht hinter dem prächtigen Altbau an der Heimstraße brachte.

Obwohl der Turbodiesel des schwedischen Coupés nur ein leises, seidig-heiseres Röhren von sich gab, hatte Brock wie stets im ersten Moment das Gefühl, das Motorengeräusch würde seinen Kopf anschwellen lassen wie einen Ballon. Seit *jener Nacht* war sein Gehör so ultrasensibel geworden, dass für ihn das Flüstern zweier Personen noch aus über zweihundert Metern Entfernung anstandslos zu verstehen war. Sobald er sich an das dissonante Raunen der Maschine gewöhnt hatte, ließ der Druck in seinem Kopf zwar nach, doch auf Dauer irritierte diese Art von Lärm seine Ohren ebenso sehr, wie helles Licht seine Augen verletzte. Dafür aber konnte er nun selbst in fortgeschrittener Dunkelheit, wo normale Menschen schon seit einiger Zeit nichts mehr wahrnehmen konnten, immer noch genug Einzelheiten erkennen, um sich zu orientieren.

Auch sein Geruchssinn hatte sich inzwischen so verfeinert, dass ihm manchmal von der Flut vieler Millionen verschiedener Duftnoten in der Luft schwindelig und übel wurde. Daher hatte er, obwohl die Luft an diesem milchigen Novembermorgen beißend kalt war, die Heizung des Wagens nicht eingeschaltet. Das erste Mal, als er nach *jener* Begegnung auf der einsamen Landstraße die maschinell gewärmte Luft aus dem Motorraum geschnuppert hatte, drehte sich sein Magen um, und er übergab sich mitten im Auto über seine neuen Designerhosen. (Diesen Gestank war er immer noch nicht ganz wieder losgeworden, stets schwebte er wie ein mahnender Geruchsgeist durch den Wagen.) Nur langsam lernte er, mit der Flut neuer Reize umzugehen und wichtiges von unwesentlichem zu trennen.

Er unterquerte den Seelengraben, jenen malerischen Stadtmauerteil mit den putzigen Soldatenhäusern darauf, und prügelte den Saab dann viel zu rasch zurück über das Kopfsteinpflaster zur Frauenstraße. Kurz darauf brauste er schon über die Neue Straße in Richtung Weststadt. Erst an der Einfahrt zum Parkplatz eines relativ unscheinbaren Bürogebäudes in der Magirusstraße, das die hochgestylten Büros seiner Werbeagentur beherbergte, fühlte er sich etwas besser ... ganze zehn Sekunden lang.

Dann ließ ihn ein dumpfer, schmelzender Krampf in seiner Körpermitte urplötzlich zusammenfahren. Ächzend krümmte er sich auf dem Fahrersitz und hatte nur noch einen Gedanken: *Nicht jetzt. Es durfte nicht jetzt geschehen. Nicht hier.*

Er versuchte mit aller Kraft, sich wieder unter Kontrolle zu bekommen, stieß dabei ein kehliges, lang gezogenes Jaulen aus, das nichts Menschliches an sich zu haben schien. Im Gegensatz zu seiner Mieterin war er *wirklich* am Ende. Er musste hier weg. *Flüchten!* Es war das einzige, was er noch tun konnte, denn der unheimliche Brand wurde immer zerstörerischer und *heißer* in ihm. Er wollte aus der Stadt verschwunden sein, bevor er die Kontrolle über sich verlor und es keine Möglichkeit mehr gab, dem Teufelskreis des Blutdurstes noch zu entkommen.

Jonathan Brock war stets ein Mann gewesen, der viel Gesellschaft und möglichst viele andere wichtige Menschen um sich gebraucht hatte, um sich wirkungsvoll zu produzieren. Er war der Prototyp jener fitten und gelackten Workaholics, die in der nächtlichen City von Party zu Party oder mit potentiellen Kunden von Bar zu Club zogen und so sehr im *Hier und Jetzt* der 1990'er verankert waren, dass sie ohne das Leben und die Hektik einer Stadt einzugehen schienen wie Pflanzen ohne Sonnenlicht (selbst *wenn* diese Stadt das eher beschauliche und bodenständige Ulm an der Donau war.)

Umso überraschender kam für sämtliche Mitarbeiter der Werbeagentur *Creative Suspects* sein Entschluss, sich ein Haus im Alpenland zu kaufen. *In der tiefsten Provinz!* Keiner konnte es begreifen, als er vor wenigen Wochen seiner Sekretärin den Auftrag gegeben hatte, mit sämtlichen erreichbaren Maklern zu sprechen; der Preis des Anwesens spielte dabei keine Rolle, es musste nur weit entfernt von jeglicher Zivilisation sein. Inzwischen hatte er sich für ein Objekt entschieden: sein neues Domizil würde in einem Bergdorf namens Sankt Prätorius liegen, einem Ort in der Gegend von Garmisch Partenkirchen, wo er scheinbar als Kind einige Zeit verbracht hatte, wie Lydia Bergner zufällig mitgehört hatte.

»Da läuft dir ein Ei aus, hm?«, sagte Lydia zu ihren Kollegen. Sie bediente die Telefonzentrale und war außerdem dazu da, am Empfang mit ihren exquisiten Beinen und ihrer langen, goldblonden Mähne die Blicke aller *männlichen* Kunden auf sich zu ziehen. In der Fachsprache war sie der so genannte *Eyecatcher*. Sie schüttelte den Kopf und sprach dann aus, was alle dachten: »Was *will* er da? Da würde es doch keine zehn Minuten aushalten, unser Jonathan. Keine Partys, kein Fax, kein Kabelfernsehen. Wo liegt das Kaff überhaupt?«

»Irgendwo am Arsch der Welt in den Alpen«, erwiderte Leon Farmer, früher Unterwäschemodel und nun am Empfang das männliche Gegenstück zu Lydia, also das so genannte *Eye Candy* für die Damen. »Hinter den Siebenbürgen, bei den sieben Zwürgen, ha ha ha.« Dies war einer seiner typischen Scherze. Bei seinem Brad-Pitt-Gesicht und Adoniskörper war Humor allerdings eher von untergeordneter Wichtigkeit. »Soweit ich weiß, liegt es irgendwo hinter Garmisch und Grainau.«

»Ich kapiere das nicht«, sagte Lydia mit einem Seufzen.

»Ich *auch* nicht.« Anna Weickert, die *Key Account Managerin*, rümpfte die Nase. «Hat er irgendwo Schulden? Wartet schon das Rollkommando mit Eisenstangen auf ihn? Oder hat er sich etwa ...« Sie schluckte. » ... irgendwo etwas *geholt*?!«

»Du meinst A-?!« Lydia sprach den Namen der allgegenwärtigen Immunschwäche nicht weiter aus, und die beiden attraktiven Frauen warfen sich einen unbehaglichen Blick zu. Beide waren schon nach irgendwelchen ausgedehnten Arbeitssitzungen hier im Büro mit ihrem Chef ein klein wenig intimer geworden, als es der Arbeitsvertrag eigentlich vorsah.

»Ach nee, ich kann nicht glauben, dass er ... na ja, also ich hoffe nicht, dass er ...«, meinte Lydia. (Tatsächlich *betete* sie nun, dass er okay war.) »*Achtung, er ist da!*«

Summend glitten die Lifttüren auseinander, und Jonathan Brock betrat die Geschäftsräume der florierenden Werbeagentur, die er vor acht Jahren mit einem (inzwischen bei einem Autounfall ums Leben gekommenen) Studienkollegen gegründet hatte. Seine Angestellten schalteten mit geübter Routine in Sekundenbruchteilen von relaxtem Plaudern in ehrgeizigen Geschäftigkeits-Modus. Dennoch entging niemand, wie sehr der physische Verfall ihres Chefs fortgeschritten war. Seine Haut, die normalerweise von einer mehr oder weniger gesund und dicht wirkenden Solariumsbräune war, hatte in letzter Zeit die Farbe von fahlem Granit angenommen, und dunkle Ringe zogen sich um seine Augen. Dazu war er unrasiert! *Unrasiert!* Bislang völlig undenkbar bei ihm. Und dass sein Anzug auffallend zerknittert war, setzte dem ganzen eine unrühmliche Krone auf.

»Morgen«, sagte er; es klang eher wie: *mmmrrrrggnnn.*

»Guten Morgen, Chef«, sagte Anne. Sie zog ein dickes Dossier unter ihrem Arm hervor und kam Brock entgegen. »Wir haben grünes Licht für das Budget von Johnson & Gabler. Wenn wir jetzt das Konzept modifizieren, dann ...«, begann sie.

»Was auch immer nötig ist, tun Sie's.« Brock nickte und nahm die Akte entgegen. Sein Gesicht war so teilnahmslos, als hätte ihm Anne gerade gesagt, dass sie heute Morgen Kaffee mit zwei, anstatt mit drei Stück Süßstoff genommen hatte ... und nicht, dass sie wahrscheinlich den größten Auftrag der Firmengeschichte in der Tasche hatten.

»Schon irgendwelche Nachrichten vom Makler«, fragte er stattdessen. Auch seine Stimme hatte sich verändert, stellte Anne fest. Sie war rau und heiser geworden, so ungeschliffen und animalisch, wie sich der Rest von ihm gerade präsentierte. »Wann kriege ich diese Scheiß Schlüssel endlich?«

»Er will sie heute noch vor der Mittagspause vorbeibringen«, antwortete Lydia.

»Nehmen Sie sie entgegen und sagen Sie danke für mich, ich bin in einer Konferenz oder so was. Und dann rufen Sie mich sofort an. *Sofort,* klar?!«

»Völlig klar, Boss.« Lydia nickte.

Anne wollte noch etwas sagen, doch Brock brachte sie mit einer unwirschen Handbewegung zum Schweigen und verschwand wortlos in seinem Büro. Ratlos blickten ihm die drei Angestellten nach.

Die Nacht kam, und mit ihr die Qual. Er schrie und winselte, während die pulsierenden Schmerzwellen seinen Körper zerschmetterten. Die Fesseln, die er sich gestern Abend, bevor er sich hingelegt hatte, selbst angelegt hatte, hielten ihn fest und schnitten tief in sein bläulich verfärbtes Fleisch. Er wälzte sich in unbändiger Agonie auf seinem Bett hin und her. Greinte. Jammerte. Flehte. Aber ER war *in ihm*. Brock versuchte zwar, dem Drang mit aller Kraft zu widerstehen, denn er wollte niemand mehr verletzten, nein, nie mehr! Jedoch stand er auf verlorenem Posten, denn ER und SEIN archaischer Blutdurst wurden allmählich unkontrollierbar.

Brocks Schreien verstummte mit einem würgenden, jämmerlichen Klagelaut. Grünliche, schaumige Flüssigkeit quoll aus seinen Mundwinkeln, die jetzt eher deformierten Lefzen ähnelten, und tropfte auf die seidenen Bettlaken. Die Klagelaute wurden zu einem Schluchzen, denn er erinnerte sich wieder, wie er durch die Nacht geschlichen war, wie er diesen Bettler am alten Friedhof angefallen, ins Bein gebissen *und dessen Blut getrunken hatte!* Und, am aller schlimmsten, er wusste wieder, wie wundervoll dieser Geschmack gewesen war, so voller Leben und Energie.

Der Mond strahlte durch die großen Panoramafenster im Schlafzimmer, tauchte den Raum in völlig wundervolles, silberweißes, endlos LOCKENDES und VERLOCKENDES Licht. ER war überall in ihm. Er konnte den Lichtstrahlen und ihrem anmutigen Liebreiz nicht entfliehen.

Tief aus Jonathan Brocks Kehle drang ein Heulen, ein einsames, gequältes Heulen in der silberweißen Nacht des zunehmenden Mondes. Er zerrte an seinen Fesseln, zerrte, zerrte, ja, er musste weg, raus aus der Wohnung ...

ER wollte wieder die Stadt heimsuchen, um sich an heißem Blut satt zu trinken, obschon *Brock* niemand mehr verletzen wollte. Aber der Drang war so stark.

ER war so UNENDLICH STARK!

Wieder begann sein Heulen. Dann spürte Brock auch schon, wie die Knochen in seinem Körper weich und nachgiebig wurden. Sie verformten sich. Es war wie ein schmelzendes Wabern und Bewegen in seinem Inneren. Sein Rückgrat nahm eine neue Form an. Sein rechter Arm schwoll an wie ein Luftballon, in den man Luft pumpte. Brocks Schmerzensschreie hatten jetzt nichts mehr Menschliches. Haare begannen aus seinen Poren zu sprießen wie Gräser auf einer Wiese. Sein rechter Arm schrumpfe und wurde dünner und dünner, bis er nur noch einen kleinen Teil seines ursprünglichen Umfanges hatte. Die Finger verschwanden in der nachgiebigen, pulsierenden Masse aus Fleisch, Haut und Knochen. Als sie wieder zum Vorschein kamen, hatten sie etwas gebildet, das ansatzweise wie eine Klaue aussah.

Die nutzlosen Fesseln rutschten einfach zu Boden, und *ER war frei!*

Das Etwas, das früher Jonathan Brock gewesen war, bäumte sich auf und stieß erneut einen durch Mark und Bein gehenden Schrei aus; fast schon ein Protest gegen das, was im Moment mit ihm vorging, und über das er keinen Kontrolle mehr hatte. ER kroch im Schlafzimmer umher, sah aus wie das Resultat eines missglückten Experiments mit rekombinanter DNS. Der gesamte Oberkörper war die Karikatur eines wolfsähnlichen Tieres, auf der einen Seite wölbte sich sein Gesicht vor, schien in eine Schnauze mutieren zu wollen, auf der anderen war es nach innen gewölbt wie eine umgedrehte Maske. Bis zur Hüfte war seine Haut von schwarzen Haaren bedeckt, so wie bei jemandem, der unter der Krankheit Hypertrichose litt. Sein Unterkörper jedoch wirkte noch erschreckend menschlich. Dort hatte er sich praktisch gar nicht verändert. Dafür war es noch nicht so weit.

In dieser Sekunde versteckte sich der Mond wieder hinter einer Wolke. Das Halbwesen kippte zur Seite und blieb auf dem Boden liegen. Es wimmerte. Nach und nach begann es, die Haare wieder abzustoßen. Der aufgeblähte Teil des Gesichts fiel in sich zusammen, die andere Seite schnellte nach vorne und glich sich abermals an. Das Halbwesen wurde wieder zum Ganzen, wenige Wochen nur, nachdem die schlummernde Saat in ihm gekeimt hatte ...

»Sie haben Glück! So großes Glück!« sagte der zigeunerhafte Mann, der plötzlich aus dem Dunkel des Nachtwaldes getreten war. Er schien knapp hundert Jahre auf dem Buckel und so gut wie keine Zähne mehr im Mund zu haben. Einer der Ringe, von denen er an jedem Finger einen trug, besprenkelte die Umgebung mit seltsam grünlichem Licht.

»Scheiße, was wollen Sie denn?«, rief Brock zutiefst erschrocken und blieb wie angewurzelt stehen. Er hoffte, dass der schmächtige fremde Kerl keine Gefahr bedeutete. Er rieb sich über die Oberarme. Ihn fröstelte. Die Designerjacke, die er anhatte, war für das Innere des geheizten Autos zwar genug; doch der Saab lag nun mit einem geplatzten Hinterreifen im Straßengraben. Auf der Suche nach Hilfe hatte Brock bereits einen nervenzerrenden drei-Kilometer-Marsch durch dieses gigantische Funkloch voller Nebel hinter sich. Und das war genug Spaß für einen Tag, vielen Dank. Er wollte nur noch weiter und nicht mit einem alten Wirrkopf diskutieren.

»ES ist in Ihnen. Spüren Sie es nicht?«, wiederholte der mysteriöse Bohemien ungerührt und ging hinter dem stur voranstapfenden Brock her.

»Sie haben die Macht, Jonathan«, fuhr der Zigeuner fort und verzog dabei seinen zahnlosen Mund zu einem Grinsen, das wissend, hinterlistig oder bösartig hätte sein können ... Brock konnte es nicht identifizieren.

»Mensch, verpissen Sie sich jetzt, klar? Mein Wagen hat eine Panne und ...« Brock stutzte. »Hey, woher kennen Sie meinen Namen?«

»*Ich weiß viel über Sie, Jonathan Brock*«, sagte der Zigeuner *mit nerviger Theatralik und fügte dann auch noch zu allem Überfluss hinzu:* »*Sie wären überrascht, wie viel ich von Ihnen und Ihrer Herkunft weiß.*«

»*Jetzt hören Sie mal, Freundchen!*« *Brock machte einen wütenden Schritt auf sein Gegenüber zu, doch der Zigeuner wich und wankte nicht, trotz der offensichtlichen Bedrohung. Er sagte:* »*Sie können Ihrer Bestimmung nicht länger entfliehen. Lassen Sie Ihn erwachen, sonst könnte ER Sie um den Verstand bringen.*«

»*Scheiße, von was reden Sie?*« *Er klang selbstbewusst und aggressiv, natürlich tat er das. Aber die Wahrheit sah ein wenig anders aus: Brock fühlte eine schmelzende, flüssige Übelkeit in seiner Körpermitte. Sogar sich selbst gegenüber musste er zugeben, dass er begann, Angst zu haben. Er wollte abhauen von diesem klammen, kalten Ort ... verdammt, er wollte nur noch nach Hause! Aber jetzt stand ihm dieser Zigeuner gegenüber und erzählte ihm etwas von einem Samen, den er in seinem Inneren trug. Wie abgefuckt war das denn?*

»*Sehen Sie mir in die Augen*«, sagte der Zigeuner. *Himmel, er hatte so seltsame Augen. Fast rostrot.* »*Spüren Sie IHN nicht in sich schlummern? ER ist seit Jahrhunderten in Ihrer Familie, Generation nach Generation ... und glauben Sie mir, ER wird nicht mehr lange schlafen. Erforschen Sie Ihre Vergangenheit und öffnen Sie sich. Dann werden Sie sehen.*«

In diesem Moment spürte Brock ein fremdartiges, aber mächtiges Rumoren in seinem Innersten, das er noch nie zuvor so intensiv wahrgenommen hatte. Manchmal vielleicht als kleines Zucken, wie ein Anfall von Heißhunger, das ebenso rasch wieder verging. Aber während er dem Zigeuner mit dem fast schulterlangen, pechschwarzen Haar tief in die Augen sah, hatte er das Gefühl, das Rumoren würde fast explodieren und er fiel in das Loch, das es hinterließ ...

... als Brock aufsah, war es zwar ebenfalls dunkel, aber langsam schälte sich das beruhigend vertraute Interieur seines Wagens aus dem grobkörnigen Zwielicht seines noch vom Schlaf geprägten Bewusstseins.

Der Saab parkte neben einem riesigen Tiefkühllaster mit einem behaglich beleuchteten Führerhaus auf einem Autobahn-Rastplatz. Brock erinnerte sich vage, wie er den Wagen in letzter Sekunde auf diesen Parkplatz gelenkt hatte, nachdem der Vollmond für ein paar Sekunden durch die geschlossene Wolkendecke gebrochen war und ihn so sehr hypnotisiert hatte, dass es ihm unmöglich wurde, das Auto noch sicher zu lenken.

Brock langte neben sich. Eigentlich wollte er nach dem Vorrat von Red Bull-Dosen auf dem Beifahrersitz greifen, um sich für den noch vor ihm liegenden Rest der Fahrt etwas aufzuputschen, doch stattdessen verfingen sich seine Finger in etwas weichem, seidigen.

Was? Sein Kopf flog herum, und er starrte in die glasigen, toten Augen seiner Untermieterin. Lioba Reuthers Kopf lag auf dem Beifahrersitz, und seine Finger hatten sich um ihr mausbraunes Haar gewickelt. Brock stieß einen schrillen Schrei aus und fuhr zurück, krachte mit dem Hinterkopf hart gegen die Seitenscheibe.

»O GOTT NEIN!«, schrie er auf. »*Nein!*«

In dieser Sekunde klopfte es jäh von außen gegen das Fahrerfenster. Brock wirbelte mit einem erneuten Aufschrei herum und sah sich einem stämmigen Typ mit dicken Oberarmen und im Moment recht besorgtem Gesichtsausdruck gegenüber.

»Is' was, Mann? Was haben Sie?«, fragte der Fremde.

»Ich war es nicht!«, sagte Brock. »Ich habe Sie nicht getötet! Ich ... ich ...«

»*Was* ist los?«, sagte der Fremde und machte einen Schritt zurück, ging instinktiv in Abwehrstellung, falls ihn dieser seltsame Vogel in dem Yuppie-Cabrio attackieren sollte.

Schluchzend wandte sich Brock wieder dem Beifahrersessel zu, auf dem Liobas Kopf lag. Er erwartete schon, einen Aufschrei des anderen Mannes zu hören, doch der Fremde schrie nicht ... *denn da lag kein Kopf*. Verdammt, da war nicht einmal *Blut*. Mit aufgeklapptem Kiefer warf Brock einen Blick in den Fußraum, doch auch dort war nichts. Er atmete so hektisch, dass seine Lungen brannten. Seine Gedanken rasten und wirbelten.

»Ich, äh ... ich habe schlecht geträumt«, meinte er schließlich und warf dem Fremden einen entschuldigenden und zugleich dankbaren Blick zu. »Danke für Ihre Hilfe, Kumpel.«

»Passt schon!« Der Mann schnaubte und verzog sich schleunigst zurück zu seinem Lastwagen.

Wenig später verschwand das aparte schwedische Coupé in der Nacht.

Brock stieß einen anerkennenden Pfiff aus, nachdem er aus dem Saab ausgestiegen war.

Verdammt, dachte er, *der Schuppen ist wirklich groß*.

Tatsächlich war die Villa nicht hoch, sie hatte nur zwei Stockwerke, aber breit und seltsam konkav gewölbt wirkte sie aus jedem Blickwinkel sehr wuchtig. Dank generös geschnittener Zimmer und Flure war ihr Inneres sogar noch imposanter, wie Brock wusste. Vom jungfräulichen Neuschnee überzuckert sah der Bau nun genauso geheimnisvoll und *würde*voll aus wie auf den Fotos, in die sich Brock bei der Lektüre des Katalogs verliebt hatte. Als er dann las, wo sich das Haus befand – ausgerechnet jenes Sankt Prätorius, das er noch aus seiner Kindheit kannte – gab es für ihn keinen Zweifel mehr: *Dieses Haus rief ihn.*

Er schloss die Haustüre auf (mein Gott, war sie massiv und wuchtig!) und tastete an der Wand neben dem Türrahmen nach dem Lichtschalter. Als er ihn fand und umlegte, gab es im Kellergeschoss des Hauses ein Geräusch: *Klack!* Vermutlich kam es vom Sicherungskasten. Dann sprangen die Lampen sofort an.

Gustav Ströbele, der Makler, hatte zwar befürchtet, dass die elektrischen Leitungen nach den vier Jahren, in denen dieses Haus leer gestanden hatte, nicht mehr arbeiten würden. Doch dies war offenbar wirklich hochwertige Arbeit, kein Pfusch, wie zumeist in der Stadt. *Super!* dachte Brock.

Nachdem er sich die Küche und den leeren, von Spinnweben übersäten Vorratsraum angesehen hatte, ging er hinüber ins Wohnzimmer. Sorgsam mit Planen zugedeckte Möbel *(Sessel, eine Couch, Tische und zahllose Bücherregale)* schliefen einsam in dem L-förmigen Saal. Brock hatte das eigenartige Gefühl, alles hier zu kennen. Seltsam, war er doch schon in diesem Dorf gewesen, aber nie in *dieser* Villa. Aber vermutlich ähnelten sich alle diese Landhäuser irgendwie. Außerdem war er bei seinem ersten und einzigen Besuch in Sankt Prätorius gerade einmal fünf Jahre alt gewesen und konnte nicht sicher sein, wie zuverlässig seine Erinnerungen waren.

Jene Eindrücke, die ihn definitiv seit damals nicht mehr losgelassen hatten, waren sehr widersprüchlich: sowohl das Haus wie auch der Großvater selbst waren ihm kalt und abweisend vorgekommen. Abgeschottet. Argwöhnisch. Und dennoch hatten ihn der alte Mann und seine burgartige Villa auch maßlos fasziniert. Es war, als hätte die Umgebung zu ihm gesprochen, so wie es nun auch dieses Haus tat.

Leider kam er nie dazu, das Erlebnis zu vertiefen oder auch nur zu wiederholen, denn nur wenige Wochen nach der Visite brannte das Haus bis auf die Grundmauern nieder, wobei Brocks Großvater ums Leben kam. Brocks Vater hatte um dieses Feuer stets ein Mysterium gemacht ... ein nicht minder großes Rätsel, als es der ganze Werdegang seines distanzierten und einsiedlerischen Großvaters eigentlich gewesen war, wenn Brock es sich genau überlegte. Wie ein weißer Fleck auf der Landkarte.

Nachdenklich hockte sich Brock vor den offenen Kamin und zündete ein Feuer an, was für ihn dank seiner jahrelangen Übung im Befeuern luxuriöser Kaminöfen in Ferienwohnungen und luxuriöser Penthäuser kein Problem darstellte. Als nächstes zog er die Planen von den Möbeln und stellte nicht minder positiv überrascht fest, wie gut die Polster der Sessel sowie die Holzoberflächen der Tische und der Regale an der Wand neben dem großen Panoramafenster erhalten waren. Hier vor dem Feuer wollte er die Nacht verbringen, und morgen würde er dann in aller Ruhe die restlichen Räume des Hauses erkunden, ein paar Einkäufe erledigen und sich danach ausruhen.

Erschöpft ließ er sich auf die Couch nieder und blickte sich um. Im sanften Feuerschein und mit den freigelegten Möbeln war der große Raum zugleich gemütlich und von fast unheimlicher Solidität, fand Brock und verschränkte die Arme vor der Brust. Ein paar Minuten später holte er die Decke und seine Koffer aus dem Wagen und trug sie ebenfalls in das Wohnzimmer. Auf der Couch machte er sich ein provisorisches Lager, und kurz bevor er einschlief, fühlte er in der völligen Stille und Leere des Hauses und der Umgebung zum ersten Mal seit Monaten ein gewisses Gefühl von Ruhe in sich. Hier würde er wenig Schaden anrichten können. Er hatte die richtige Entscheidung getroffen.

Hätte sich nicht eine Handvoll exklusiver Villen und Ferienhäuser hier befunden – Ausläufer von Garmisch und Grainau –, wäre Sankt Prätorius eine jener von der Welt vergessenen Ortschaften, die man auf kaum einer Landkarte finden konnte. Das Dorf selbst zählte 202 Einwohner. Es gab einen Doktor und einen winzigen Gemischtwarenladen, der, was die pünktliche Belieferung mit Waren anging, vollkommen der Gnade des großen Hauptgeschäftes in Garmisch ausgeliefert war.

Als Brock das Geschäft betrat, über dessen Eingangstüre BECKER - LEBENSMITTEL & MILCH stand *(hatte das Geschäft nicht damals auch schon so geheißen?* fragte er sich)*, befanden sich dort nur zwei Personen: der Verkäufer, ein mittelgroßer, glatzköpfiger Mann mit einer Klappe über dem rechten Auge (*Horst, der Pirat*, dachte Brock, auch wenn er nicht wusste, woher diese Inspiration kam), sowie ein Kunde. Beide interessierten sich nicht für Brock, was ihm recht war. Er schaufelte eine Ladung Konservendosen und anderen Proviant in seinen Korb, dann trat er zu dem Mann an der Kasse, den er, instinktiv *Horst, den Piraten* genannt hatte, und bezahlte seinen Einkauf.

Die ganze Zeit über wurde keine Silbe geredet, kein »*sind Sie neu hier?*«, kein »*hier ist Ihr Wechselgeld*« oder gar »*besuchen Sie uns bald wieder*«. Zunächst hatte ihm diese Distanz nichts ausgemacht. Aber nun fühlte er sich regelrecht unwillkommen. Zwar schob er es darauf, dass die Landbevölkerung eben manchmal dazu neigte, neu angekommenen Städtern gegenüber misstrauisch zu sein; so *ganz* geheuer war ihm die Sache dennoch nicht. Dank der Nähe zum beliebten Wintersportort Bad Ruthberg hätte man geschniegelte Fremde mit teuren Autos eigentlich gewöhnt sein müssen ... lag es also an *ihm?*

Ein dummer Gedanke, zugegeben. Aber wenn einem das geschah, was Jonathan Brock gerade durchmachte – etwas gänzlich Unerklärbares und Beängstigendes – dann neigte man dazu, auch mal einen absurden Gedanken zu denken. Grübelnd stieg Brock wieder in seinen Wagen und fuhr zurück zu seinem Haus. Dabei kam er auch über jene Stahlbrücke, welche über ein zerklüftetes, jetzt im Winter völlig zugefrorenes Flussbett führte. An diese Brücke konnte er sich seltsamerweise am intensivsten von allen Dingen hier im Dorf erinnern. Im weißen, milchigen Tageslicht wirkte sie viel weniger beeindruckend und Angst einflößend als in der Nacht, wenn sich nur die pechschwarze Silhouette ihrer Stahlträger von dem noch schwärzeren Himmel abhob und man das Gefühl bekam, die Brücke hätte keinen Anfang und auch kein Ende. Aber irgendwie verursachte diese Konstruktion Brock selbst jetzt eine Gänsehaut ... als würde sie ihm mit einer leisen Stimme unablässig Warnungen zuwispern.

Vorsichtig lenkte er den Saab 9000 über den schmalen Steg, beschleunigte auf der anderen Seite wieder und wischte sich über die Stirn, die trotz der Kälte von Schweiß bedeckt war. Nachdem er das Haus endlich wieder erreicht hatte, parkte er den Wagen und wuchtete den schweren Korb mit Lebensmitteln vom Beifahrersitz hoch. Seine schweren Schneestiefel knirschten bei jedem Schritt, während er mit der rechten Hand in seinen Taschen nach dem Hausschlüssel fischte.

Da entdeckte er das Symbol, das im seinen Vorgarten in den Schnee gezeichnet worden war: Ein Kreis, mit einem darin verlaufenden Dreieck und einer Schlangenlinie, die den Kreis halbierte.

Brock erschauerte und ging vor dem Symbol in die Knie, betrachtete es konzentriert. Auch dies hatte er schon einmal gesehen, wenn er auch nicht wusste, wo. *Oder etwa doch?* Es war lange her, aber da war eine Erinnerung ... War es im Zimmer seines Vaters gewesen? Als Kritzelzeichnung auf einem Blatt Papier?

Bevor er diesen Gedankengang vertiefen konnte, empfingen seine sensiblen Ohren ein Geräusch.

Brock fuhr herum und sah, wie ein Mann die Straße in Richtung der Brücke entlang rannte. Das schulterlange, pechschwarze Haar erinnerte ihn unwillkürlich an den Zigeuner, den er vor drei Monaten gesehen hatte. Aber das war doch wohl unmöglich. Der Alte hätte nie so schnell laufen können, wenn sich auch die Gerüche (...

die Witterungen?! ...) der beiden völlig glichen. Davon abgesehen: *was sollte der alte Zigeuner hier suchen?*

Brock presste die Lippen aufeinander und blieb für ein paar Sekunden neben seinem Wagen stehen, unschlüssig, ob er sofort losfahren und in seine Stadtwohnung zurückkehren oder doch hier bleiben und abwarten sollte. Er entschied sich für letzteres, denn er spürte den unheimlichen Brand ihn ihm bereits wieder auflodern und unablässig seine feurigen Krallen an der Hülle seines Verstandes wetzen. Und wenn der Brand aufloderte, musste er alleine sein.

Während der Inhalt einer Dose Tomatensuppe auf dem Elektroherd warm zu werden begann, stöberte Brock in den Küchenschränken herum und entdeckte in der hintersten Ecke der linken Ablage ein uraltes Kofferradio.

Bingo! dachte er. *Hurra!*

Als er den Einschaltknopf berührte, leuchtete die Senderskala des Geräts auf und das hypnotische Rauschen des freien Äthers ertönte. Er kurbelte an der Sendereinstellung.

Schließlich nahm Brock ganz sanft im Hintergrund eine Stimme war, und nach etwa zwei Minuten hörte er Robert Miles' Song »Children«. Brock, der eher auf intensive *Jungle* und *Drum'n Bass*-Beats stand, bezeichnete dieses Lied gerne als Hausfrauen-Techno mit Massenappeal. Nun wirkte dieses schmissige Lied mit seinem neuzeitlichen Sound in dieser zeitlosen Umgebung besonders unpassend.

»Heeeey - hier ist Radio Hitwelle Bayern«, rief der Moderator mit gekünstelter Bestlaune, nachdem der Song verklungen war. «Das war unsere Wunschsendung, und wenn auch DU einen Plattenwunsch hast, dann ruf uns auch morgen wieder unter unserer wohlbekannten Nummer an. Es ist jetzt zweiundzwanzig Uhr, hier sind die Nachrichten auf der Welle mit DEINEN MEGA HITS!«

Brock rührte in dem Topf mit Suppe und ließ sich dabei von der Weltlage deprimieren. Plötzlich zuckte er zusammen und starrte das Radio an, als hätte der Sprecher das Ende der Welt verkündet.

» ... immer noch keine Spur im brutalen Mordfall Lioba Reuther«, sagte der Nachrichtenmoderator. »Die junge Frau war gestern ermordet und verstümmelt in ihrer Wohnung in Ulm an der Donau aufgefunden worden. Laut Zeugenaussagen soll der Kopf der Leiche gefehlt haben. Die Polizei sucht nach Zeugen, die w-«

Mit der rechten Hand schlug Brock nach dem Ausschaltknopf des Radios. Alle Farbe war aus seinem Gesicht gewichen, und er begann zu zittern. *O Gott, nein!* dachte er mit bodenlosem Entsetzen. Hatte er es *wirklich* getan? Hatte er seine Untermieterin vor seiner Abreise getötet, es dann vergessen und war ... war dieses Erlebnis im Auto vor zwei Nächten ein Erinnerungsfetzen gewesen? Und ...

Es klopfte an der Hintertüre.

Brock wirbelte herum, er musste sich an einem Regal festhalten, um nicht umzukippen. Das Pochen schien so laut, dass es in seinem Kopf dröhnte und rumorte wie schwerer Donner.

Zitternd trat Brock zum Hintereingang und nahm in der rhombusförmigen Milchglasscheibe, welche die Mitte der Holztüre bildete, die Umrisse eines sehr großen Mannes wahr.

»Ja?«, rief er mit einer Stimme, die er kaum als seine erkannte. Noch nie zuvor hatte er solche Angst gehabt. War dies schon die Polizei?

»Hallo, Jonathan«, sagte der Unbekannte, als würden er und Brock sich schon seit Ewigkeiten kennen »Ich wollte dich hier im Dorf herzlich willkommen heißen.«

»Kenne ich Sie? Wer *sind* Sie?«

Der Fremde lachte. »Immer noch der alte Jonathan mit seinen Späßen. Mensch, ich bin's, Wilhelm Anton. Jetzt mach schon auf, ich muss dir was zeigen.«

Brock stutzte. Wilhelm Anton waren die zwei Vornamen seines Vaters gewesen. Was ging hier vor? Er wusste, dass es Irrsinn war, die Türe zu öffnen ... aber diese ganze Situation war purer Irrsinn. Tatsächlich erschien es ihm sogar *noch* irrsinniger, den Fremden abzuweisen. Immerhin kannte er seinen Vater, oder wusste zumindest, wer er war.

»Moment, ich schließe auf«, sagte er und ließ die zwei schweren Schnappschlösser aufklicken.

»Danke, Jonathan!«, sagte der Mann. Der Unbekannte war groß, mindestens eins neunzig, und er trug einen langen, hellen Mantel. Er mochte mehr als siebzig Jahre alt gewesen sein und bewegte sich dennoch mit der geduckten, wachsamen Effizienz eines Raubtiers. Aber das seltsamste an ihm waren seine Augen, die nicht nur dunkel, sondern *pechschwarz* waren und seinem schmalen, eingefallen wirkenden Gesicht eine hexenhafte Note verliehen.

Beim Anblick dieser einzigartigen Augen dämmerte es Brock, dass er den Fremden tatsächlich schon gesehen hatte; er hatte das Haus seines Großvater gerade verlassen, als die Familie Brock angekommen war. Und nun führte er Jonathan Brock vom Haus weg und auf ein nahes Schneefeld, wo die beiden völlig alleine waren.

»Sie waren damals bei meinem Großvater, nicht wahr?«, sagte er. »Ich habe Sie gesehen.«

Der alte Mann nickte stumm. »Mein Name ist Alexander Vennebusch. Ich war sein Freund.«

»Was wollen Sie von mir?«

»Ich habe Ihrem Großvater damals versprochen, dies hier zu tun, wenn es nötig wird«, sagte der Fremde. Er sah sich immer wieder um und sprach mit dumpfer, verschwörerischer Stimme. Er wirkte wie ein Paranoiker, der gerade einen Schub von Verfolgungswahn erlitt.

»*Was* zu tun?«, rief Brock.

Vennebusch gab ihm mit einer Handbewegung zu verstehen, dass er nicht so laut sprechen sollte. »Sie herauszuholen, wenn man Sie wieder in dieses Dorf gelockt hat. Es war das letzte, was wir besprochen haben, bevor ich flüchten musste und die Männer des Vereins ihn erschossen haben!«

Bevor die Männer des Vereins ihn erschossen haben! echote es durch Brocks Kopf. Hatte er das wirklich gehört? Sein Großvater war doch bei dem Feuer in seinem Haus ums Leben gekommen. Für ein paar Sekunden bekam er keine Luft.

»Wer war er ... und wer bin *ich*?«, fragte er schließlich.

»Ein *Varcolac*«, sagte der Mann. »Ein Auserwählter.«

Brock öffnete den Mund, um etwas zu sagen, schüttelte aber dann den Kopf und atmete wieder aus. Der Atem kondensierte sofort und bildete eine große Dampfwolke vor seinem Gesicht.

»Kennen Sie dieses Symbol?, fragte Vennebusch und zeigte seinem Gegenüber eine Zeichnung des Symbols, das Brock vor seinem Haus gefunden hatte.

Brock sagte: »Ja. Man hat es heute Morgen vor mein Haus in den Schnee geschmiert.«

»Das ist das Zeichen des Vereins«, sagte Vennebusch. »Der Verein ist Geheimbund einiger Männer, die alle hier in dieser Gegend wohnen. Vor dreißig Jahren haben sich die Mitglieder des Vereins geschworen, alle Varcolac auszurotten. Auch ich habe einen Varcolac in mir, aber ER ist bei mir nicht zum Ausbruch gekommen. Doch ich kann trotzdem spüren, wie Er sich regt, atmet und bewegt. Sie sind bereits geöffnet worden, nicht wahr? Auch ihr Großvater hatte diese Macht in sich. Bei ihm war ER sogar besonders ausgeprägt. Die Männer des

Vereins haben sein Haus angezündet haben, um ihn nach draußen zu locken, wo sie ihn dann, nach einer gnadenlosen Verfolgung, auf der Flussbrücke erschossen haben. Ihr Vater hat versucht, Sie von allem fernzuhalten. Sie wissen, dass Brock ist nicht Ihr richtiger Name ist?«

Brocks Gesichtsausdruck war wie versteinert. »Ich weiß, dass meine Familie nicht aus Deutschland stammt und nur einen deutschen Namen angenommen hat.«

Vennebusch nickte. »Na ja, das ist zumindest ein Teil der Wahrheit. Hören Sie gut zu, Jonathan: Vor knapp einhundert Jahren haben acht deutschstämmige Familien Rumänien verlassen, um ihr Glück im Land ihrer Ahnen zu finden. Alle diese Familien hatten ein Geheimnis: Sie waren Varcolac. Das, was man in Deutschland Werwölfe nennt.«

Normalerweise wäre *dies* der Moment gewesen, um die Polizei und die psychiatrische Ambulanz zu alarmieren. Doch für Brock ergab diese Eröffnung zu viel Sinn. Er wusste aus eigener schmerzvoller Erfahrung, dass es die Wahrheit war.

»Nach der Ankunft in Deutschland nahmen die Familien deutsche Namen an und ließen sich in verschiedenen Städten im ganzen Bundesgebiet nieder. Das Geheimnis wurde von der ersten zur zweiten Generation weitergegeben, ohne dass der Varcolac bei einem der Auswanderer erwachte. Erst Mitte der fünfziger Jahre geschah das Unvermeidliche dann doch, und zwar in der früheren Ionescu-Familie ... *Ihrer Familie, Jonathan.* Ihr Großvater war der erste, bei dem der Varcolac wieder erwachte. Die ganze Sippe floh aus der Stadt Wolfsburg, wo sie sich niedergelassen und Arbeit gefunden hatte.«

Trotz seiner Angst und Fassungslosigkeit entging Brock diese Ironie nicht: *Echte Werwölfe arbeiteten bei VW in Wolfsburg.* War dies noch der Planet Erde, den er kannte?

»Man suchte einen Platz praktisch am Ende der Welt, wo ein Erwecken des Varcolac wenig oder auch gar keinen Schaden verursachen würde«, fuhr Vennebusch fort. »Das war dieser Ort hier, Sankt Prätorius, damals noch ein *wirklich* gottverlassenes Nest, bevor der Wintertourismus modern wurde. Nachdem der Varcolac in meinem Vater zu erwachen drohte, was dann doch nicht geschah, zog meine Sippe ebenfalls hierher. Zehn Jahre lebten wir unbehelligt in zwei alten Farmhäusern auf der anderen Seite des Dorfes. Die einzigen Probleme wuchsen in den Sippen selbst ... so gerieten Ihr Vater und Ihr Großvater in einen so massiven Disput, dass Ihr Vater Sankt Prätorius über Nacht verließ und sämtliche Verbindungen trennte. Er änderte sogar offiziell seinen Familiennamen von Prechtl zu Brock, was Ihnen später das Leben retten sollte. Er kehrte nur noch ein einziges Mal hierher zurück. Das war jener Besuch, bei dem auch Sie und Ihre Mutter dabei waren.«

Vennebusch seufzte und sagte dann: »Ihr Großvater wusste, dass seine Zeit ablief. Er konnte ES nicht mehr länger kontrollieren. Aber er wollte Sie – vor allem Sie – noch einmal sehen. Er musste fast ein Jahr lang betteln, bevor sich ihr Vater bereit erklärte. Da war alles fast schon zu spät. Kurz nach dem Besuch übernahm ES Ihren Großvater völlig, und er verübte ein regelrechtes Massaker unter der Dorfbevölkerung. Drei Männer, fünf Frauen und neun Kinder wurden von dem Varcolac in jener Nacht getötet.«

Siebzehn Menschen. Siebzehn. Brock schwankte. Der Boden unter ihm schien jegliche Solidität verloren zu haben. Immer wieder hörte er diese Zahl: *Siebzehn!*

»Für Polizei und Presse stand fest, dass es ein aus Südtirol eingewanderter Braunbär gewesen ist, der all die Menschen angegriffen und zerstückelt hat«, sagte Vennebusch und schüttelte den Kopf. »Was sollten sie auch sonst annehmen? Die Wahrheit ist einfach zu unfassbar. Aber die Dorfbewohner wussten es besser ... Jemand hatte gesehen, was wirklich passiert war. Daraufhin schlossen die Hinterbliebenen der getöteten Familien den Pakt, systematisch alle Mitglieder der Familie ihres Großvaters auszulöschen, damit sich nie ein zweites Massaker wie das vom dreißigsten November ereignen konnte. Sie begannen mit Ihrem Großvater und den anderen, die hier im Dorf lebten und nicht schnell genug flüchten konnten. Inzwischen sind Sie der letzte Überlebende der Großfamilie – einige starben auf natürliche Art und Weise, wie Ihre Eltern. Bei anderen kam der Verein ihrem Schwur erbarmungslos nach.«

Brock konnte für ein paar Sekunden nichts sagen. Er fühlte sich in einem unwirklichen Alptraum gefangen und wollte nichts anderes mehr als aufwachen.

Schließlich quetschte er wieder einen Satz heraus, und seine Starre löste sich: »Bin ich *darum* hier? Hat man mich hierher gelockt, um die Sache zu vollenden?«

»Glauben Sie wirklich, es war Zufall, dass Sie ein Haus fanden, das ausgerechnet in *diesem* Ort liegt? Wie groß sind die Chancen? Denken Sie nach. Natürlich war alles eine Verschwörung, ein Komplott mit dem Ziel, Sie aus eigenem Willen wieder nach Sankt Prätorius zu bringen«, sagte Vennebusch.

»Aber wenn man mich tot sehen will, wieso hat man mich dann nicht einfach zuhause in Ulm erledigt?«, fragte Brock.

»Bei aller Kaltblütigkeit hat der Verein trotzdem eine Art Ehrenkodex«, erklärte Vennebusch. »Zuerst einmal musste man sicher gehen, dass Sie wirklich der Richtige sind. Schon vor dem Massaker hatte Ihr Vater den Namen Ihrer Familie geändert, erinnern Sie sich? Aber nun schreiben wir das Jahr 1995, und mit Werkzeugen wie Computern stehen einem Suchenden heutzutage Mittel und Wege zur Verfügung, die man früher nicht hatte. Jedenfalls gibt es insgesamt acht Jonathan Brocks in ganz Deutschland, und der Verein hat sich mit allen beschäftigt. Sie waren der letzte auf der Liste. Als Test hat man ... wie soll ich sagen? ... hat man den *Varcolac* in Ihnen so lange gereizt, bis ER entweder erwachen würde oder nicht. Und ER ist erwacht.«

»Dann war das also keine Autopanne. Man hat meinen Wagen sabotiert, dass er liegen bleiben *musste* und der Zigeuner seine Rede halten konnte.«

Vennebusch schnaubte. »Natürlich war es keine Panne, es war der Beginn des Tests. So einen Test hat jeder der acht Jonathan Brocks in Deutschland durchgemacht. Und dieser ‚Zigeuner‘ ... er ist kein Zigeuner, auch wenn er so aussieht. Sein wirklicher Name ist schlicht und einfach Fritz Riebmann. Wenn Sie es wissen wollen: Ihr Großvater hat damals in seinem Blutrausch Riebmanns Frau und sein einziges Kind getötet.«

Brock schrie: »*O Gott! O Scheiße! O GOTT!*«

Denn plötzlich kam ihm in den Sinn: Auch er hatte es getan. Er hatte Menschen verletzt und getötet. Zuerst der Penner, den er angefallen hatte, und dann Lioba Reuther. *Auch er hatte getötet!* Der Gedanke sauste wie ein Fallbeil auf ihn nieder und verursachte den schlimmsten Schmerz, den er je wahrgenommen hatte. Er fror und schlotterte stärker als je zuvor. Er sank auf die Knie.

»Sie können nichts dafür«, sagte Vennebusch. »Sie haben IHN nicht unter Kontrolle. Keiner kann den Varcolac völlig kontrollieren, höchstens ein wenig führen, und auch nur das mit viel Übung. Machen Sie sich keine Vorwürfe. Das sind nicht mehr *Sie*, wenn ER zum Ausbruch kommt.«

»Ich ... O *Scheiße*, ich ...« Brock wandte sich ab. Der früher so eloquente Werbefachmann stammelte nun völlig unbeholfen: »Ich habe Menschen getötet ... *und ich will niemand mehr wehtun, hören Sie?!* Was kann ich ... «

»Natürlich dürfen Sie nicht zurück in die Stadt - ganz bestimmt nicht!«, sagte Vennebusch. »Aber hier können

Sie auch nicht bleiben. Der Verein wartet nur darauf, dass Ihr Varcolac erwacht, und dann wird es Zeit für die letzte Hinrichtung auf der nächtlichen Brücke. Die geweihten Silberkugeln liegen schon bereit ... und ja, das sind *tatsächlich* die einzigen Dinge, die einem Varcolac gefährlich werden können. Sie kommen jetzt mit mir an einen sicheren Ort, an dem Sie lernen können, die Kraft vor dem endgültigen Ausbruch zu unterdrücken. Noch ist Ihr Varcolac nur zu neunzig Prozent erwacht, also können Sie noch lernen, ihn zu lenken. Nach SEINER ersten vollständigen Verwandlung gibt es für Sie keine Hoffnung mehr, wie es auch für Ihren Großvater keine Rettung gegeben hat. Ich kann Ihnen helfen, aber Sie müssen mir vertrauen.

»Habe ich eine andere Wahl?«, fragte Brock.

»Ich fürchte, nicht. Ich habe es Ihrem Großvater damals versprochen, dass ich mich um diese Angelegenheit kümmern würde, wenn es nötig sein sollte«, sagte Vennebusch. »Er wusste, dass Sie derjenige sind, dessen Varcolac sogar noch den seinen an Kraft und Gewalt überbieten würde. Deswegen habe ich die ganze Zeit versucht, Sie im Auge zu behalten und gleichzeitig über die Aktionen und Züge des Vereins auf dem Laufenden zu bleiben. Zum Glück ist mir beides gelungen. Jetzt müssen wir verschwinden, Jonathan.«

Brock nickte. »Ich hole meine Sachen aus dem Haus.«

»Lassen Sie das – wir müssen das Areal *sofort* verlassen. Das Haus wird wahrscheinlich beobachtet und abgehört, darum wollte ich mit Ihnen hier draußen sprechen. Kommen Sie jetzt. Mein Wagen steht dort drüben.«

Wortlos, fast wie schlafwandelnd folgte Brock dem Fremden zu einem vierradgetriebenen Toyota Land Cruiser, der am Rande des von Schnee bedeckten Feldes parkte. Anschließend fuhr Vennebusch den Wagen über ein kompliziertes System von Feldwegen, bis er auf eine asphaltierte Landstraße stieß. Soweit sich Brock erinnerte, führte diese Straße in den Nachbarort.

Er lehnte sich zurück, fühlte zu gleichen Teilen Angst, Unwirklichkeit und neue Hoffnung in sich. Doch dann wurden all diese Emotionen einem anderen Eindruck einfach weggewischt: Die Dunstglocke, die seit seiner Ankunft über der Stadt gelegen hatte, hatte sich vollständig verzogen. Nur der Horizont lag noch hinter einem Bergmassiv pechschwarzer, aus dem Hintergrund beleuchteter Wolken verborgen. Aber nicht mehr lange! Und der Mond ... *(Der Mond! flüstert ER in ihm, und die Stimme wird LAUTER!)* ... ja, der Vollmond würde in kurzer Zeit seine tröstenden, wunderbaren Strahlen auf das Land werfen. Und dann würde Brock sich endgültig verwandeln. *Musste* er sich verwandeln. Es gab keine andere Möglichkeit. Der Drang, der Strom war zu stark.

»Halten Sie noch durch!«, befahl Vennebusch. »Sie können IHN zurückdrängen, bis wir an einem sicheren Ort sind, hören Sie, Jonathan? Sie können e-«

Plötzlich trat Vennebusch so heftig auf die Bremse, dass Brock in die Sicherheitsgurte geworfen wurde. Die Straße war von zwei quer stehenden Traktoren mit Anhängern blockiert. Vennebusch legte den Rückwärtsgang ein, nur jedoch um keinen Atemzug später auch Verfolger im Rückspiegel zu sehen.

»Verflucht!«, rief er. »Halten Sie sich fest!«

Zackig brachte er den Allradwagen von der Straße weg. Der Toyota rumpelte in den Straßengraben, erklomm die Böschung auf der anderen Seite und walzte dann durch eine Reihe junger Bäume. Projektile fetzten Löcher in die Karosserie, als die Gegner mit ihren Jagdgewehren auf das Fluchtauto zu feuern begannen.

Geduckt, sich mit den Händen am Sitz und dem Armaturenbrett festklammernd, spürte Brock wieder jenes schmelzende Gefühl eines bevorstehenden

Krampfes in seiner Körpermitte einsetzen ... doch diesmal war es von majestätischer Klarheit und Unabdingbarkeit. *Der Mond ist so SCHÖN!*, dachte Brock.

Krachend barst die Heckscheibe. Vennebusch riss den Wagen abrupt nach links, als sich hinter dem Waldgebiet wieder ein Feldweg in den Hang grub. Ein Blick in den Rückspiegel sagte ihm, dass die zwei Verfolgerwagen beträchtlich aufgeholt hatten. Wieder splitterte Glas, diesmal die Scheibe der linken Hintertüre. Das hohle Krachen großkalibriger Jagdgewehre hallte durch den nächtlichen Wald wie kleine Detonationen, und Brock krümmte sich unter einem ersten heftigen Spasmus; er wusste zu gut, dass zwischen dem ersten zerfließenden Zusammenkrampfen seiner Körpermitte und dem endgültigen Beginn SEINES Erwachens nur wenige Minuten lagen. »Vennebusch«, wimmerte er.

»Sie können IHN zurückdrängen! Kämpfen Sie dagegen a-«

Dies waren Alexander Vennebuschs letzte Worte.

Als ihn wieder Scheinwerfer in Fahrtrichtung blendeten, würgte er den Allradwagen in ein Ausweichmanöver, aber sie waren eingekreist. Schüsse kamen von allen Seiten. Zwei Projektile durchschlugen die Windschutzscheibe; eines sauste durch den Innenraum, das andere riss Vennebuschs linke Gesichtshälfte weg.

Brock versuchte mit dem letzten Hauch menschlichem Verstandes nach dem Lenkrad zu greifen, doch einen Moment später krachte der Wagen gegen einen Baum, wurde von der Aufschlagwucht zur Seite geschleudert und überschlug sich zweimal, bevor er qualmend und mit den Rädern nach oben liegen blieb.

Vorsichtig und mit Taschenlampen und ihren Waffen im Anschlag näherten sich die Männer des Vereins dem Autowrack, dessen rechtes Vorderrad sich immer noch drehte und drehte und drehte. Keine Bewegung war auszumachen. Zwei der Jäger begannen, den havarierten Toyota zu umkreisen, ihre Schritte auf dem gefrorenen Waldboden knirschend in der nächtlichen Stille. Diese Geräuschlosigkeit währte bis zu jenem Moment, als ein unmenschlicher Schrei vom Autowrack her ertönte.

Was danach geschah, war fast zu schnell für das menschliche Auge: Ein Schatten flog von dem umgestürzten Toyota auf einen der Jäger zu, es war der Mann, den Brock *den Piraten* genannt hatte. Noch bevor der Weidmann reagieren konnte, hatte ER ihm die Kehle durchgebissen. Die anderen Kämpfer beginnen sofort und ohne erkennbares Zeit zu schießen; keinen Wimpernschlag später ist der Wald in das grelle Lodern einer Explosion getaucht, als der Treibstofftank des Allradwagens Feuer fängt und das Auto zerreißt.

Das, was einmal Jonathan Brock, 33, Werbefachmann, ledig, gewesen war, stieß noch ein bösartiges Knurren aus, als ihn der Feuerschein blendete. Dann verschwand das Halbwesen in der Dunkelheit, und der Kreis schließt sich an der nächtlichen Brücke.

Ein bewaffneter Mann tritt auf den Stahlsteg; er ist wachsam, bewegt sich umsichtig und schaut stets dahin, wohin auch die Mündung seines Gewehres zielte. Aber er hat Angst ... und sein Gegner spürt dies.

ER kann ihn sehen, aber er IHN nicht, denn er ist nur ein Mensch, ein Mensch mit süßem, heißen Blut in seinen Adern. ER hingegen ist mehr ... Viel mehr als dieser Mensch je sein wird! Er glimmt fast in SEINEN Augen, so deutlich kann ER ihn sehen, denn der Mond schenkt IHM alles Licht und alle Kraft, die ER braucht. ER kann sein süßes Blut schon fast schmecken. Aber ES wartet noch. ER will sicher sein.

Der Mann bewegt sich vorsichtig. Sein Atem geht rasch, stoßweise. Ab und zu bleibt er stehen, späht in die Umgebung, lauscht in die Stille der Winternacht und geht dann weiter.

Nun ist der Mann direkt neben IHM. ER löst SEINE Krallen vom heißen Stahl, stößt sich ab und schnellt nach vorne. Bevor der Mensch reagieren kann, hat ER ihn schon zu Boden geworfen. Der Jäger versucht, nach seiner Waffe zu greifen, doch ER gibt dem Gewehr einen Stoß, und die Büchse schlittert außerhalb seiner Reichweite. Er schreit um Hilfe. ER zieht ihm SEINE Krallen über den Brustkorb. Er versucht, sich IHM zu entwinden. ER reißt ihm die Haut vom Gesicht. Der Dörfler schreit und tritt in seinem Todeskampf um sich, doch er verletzt IHN nicht. Stattdessen schlägt ER ihm meine Fangzähne in den Hals und fühlt endlich sein köstliches Blut, sein Leben auf SEINER Zunge und dann SEINE Kehle hinabrinnen.

Plötzlich explodiert etwas auf dem Boden der Brücke!

ER fährt herum, das dünne Fell auf SEINEM Rücken sträubt sich. SEINE Feinde haben wieder aufgeholt! Ihre Schritte sind in SEINEN hochsensiblen Ohren wie das Getrampel einer Armee. Mit seidiger Eleganz huscht ER zur Seite und versteckt sich hinter dem Geländer, das die Fahrspur der Brücke vom Weg für Fußgänger abtrennt. Auch wenn die Erinnerungen an alles vor der Erweckung verschwommen und umnebelt sind, dämmert IHM in diesem Moment wieder, dass dies keine einfache Treibjagd ist ... dass man nicht irgendein Tier verfolgt, sondern IHN, und dass SEINE Feinde zu genau wissen, welcher Natur ER ist. Und das bedeutet, dass SEINE Gegner vorbereitet sind. Auf einmal hat ER ... (ich?! fragte ER/Brock sich) ... jenes Maß an Angst, zu dem ER fähig ist. ER rührt sich nicht, während ER einen Ausweg zu finden versuchte. Dampf steigt von den Wunden des Mannes auf, an dessen Blut ER SEINEN Lebenshunger gestillt hat ... und dann wird IHM (mir?! dämmerte es Jonathan Brock weit entfernt) schlagartig klar, dass dies der größte und vielleicht letzte Fehler SEINES Lebens gewesen war. Hätte ER ihn nur rasch getötet und wäre dann verschwunden, so hätte ER seine Flucht in den Wald schaffen können. Doch nun war diese

Chance vergeben, denn ER wittert, dass IHN die Gegner nun eingekreist hatten.

Im selben Moment flammen auf beiden Seiten der Brücke Lichter auf. Ihr Leuchten legt sich auf jeden Flecken des Bodens, kriecht in jede Höhlung, die IHN umgibt. Es gibt kein Entkommen. Vermutlich, so dämmert es Jonathan Brocks Restverstand in IHM, hatten seine Feinde diesen Mann sogar bewusst geopfert, um IHN aus seinem Versteck zu locken.

Schwerelos wie ein Schatten bewegt ER sich am Geländer entlang, sucht eine Deckung, eine Fluchtmöglichkeit, findet jedoch keine. Flehend schaut ER zum Himmel auf. Der Mond ... sein Licht ... kann IHM nicht helfen, nicht diesmal. Der Laut, den ER ausstößt, ist zunächst ein wütendes, protestierendes Schreien und Geifern, verwandelt sich jedoch in ein wildes, panisches Ächzen, als IHN eine Kugel streift. Jenes Projektil war eine normale Bleikugel, für ihn nicht tödlich, aber der Schmerz piesackt ihn dennoch. Die Pein macht IHN (mich?! rief Jonathan Brocks Stimme in IHM immer lauter, verzweifelter und machtloser) eher wütend als kraftlos, aber auch unvorsichtig. ER verlässt seine Deckung einen Schritt zu weit. In diesem Moment sieht ER plötzlich einen roten Punkt wie ein Insekt über SEINEN fellbedeckten Körper wandern. Keinen Atemzug später explodiert an der Stelle, wo sich das mysteriöse rote Insekt eben noch befunden hat, SEIN Fleisch. ES wird mit erbarmungsloser Gewalt zur Seite geschleudert, und die Veränderung des Schmerzes von kleinen, spitzen Zacken der Pein zu einem ausweglosen, zermalmendem Dröhnen sagt IHM, dass IHN eine Silberkugel erwischt hat. Ungebändigt schleppt ER sich voran, da trifft wieder ein Projektil SEINEN Körper ...

SEINE Häscher johlen vor Freude.

Die Männer des Vereins wissen, dass ES schwer getroffen ist. Die Erfüllung ihres Schwurs steht unmittelbar bevor. Dreißig Jahre nach dem Massaker wird das Leiden ihrer Familien endlich gesühnt sein.

Der Mond konnte IHM keine Kraft mehr geben. Ein letztes Mal versuchte ER noch, sich wimmernd aufzubäumen. Doch in jenem Moment gab es einen Schlag, der grausamer und stärker war als alle vorigen, und er sank in sich zusammen.

Es ist die letzte Silberkugel, die IHN niedermäht. Nach einer stummen Andacht werfen sie die Überreste des Halbwesens, an DESSEN Fleisch Jonathan Brocks Restleben gekettet war, über die Brüstung der nächtlichen Brücke, so wie sie es bislang nach jeder Vergeltung an einem Mitglied der Familie Ionescu getan hatten. Damit war ihre Mission beendet, und der Verein hörte auf zu existieren. Mit einem dumpfen Klatschen landete ER auf der Eisdecke. (ICH! schrie Brocks Restbewusstsein zum letzten Mal, bevor das Echo verebbte ...) *ER konnte nicht mehr schreien oder toben, war gefangen in einem paralysierten, zerschmetterten Körper, während die Lebensenergie mit diabolischer, schmerzhafter Langsamkeit aus IHM herausrieselte wie Sand aus der Taille einer Sanduhr. Für kurze Zeit blieb ES dort liegen, ein letztes Mal berührt vom Mondlicht. Dann krachte ein schwerer Gegenstand neben IHM auf das Eis und zersplitterte die Oberfläche.*

Und so endet es: Flüssige Kälte schnappt nach IHM wie ein hungriges Raubtier, schlägt über IHM zusammen, während ER zum tiefen Grund des lichtlosen Winterwassers hinabsinkt, eine ewig rauschende Vorhölle ohne eine Sekunde der Stille und ohne einen Sonnenaufgang, in der ER langsam vergeht und in sich gefangen auf die kommende Erlösung durch das Nichts wartet, keine Armlänge von den Resten DERJENIGEN entfernt, die einmal seine Familie gewesen waren, seine Gedanken ein verhallendes Echo: Ich bin ER ... Mein Name war Jonathan Brock ... Ich bin ... ich war... Sunt un Varcolac ... Varcolac ... Var ...

Das Hochzeitstagsgeschenk

Das Handy läutete *genau* in jenem Moment berstender Spannung, wenn das Orchester nach der Ouvertüre verstummt und sich der Vorhang jede Sekunde zum ersten Akt (in diesem Fall von Verdis Rigoletto) erheben würde. Scheinbar unaufhaltsam quäkte und quäkte das Telefon die Titelmelodie einer Fernsehsendung namens *Polka-Scheune* vor sich hin. Auch ohne meine unfreiwillige und grausame Vertrautheit mit der Musik wäre mir klar gewesen, dass es sich nur um das Mobiltelefon meiner Frau handeln konnte. Da begann Dee Dee auch schon fieberhaft, in ihrer Handtasche nach dem Handy zu kramen. Als sie es schließlich gefunden hatte, brauchte sie drei Versuche, um es endlich abzuschalten. Peinlich betretenes Schweigen um uns. Irgendwo in den hinteren Reihen kicherte jemand unverhohlen, die meisten Leute jedoch waren wütend. Zu Recht. Ein paar gute Seelen versuchten verzweifelt, so zu tun, als hätten nichts gehört und konzentrierten sich mit aller Kraft weiter auf die Bühne.

Aber sie *hatten* es gehört. Alle. Das war mir völlig klar.

133

»Einfach fantastisch«, flüsterte ich. »Vielleicht bist du das nächste Mal noch langsamer. Die Leute dort oben in den Logen haben das Handy noch nicht gehört.«

Dee Dee wandte sich ab. Ihr Mopsgesicht mit den herabhängenden Backen zog sich wie ein Stück gekauter Kaugummi länger und länger. Ich hoffte, sie würde nicht zu heulen anfangen. Das tat sie zum Glück nicht.

»Sorry, hab's vergessen«, sagte sie. »Sorry, dass ich lebe und atme und dir nicht genüge.«

Jemand hinter uns zischte: »Psssssssst!«

Ich wisperte eine weitere Entschuldigung, eine von vielen an diesem Abend und an unzähligen Abenden zuvor.

Bitte! flehte ich. *Bitte,* caro dio*, lieber Gott ... wenn du doch so ein lieber Gott bist, dann TÖTE MICH UND ERSPARE MIR DIESE SCHANDE!*

Gott hörte jedoch nicht auf mich. Gott mag nämlich keine Feiglinge, die den leichten Weg wählen.

Ich sank tiefer in meinen Sessel und versuchte, meine Aufmerksamkeit wieder Verdis gewaltiger Oper zuzuwenden. Aber es gelang mir nicht. Meine *eigene* Tragödie war mir nun wichtiger als die Oper. Jedes Mal, wenn ich jemand husten hörte, glaubte ich unwillkürlich, dass es ein getarntes Lachen war. Sobald ich ein Flüstern hörte, wurde mir klar, dass über mich, meine schreckliche Frau und das vergessene Telefon getuschelt und gelästert wurde. Ich spürte unzählige Blicke, selbst aus den Logen und von der Bühne herab.

Mamma mia!

Früher war ich ein zäher und cleverer Bursche von der Straße gewesen, der sich hochgearbeitet hatte und heute ein gewisses Maß an Kultur, Geschmack, Einfluss, Respekt und vor allem Geld vorweisen konnte. Und was hatte Dee Dee in unseren wenigen Ehejahren aus mir gemacht: Ein paranoides, zitterndes, gedemütigtes Nervenbündel.

Vielleicht verstehen Sie jetzt, wieso ich an jenem Abend den endgültigen Entschluss fasste, dass Dee Dee sterben musste.

Wie alles begonnen hatte, wollen Sie jetzt natürlich wissen? Das ist eine fast ebenso glorreiche Geschichte wie die meiner Ehe.

Va bene, lassen Sie mich erzählen:

Mein Name ist Pierfranco Lavaggi, aber alle Welt nennt mich Frankie. Ich wurde geboren und wuchs auf in Bensonhurst, dem *Little Italy* von Brooklyn. Mein Vater ist Italiener, meine Mutter ist gebürtige Deutsche ... eine Konstellation, die mir die erste Zeit meines Lebens nicht gerade einfach gemacht hat.

Die eigentlichen Weichen für meine Zukunft wurden kurz nach meinem achtzehnten Geburtstag gestellt. Ein dummes Alter ... Sie wissen, was ich meine. Man ist kein Kind mehr, aber auch nur auf dem Papier »erwachsen«. Statt dessen ist man noch übermütig, eitel, hält sich für unbesiegbar, den Mittelpunkt der Welt und so unbeschreiblich cool, dass man vor Coolheit kaum laufen kann. Und man tut alles, um *In* zu sein und ... na ja ... um dazuzugehören, was manchen, vor allem einem Halbitaliener wie mir, oftmals schwer fiel. Denn ich gehörte anfänglich zu *keiner* Seite und musste viel Prügel einstecken, von den Italienern wie auch den Amerikanern *und* den Deutschen. Manchmal sogar den Juden. Von den Iren ganz zu schweigen.

Aber ich lernte gleichermaßen auszuteilen wie einzustecken und biss mich durch, und dieser kompromisslose Biss schien gewissen Leuten zu imponieren. So wurde ich eines Tages in eine erlauchte Gruppe aufgenommen: den Kreis derjenigen, die für Salvatore »two Fingers« Canaverale Dinge erledigen durften. Für einen Jungen aus meinem Viertel war es eine hohe Ehre, irgendwelche wie auch immer gearteten Aufträge für Signore Canaverale auszuführen.

Der Signore (*der während des Kampfes in »irgendeinem Widerstand« im zweiten Weltkrieg drei Finger der linken Hand verloren hatte, daher sein Spitzname*) war zwar nur ein untergeordnetes Mitglied der Organisation, deren Namen man nie nennen durfte und auch nie nennen wollte. Streng betrachtet war er kaum mehr als ein Mittelsmann, aber zuverlässig und geachtet. Wer wie ich aus ärmeren Verhältnissen kam und dennoch bei den Tussis erfolgreich sein wollte, *musste* für »two Fingers« arbeiten. Man bekam Geld und war einfach ... *dabei*, dort wo die Musik spielte.

Mich mochte Signore Canaverale besonders. (*Ich hatte damals keine Ahnung wieso, heute weiß ich, dass es um eine Art von offener Schuld zwischen ihm und meinem Vater ging*). Deshalb bekam ich stets die besten, lukrativsten ... und irgendwann auch die gefährlichsten Aufträge und Jobs. Das war mir nur recht, denn ich war jung, tatendurstig und ein wenig naiv. Zudem war ich kräftig und skrupellos, aber auch diskret und fix. Ich stürzte mich auf jede Chance, mich zu beweisen: die richtigen Eigenschaften auf der langen Leiter zum Erfolg, und zwar nicht nur in *dieser* Organisation, wenn Sie verstehen, was ich meine.

Mit der Zeit lernte ich *das ehrenwerte Netz* (wie es Signore Canaverale) nannte, immer besser kennen. Und so war es nur eine Frage der Zeit, bis »two Fingers« von mir wissen wollte, ob ich bereit wäre, mehr zu tun als nur Botengänge, Kurierfahrten und Handlangerjobs. Wenn ich damals schon gewusst hätte, was ich heute weiß, hätte ich natürlich 'Nein' gesagt. Aber seinerzeit machte ich mir kaum Gedanken über die Zukunft und sah nur die große Chance, schnell zu Geld und Ansehen zu kommen. Und so begann mein Aufstieg in jenem Milieu, das gerne als »halbseiden« bezeichnet wird

(obwohl kein Insider dieser Szene *jemals* etwas anderes als richtige Seide anfassen würde.)

Ich fasse mich kurz: Innerhalb der nächsten Jahre kletterte ich Stufe für Stufe in der komplizierten Hierarchie der *Firma* hinauf. Ich meisterte meine erste Feuerprobe, nachdem ich beim Schutzgeldkassieren geschnappt worden war, mit Bravour. Ich erntete Respekt. Ich war gerngesehener Gast auf Partys. Ich hatte meine Stammplätze in diversen renommierten Lokalen, wo mich die Kellner und Besitzer mit Handschlag und beim Namen begrüßten und ich nie einen Cent bezahlen musste.

Kurzum, es ging mir *prächtig* und ich war mir sicher, es noch weit zu bringen. *Sehr weit* sogar

Dann jedoch ... tja, dann passierte diese Sache mit Little Dom Scalatti, und der Ärger begann.

Domenico Scalatti (genannt *little Dom*, weil er knapp zwei Meter groß und zweihundert Kilo schwer war) war die rechte Hand des *Patrono*, Amando Donetti. Signore Donetti war der *Don* der Ostküste zwischen Virginia und Maine.

Little Dom und ich hatten hin und wieder zusammen gearbeitet, weil wir uns zunächst ziemlich gut verstanden und ein gutes Team bildeten. Ich lernte so einiges von ihm (zumeist, indem ich ihn und seine Arbeitsweise beobachtete), und ich setzte meine neuen Kenntnisse natürlich auch ein. Das hatte allerdings einen Nachteil – denn klammheimlich, mit jeder Leitersprosse, die ich dank seiner unfreiwilligen Mithilfe erklomm, fühlte sich *little Dom* plötzlich mehr und mehr von mir unter Druck gesetzt. Er glaubte, ich sägte an seinem Stuhl, und bevor ich mich versah (und ohne es wirklich zu wollen), wurde ich sein Rivale.

Madonna mia! Wie sehr ich das spüren sollte!

Beim letzten Coup, den wir zusammen ausführen sollten – ein großes und verwegenes Ding im New Yorker Zentrallager für vergessenes oder herrenloses Fluggepäck – inszenierte er eine nette, kleine Intrige, die mir den Hals kosten und seinen Rückhalt beim Patron wieder zementieren sollte. Leider *(für ihn)* und zum Glück *(für mich)* ging die Sache nach hinten los, und bis auf ein paar Punkte konnte mein Name wieder rein gewaschen werden.

Ich sprang dem Verderben von der Klinge, während Scarlatti – genau wie in einer Oper – in sein eigenes Messer lief. Aber dies hatte seinen Preis. Genau die wenigen Fragen, die nicht beantwortet werden konnten *(was war mit den 10 Koffern passiert, die aus dem Fluchtlastwagen verschwanden; woher hatte der Wachmann, der uns aufspürte und dabei von Little Dom erschossen wurde, einen Zettel mit meiner Telefonnummer in seiner Jackentasche)* wurden zu dem Galgen, an den der Patrono meinen Strick namens Dee Dee knüpfte.

Ich erinnere mich noch wie heute an den Tag, an dem Amando Donetti mich zu sich nach Hause einlud. In sein Sommerhaus auf Long Island. Himmel, war ich aufgeregt. Zu Signore Donetti ins Sommerhaus eingeladen wurden nur die Leute, die entweder bald tot waren ... oder es ganz nach oben geschafft hatten. Was würde für mich herausspringen?

»Nun, mein guter Frankie«, sagte der Don nach dem üppigen Abendessen und führte mich in sein Raucherzimmer, wo er mir eine Zigarre anbot *(nie zuvor hatte ich mich mehr wie ein Mann und zugleich von panischer Angst erfüllt gefühlt wie in diesem Moment im mahagonigetäfelten Büro des Patrono.)*

Er fuhr fort: »Ich war immer auf deiner Seite, und das weißt du. Auch während der Geschichte mit little Don habe ich immer zu dir gehalten. Und ich bin froh, dass du aus dieser Sache so gut wie unbeschadet

138

herausgekommen bist, nicht wahr? Aber leider ...« (*Oh, ich mochte den Klang dieser zwei Worte gar nicht.*) » ... gibt es andere Leute an anderen Orten, die anders denken und immer noch nicht glauben wollen oder können, dass der Tipp an die Bullen nicht von dir kam. Und deswegen müssen wir etwas tun ... etwas, das mein Vertrauen in dich nicht nur untermauert, sondern für die ganze Welt noch sichtbarer darstellen wird: Ich möchte, dass du mein Schwiegersohn wirst.«

Da riss ich verdattert die Augen auf. Das war ja unglaublich.

Incredibile.

Der Patrono hatte vier Töchter, von denen drei noch unverheiratet waren: Maria, Francesca und Claudia, schlichtweg atemberaubende römische Prinzessinnen mit olivfarbenem Teint, kohlrabenschwarzem Haar, feurigen Augen und Kirschlippen. Sie waren Meilen entfernt von den Vorstadttussis, mit denen Typen wie ich bislang unsere Zeit verbracht hatten. Ja, es waren Mädchen von solch erlesener Güte ... dass ich gleich ahnte, dass irgendwas hier im Busch war.

»Ich will, dass du mein ganz spezielles Baby zur Frau nimmst«, sagte der Patrono und sah mich über seine Lesebrille hinweg forschend an. »Mein Küken, sozusagen. Diana Dorohea ... meine kleine Dee Dee. Sie ist eine Halbschwester meiner anderen Mädchen und ... nun ja, ein Problemkind. Aber genau deswegen liegt sie mir besonders am Herzen. Und genau darum möchte ich, dass sie deine Frau wird, Frankie, mein *guter* Junge. Es wird Zeit, dass sie unter die Haube kommt.«

Dee Dee? dachte ich. Zuerst Isadora und Maria, dann Francesca und Claudia ... *und jetzt Dee Dee?* Das war seltsam, aber was war schon ein Name? Schall und Rauch. Dies war eine solche Chance, meinen Kopf aus der Schusslinie zu ziehen und in die unmittelbare Familie des Patrono aufzusteigen, dass ich nicht lang fackelte und sofort sagte: »Es wäre mir die größte Ehre, Don. *Mille grazie!*«

»Vergiss das *Don*.« Jetzt lächelte er wirklich. »Nenn mich ab jetzt Amando. Oder, nein ... sag Papa. Das wäre mir eine Freude. Willkommen in der Familie, Frankie!«

Und mit diesem herzlichen (und erleichterten) »*sag Papa*« hatten meine heutigen Probleme angefangen.

Dass ich die Braut vor der Hochzeit nicht ein einziges Mal sehen durfte, hatte mich natürlich schon stutzig gemacht. Aber andererseits, vielleicht war dies ja ein altmodischer Brauch in der Familie Donetti. Oder das Mädchen war vielleicht etwas scheu. Schüchtern. *Lieb*. Was sehr nette Eigenschaften waren, wie ich fand. Auf jeden Fall würde sie hübsch sein - bei *diesen* Schwestern keine Frage. Ein Gefühl gewissen Unbehagens konnte ich dennoch nicht abschütteln. Und je näher die Hochzeit kam, desto mehr wuchs es heran, so wie ein Unkraut zwischen zwei Pflastersteinen.

Die Hochzeit wurde in kleinem Rahmen in einer abgelegenen Kirche in New Jersey zelebriert. Dass nur der Patrono anwesend war, jedoch ohne seine Frau und die restliche Familia Donetti, ließ mich sogar noch argwöhnischer und besorgter werden, als ich mich ohnehin schon fühlte.

Und so wartete ich, schlotternd in meinem geliehenen Smoking, vor dem Altar. Immer wieder schaute ich hilfesuchend zum Priester hinüber, der mich jedoch im Gegenzug ansah, als würde er mich entweder sofort mit der Bibel erschlagen oder auffressen. Als die Orgel einsetzte, fuhr ich zusammen, als hätte ich die Schüsse eines Exekutionskommandos gehört. Dann führte der Chef seine Tochter herein. Sie war nicht sonderlich groß, und damals noch verblüffend schmal – irgendwie hager und formlos. Ihr Gesicht wurde von einem kostbaren

Schleier verdeckt, und eine Flut dunkelbraunen Haares quoll darunter hervor.

Die Trauung wurde hastig durchgeführt, als bestünde Gefahr, ich könne flüchten, wenn die Zeremonie zu lange dauerte. Der Schleier, der sogar ihr Mopsgesicht irgendwie geheimnisvoll, engelgleich und hübsch aussehen ließ, hob sich dabei die ganze Zeit nicht einen Millimeter ... bis es zu spät war, und ich *tatsächlich* nicht mehr aus dem Ärger flüchten konnte, in den ich hineingeschliddert war.

Am Anfang hatte ich noch geglaubt, mich mit allem abfinden zu können: ihrer polternden Art, ihrer Ungepflegtheit und Ungeschicktheit und Plumpheit. Vielleicht würde ja das Kunststück der Verwandlung von einem Rohling zu einem kulturell interessierten und halbwegs gebildeten Menschen, das bei mir funktioniert hatte, auch bei Dee Dee Wirkung zeigen. Aber schon bald darauf dämmerte mir mit Schrecken, wie falsch ich damit lag ... ebenso falsch wie mit *allem*, was unsere Beziehung anbelangte. Denn Dee Dee veränderte sich gewiss, aber nur zum negativen.

Allein im ersten Jahr nach der Heirat nahm sie dreißig Kilo zu. *Trenta Chilo!* Noch nie hatte ich einen Menschen so schnell fett werden sehen! Es war, als wäre wieder ein Pfund an ihr aufgeblüht, wenn man sich nur kurz von ihr abwandte und sie dann wieder ansah. Von den ganzen Fetten und der vielen Schokolade, die sie in sich hineinstopfte wie ein nimmermüdes und nimmersattes Kraftwerk seinen Brennstoff, wurde ihre eigentlich recht ansehnliche, straffe Haut unrein. Irgendwann sah sie aus wie ein Streuselkuchen, und zwar am ganzen Körper. Wenn sie sich bewegte, hörte man die Pickel auf ihrem Rücken platzen.

Damit nicht genug. Sie machte auch auf dem gesellschaftlichen Parkett falsch, was man nur falsch machen konnte. Und wenn ich danach streng, aber gütig versuchte, sie darauf aufmerksam zu machen, *was* sie getan hatte, wurde sie beleidigt und maulte herum, dass sie eben ein einfaches Mädchen sei und es nicht besser wissen könnte. Oder wieso ich nicht ganz normal mit ihr sprechen konnte, anstatt sie so zu behandeln. *Grande merda!*

Und was war mit unseren ehelichen Pflichten? Irgendwie schaffte ich es schließlich, mit Dee Dee dahingehend überein zu stimmen, dass einmal im Quartal wirklich genug war und kaufte ihr zusätzlich einen Massagestab mit extra lang haltenden Batterien.

Zwar schaffte ich es mit jedem qualvollen Jahr aufs Neue, mich mit meinem Schicksal abzufinden. Aber wenn Sie mich heute fragen würden, wie ich diese zwölf irrsinnigen Jahre Ehe überstanden habe, hätte ich keine *wirkliche* Antwort parat. Sagen wir einfach: Ich hatte keine andere Wahl, denn alle meine Gebete, Dee Dee an einer kurzen, so tödlich wie möglichen Krankheit sterben zu lassen oder ihr durch einen Unfall das Leben zu nehmen, blieben unerhört.

Es war jener Abend, an dem man uns wegen eines Mobiltelefons fast aus der Met geworfen hätte, der das Fass zum Überlaufen brachte. Nun war es, als hätte Gott mir endlich das Zeichen gegeben, das ich brauchte, um mein Schicksal selbst in die Hand zu nehmen. Besser spät als nie, wie man so schön sagt.

Nach unserer Rückkehr von der Met war Dee Dee immer noch betrübt (oder sie versuchte, diesen *ich-armes-Opfer-und-du-bist-Schuld*-Eindruck zu erwecken und schmollte einfach nur wegen meiner Standpauke). Aber das konnte mir nur Recht sein. So konnte ich besser über Dee Dee's plötzlichen, unerwarteten und tragischen Tod nachdenken.

Einer meiner ersten Gedanken war, ein paar Killer anheuern zu lassen und alles so hinzustellen, als wäre

Dee Dee einem Attentat zum Opfer gefallen, das ursprünglich mir gegolten hatte. Sie wäre dann nur zufälligerweise zur falschen Zeit am falschen Ort gewesen. Doch ich verwarf diesen idiotischen »Plan« sofort wieder. Zu viele Mitwisser und Eingeweihte. Da konnte ich ja gleich eine Anzeige in die Zeitung setzen.

Nein, vor mir lag eine Übung in äußerster Subtilität und Kreativität (*selbst wenn mich das noch einige Zeit kostete ... Aber was waren schon ein paar Wochen oder Monate im Vergleich zu meinem restlichen Leben*?) Egal, wie ich es tun würde, es musste der Gipfel der Unauffälligkeit sein. Ausgefuchst, dezent und so eingefädelt, dass keiner an Mord denken würde, weder die Polizei, noch die Familie ... *vor allen Dingen* nicht die Familie. Immerhin wollte ich noch ein Weilchen leben, um meine neue Freiheit zu genießen.

Alles musste reibungslos und sorgfältig inszeniert sein, mit einer Dramaturgie wie in der Oper, in der alles seit dem ersten Akt auf das tragische Grande Finale zusteuert, wenn das Schicksal erbarmungslos zuschlägt und ein genickter, frisch verwitweter Pierfranco Lavaggi ach so einsam zurückbleibt.

Ich übte schon meine *wirklich traurige Miene* (dies fiel mir nicht schwer, ich musste nur an den Horrorabend in der Oper oder mein ganzes Horror*leben* davor denken), als Dee Dee an die Badezimmertür klopfte und fragte, ob sie reinkommen konnte. Wütend über diese Störung stapfte ich wortlos aus dem Bad und ging wieder ins Untergeschoß unserer Penthouse- suite, wo das Feuer im Kamin im Wohnzimmer bereits gemütlich vor sich hinknisterte.

Ich liebte diesen Raum. Er war offen, hell und elegant eingerichtet und im Moment wundervoll ruhig und schön, eine Insel der Kultur und des Geschmacks ... Zumindest, Sie ahnen es, bis Dee Dee aufkreuzte. Sie ließ sich auf das Sofa mir gegenüber plumpsen, wie immer mit diesem abgespannten, seltsam erwartungsvollen Gesichtsausdruck (als würde es nun an mir liegen, irgendwas zu tun). Dies war nur eines der Dinge an ihr, die mich abstießen. Als sie meine widerwillig gewölbten Augenbrauen sah, stopfte sie sich eine Handvoll fettiger Kartoffelchips in den Mund und verstreute dabei einen Haufen Krümel auf teuerstem, edlem Büffelleder.

Mein erster Impuls war, sie deswegen anzuschreien, aber stattdessen ignorierte ich sie als Bestrafung. Das traf sie noch viel mehr. Sie hasste es, ignoriert zu werden. Also wandte ich ihr den Rücken zu und schlug die New York Times auf, die die Haushälterin auf den Tisch gelegt hatte.

Dee Dee schaltete daraufhin den Fernseher ein und wählte einen bestimmten Kanal. Ich wusste natürlich, welchen. Da begann sie auch schon, bei ihrer geliebten 'Polka-Scheune' mitzusingen. Je sichtlich genervter ich wurde, desto intensiver sang sie. Noch gestern Abend hätte mich dieses Machtspielchen zur Weißglut getrieben – immerhin war uns beiden klar, dass sie mich quasi in der Hand hatte. Aber nun hatte ich meinen Entschluss gefasst und würde dazu stehen, und diese Gewissheit war wie ein guter Grappa für meine Nerven.

Dieser Gedanke ließ mich durstig werden. Zur Feier des besonderen Anlasses schenkte ich mir einen *ÙE Acquavite d´Uva Gran Riserva* ein, einen aus Merlot, Pinot, Schioppettino und Traminer-Trauben gebrannten Grappa, der 26 Jahre lang in einem Barriquefass gereift war. Streng limitiert gab es nur weltweit nur knapp 1000 Flaschen dieser anbetungswürdigen Köstlichkeit. Mit dem *Gran Riserva* ging ich auf die Terrasse. Dort lehnte ich mich gegen das Geländer, seufzte und verschränkte die Arme auf der Brüstung. Für diesen Ausblick auf den East River und Manhattan hätte so mancher einen Mord begangen; bei mir waren nur meine guten Beziehungen nötig gewesen. Jetzt musste ich, um den Ausblick wieder genießen zu können, tatsächlich einen Mord begehen.

Was für eine Ironie des Schicksals.

Ich begann also, logisch an die Sache heranzugehen und zu analysieren ... für jemand, der wie ich von der Straße kam und zu Beginn eher mit den Fäusten gearbeitet hatte als dem Gehirn, war das keine leichte Sache. Aber *ich* hatte mich weiterentwickelt. Meine Fragen mussten lauten: was tat Dee Dee am liebsten? Wobei bestand die größte Gefahr, dass ihr etwas passierte? Was mir sofort in den Sinn kam, war der Dachpool, der zu unserer Suite gehörte. Dee Dee liebte es, dort planschen zu gehen. (Alleine der Erinnerung daran, wie die Spalte ihres Hinterns nach spätestens zwei Bewegungen ihren Badeanzug aufzufressen und einzusaugen schien, ließ gewisse Körperteile meinerseits schrumpfen, als wollten sie schutzsuchend zurück in den Körper kriechen.)

Vielleicht, so überlegte ich, *konnte Dee Dee auf feuchtem Boden ausrutschen, sich bewusstlos schlagen und dann im Pool ertrinken?!* Das klang viel versprechend. Ein Swimming Pool war bewiesenermaßen ein Ort für schlimme, oft sogar tödliche Unfälle. Wieso nicht auch hier?!

Als ich dieses Gedankenspiel weiterführte, kam ich zur Frage: *wie konnte ich es schaffen, dass Dee Dee planmäßig ausrutschte?* Seife oder eine andere glitschige Substanz auf dem Boden war zu auffällig. Immerhin musste ich dies ja nach erfolgreichem Ausrutschen wegspülen, und das warf schon wieder zu viele Fragen auf. Der Boden war jedoch auch ohne Seife schon glitschig genug. Ich musste nur gut genug planen.

Da kam mir *der* Gedanke überhaupt: Ihre Badeschlappen, unmögliche, zerfledderte, von Dee Dee's Gewicht abgeschabte und zu Ovalen verzogene Ungetüme, die sie so beharrlich trug und benutzte wie andere Leute eine schlechte Eigenschaft. Richtig eingesetzt würden diese glitschigen Flip-Flops genau *die* Todesfalle werden, die ich brauchte. Ich konnte mir ein Grinsen nicht verkneifen, denn der Goodbye-Dee-Dee-Express war gerade abgefahren. *Va bene!*

In den folgenden Tagen beendete ich den Rahmen des Plans und setzte dann den ersten Teil des smarten Komplotts in die Tat um. Bei verschiedenen Gesprächen mit Freunden und Geschäftspartnern erwähnte ich beiläufig, dass ich jetzt noch Kopfweh hätte, weil es mich beim Aussteigen aus meinem Pool »ganz gewaltig hingehauen« hatte. Als Antwort erhielt ich meistens Phrasen (»Ja, man muss vorsichtig sein!«) oder gute Ratschläge (»versuch es mit grobem Sandsteinboden!«) und ähnlich Sinnvolles. Aber darauf kam es ja nicht an. Wichtig war nur, dass es eine Gefahr gab und diese bekannt war, so dass ich später sagen konnte: »*O mein Gott, ich* habe *Dee Dee doch* gewarnt. *Ich hatte schon einige Zeit Sorgen und wollte sie warnen, aber sie wollte ja nie auf mich hören.*«

Der Clou an der Sache war folgendes: es genügte schon *ein* Gespräch mit jemandem, der Dee Dee gekannt hatte, und jeder Ermittler würde herausbekommen, dass sie selbst dann nicht auf mich gehört hätte, wenn wir in den Rocky Mountains gewesen wären und ich: »Spring nicht von diesem Berg« gesagt hätte. Noch eine Ironie des Schicksals. Die ganze Zeit über hatte ich ihre grundsätzliche Weigerung, auf mich zu hören, verflucht. Jetzt kam sie mir zugute.

Die nächste Hitzewelle – ebenfalls ein Puzzlestein in meiner Intrige, wenn auch einer, den ich nicht unter meiner Kontrolle hatte – ließ nicht lange auf sich waren.

Schon eine Woche nach jenem Moment auf unserer Terrasse, in dem ich die Eingebung mit den Badeschlappen gehabt hatte, kletterten die Temperaturen wieder über die Neunziger, bis sie die magischen Hunderter erreichten. Sommer in New York konnten mörderisch sein. Als ich nach dem Frühstück vorschlug, dass Dee Dee noch ein wenig schwimmen gehen sollte, weil ich später Geschäftsbesuch bekam, musste ich nicht lange warten, bis sie verschwand. Sofort hastete ich zum Pool, nahm einen Eimer und tauchte ihn in das Wasser. Flugs schüttete ich den Inhalt über den Boden und beobachtete, wie sich die kühle Flüssigkeit gleichmäßig über die glatten Keramikfliesen verteilte. Als ich kurz darauf zurück rannte, musste ich aufpassen, nicht selbst hinzufallen.

Nun postierte ich mich neben der Türe zu unserem Schlafzimmer und warf einen vorsichtigen Blick hinein. Dee Dee schälte sich gerade aus ihren Kleidern. Es sah fast aus wie eine sich häutende Schlange. Ekelhaft. Ansonsten gab es wohl kaum reizvollere Bewegungen als eine sich ausziehende Frau, aber Dee Dee schaffte es, selbst *das* widerlich wirken zu lassen. Dann stieg sie in ihren Badeanzug (*schwarz mit Querstreifen, weil sie das angeblich schlanker machte; aber das schaffte nicht einmal eine Dampfwalze, wenn sie mich fragen*). Bislang lief alles wie am sprichwörtlichen Schnürchen. *Magnifico!*

Jetzt kam die Krönung: Ihre Badeschlappen.

Gestern Nacht hatte ich fast zwei Stunden damit verbracht, die letzten Gumminoppen von der Plastiksohle ihrer Flip-Flops zu kratzen. Als ich die Dinger danach selbst ausprobierte, verstauchte ich mir prompt beinahe den Fuß. Absolut tödlich! Wer *damit* laufen konnte, ohne auf den glatten Keramikfliesen vor dem Pool auszurutschen, besaß einen Gleichgewichtssinn wie ein verdammter Hochseilartist.

Innerlich lachend und jauchzend hielt ich den Atem an und erwartete jede Sekunde das freudige Ereignis. Ich wusste, jetzt passierte sie die Balkontüre. Dann ging sie über die Grasfläche meines Dachgartens. Mein Puls begann förmlich zu fliegen. *Fall, Baby, fall!* feuerte ich sie an, als sie am Blumenkübel vorbeischlurfte.

Gleich war es soweit! GLEICH!

Mein Magen krampfte sich vor Erwartung schmerzhaft zusammen. Noch zwei Schritte, jetzt nur noch einer ... und sie watschelte über die glatten Keramikfliesen hinweg, als hätte sie Magnete in den Schuhen.

Nur mühsam unterdrückte ich ein fassungsloses, enttäuschtes Aufseufzen. Das durfte nicht wahr sein. Vor Wut verfiel ich wieder in Straßenslang: *Scheiße! Scheiße! Scheiße!* Aber vielleicht klappte es ja, wenn sie wieder aus dem Pool herausgeht und in die Schuhe steigt? Ja, eventuell klappte es ja dann. Dies hoffte ich verzweifelt. Und vergeblich. Nur eine halbe Stunde später saß sie wieder im Wohnzimmer, sah sich »Oprah« an und war so munter und lebendig wie ein Fisch im Wasser. *Ich* dagegen fühlte mich nach der ersten Pleite enttäuscht und hoffnungslos wie ein an Land gespülter Fisch.

Natürlich warf ich die Flinte nicht ins Korn. Nur ein *vigliacco* gab auf, und ich war kein Feigling. Doch auch in den nächsten Tagen, als ich verbissen über den nächsten »Unfall« nachdachte, fiel Dee Dee nicht hin. Nein, ich bemerkte nur, dass ich immer matter und müder wurde. Morgens wälzte ich mich lustlos aus meinem Bett, und abends wieder hinein. Nur der Gedanke an den großen Plan regte mich wieder an.

Ich wusste, dass sie sich ab und zu in der Badewanne die Haare föhnte. Das war typisch, oder? Die ganze Welt wusste, wie gefährlich das war und jeder versuchte, es ihr auszureden, aber Dee Dee tat es nach wie vor, seit zehn Jahren, mit wachsender Begeisterung und lebte immer noch ... aber hoffentlich nicht mehr lange! An diesem Abend war ein großes Geschäftsessen geplant *(ich hoffte nur, es gab kein Hühnchen; ich hasste Hühnchen, aber Dee Dee mochte es; sie aß es immer mit den Händen.)* Und da auch mein Schwiegervater eingeladen war, konnte ich nicht eine meiner Mätressen (entweder die rassige Vanessa oder die kultivierte Rachel) mitnehmen, sondern musste wohl oder übel mit Dee Dee gehen.

Am Nachmittag ließ ich mir Zeit. Der Termin war um acht Uhr, aber ich sagte, das Dinner würde erst um neun Uhr beginnen. Erst um kurz nach sieben sah ich zufälligerweise auf die Einladung und zuckte gekonnt theatralisch zusammen

»Verdammt, das fängt ja doch um acht an«, rief ich und schlug mir mit der flachen Hand gegen die Stirn. »Komm, wir müssen uns beeilen, sonst kommen wir zu spät.«

Durch ihren Mund voller Schokoladenkuchen klang ihre verblüffte Antwort wie: »*Wafffolliffdenjetfftmaffen ...*«

»Beeil' dich!«, wiederholte ich. »Geh' schnell in die Badewanne, wasch die Haare und mach dich fertig.«

Sie setzte sich auf. »Ja, ich ...«

»Beweg dich jetzt endlich!«, rief ich.

Sie walzte sich vom Sofa hoch und schlurfte in Richtung Badezimmer. Ich quetschte mich rasch an ihr vorbei und sagte: »Warte, ich hole nur schnell mein After Shave.«

Schnell warf ich die Türe hinter mir zu, nahm den Föhn aus seiner Ablage und schmierte den Griff gut mit Seife ein. Wenn sie den Föhn in der Badewanne an sich nahm und einschaltete, würde er ihr aus der nassen Hand glitschen und im Wasser landen und dann, hey, *presto!* Dee Dee war flambiert und knusprig geröstet. Da sie viel Badezusatz verwendete, würde man im Wasser die Seifenspuren nicht feststellen können, und ich war aus dem Schneider. *Perfetto!*

Ich packte also mein After Shave, verließ das Bad und spurtete hinüber in mein Büro, wo ich ein Telefongespräch mit Luigi Montovani führen würde, sobald mich die familiäre Katastrophe ereilte. Selbst *das* hatte ich vorgeplant. Ein gutes Alibi war immer der Schlüssel zum Erfolg. Noch während ich die Nummer wählte, hörte ich das Wasser in die Wanne rauschen und dann Dee Dee in die Fluten klatschen wie eine Nilpferddame beim Turmspringen.

»Montovani Im- und Export?«, sagte die bekannte Stimme am anderen Ende der Leitung.

»Hey, du alter Saftsack«, sagte ich gut gelaunt. Wir begannen zu plaudern, und das Gespräch zog sich in die Länge, wie immer, wenn ich und Luigi über geschäftliche Dinge palaverten. Die ganze Zeit über lauschte ich aufmerksam nach verdächtigen (*erhofften*) Lauten, wurde jedoch enttäuscht.

Aber dann endlich das Summen des Föhns ...

... und Dee Dee's entsetzliches Polka-Singen ...

... und schließlich und endlich ein entsetzlicher *Schrei*, dann flackerte das Licht wie wild!

Dies war jedoch nur Einbildung oder Wunschdenken. Denn tatsächlich schaltete Dee Dee den Föhn einfach wieder aus, stieg aus der Wanne und trocknete sich ab. Mit schlafwandlerischer Sicherheit tappte sie kurz darauf über den Korridor und verschwand im begehbaren Kleiderschrank, der ans Schlafzimmer anschloss. Ich sackte über meinem Schreibtisch zusammen und konnte es nur mit Mühe verhindern, einen Nervenzusammenbruch zu haben.

Die Frau war der Teufel!

Ich meine das so, wie ich es sage: Sie *war* der Teufel, oder sie steckte mit ihm unter einem Bunde. Aber anders konnte ich mir nicht erklären, dass sie in den nächsten Wochen nicht weniger als *dreiundzwanzig* Mordanschlägen meinerseits entging, ohne überhaupt etwas davon zu merken, während ich die ganze Zeit über müder und deprimierter wurde. Nach dem Föhn versuchte ich es mit ranzigen, salmonellenverseuchten

Kartoffelchips, die sie hätte essen sollen, um dann auf dem Weg zum Bad zu stolpern, sich bewusstlos zu schlagen und am eigenen Erbrochenen zu ersticken. Sie futterte die Giftbomben jedoch mit riesigem Appetit, schlief nach einem bombastischen Rülpsen ein und hatte nicht einmal Verdauungsstörungen. Anschließend versuchte ich es mit einem verfaulten Brett an der steilen Aufgangstreppe zu unserem Sommerhaus in Cape Cod, das unter ihrem Gewicht hätte zerbrechen und sie kopfüber auf den betonierten Vorplatz befördern sollte, über das sie jedoch wie ein Engel hinwegschwebte; einer explodierenden Petroleumlampe, die sie vor dem Anzünden zu Boden warf; einer Stromschläge verteilenden Klimaanlage, die jedoch einfach durchbrannte, bevor sich Dee Dee ihre tödliche Dosis holten konnte ... traumwandlerisch entging Dee Dee jeder Mordfalle, so ideenreich und absurd sie auch gewesen sein mochten.

Fast genau drei Monate nach dem verhängnisvollen Abend in der Met saß ich in meinem Arbeitszimmer, hielt einen schweren, langen Brieföffner in der Hand und überlegte mir, ob ich ihn nun lieber mir, Dee Dee oder gar dem Don zwischen die Rippen rammten sollte ... und ich kam einfach zu keinem Ergebnis. Ich hatte den Eindruck, dass für mich alles mehr oder weniger gelaufen war. Dieses Leben konnte ich sowieso vergessen, vielleicht versuchte ich es besser gleich im nächsten.

Aber das war natürlich dummes Zeug. Und feige. Ich hatte schon noch ein paar Sachen in Petto, und ich würde nicht aufgeben, bis sich Dee Dee die Radieschen von unten betrachtete und ich selbst fein raus war. Ich hatte dreizehn Jahre durchgehalten, so kurz vor dem Ziel würde ich nicht das Handtuch werfen! Das schwor ich mir. Denn wie ich schon gesagt habe: Gott hilft nur denen, die sich selbst helfen, und nicht den leichten Weg hinaus wählen.

In dieser Nacht träumte ich davon, dass ich in den rauchenden, glimmenden Trümmern von New York City als einziger, nur mit einer Steinschleuder bewaffneter Mensch einer ganzen Armee von riesigen, sich unaufhörlich weiterwalzenden Dee Dee-Klonen gegenüberstand. Jedes Mal, wenn ich eine Riesen-Dee Dee außer Gefecht gesetzt hatte, tauchten irgendwo anders zwölf neue auf. Ich konnte nicht gewinnen.

Ich stolperte, fiel hin und sah, dass auch die Ameisen allesamt Dee Dee's Gesichter hatten. Ächzend rollte ich mich zur Seite, und nur wenige Zentimeter neben mir landete der Fuß einer Riesen-Dee Dee donnernd auf dem Boden. Das Monster, das fast so groß wie ein Hochhaus war, lachte zu mir herunter und hob den Fuß.

Ich versuchte, zu flüchten, doch es war unmöglich ... der Fuß raste auf mich herunter, und wurde von Dee Dee's immensem Gewicht zerquetscht wie ein Käfer.

Mein letzter Gedanke war: Nein, nein, das sollte nicht so laufen, ich wollte dich zertreten ... ich wollte DICH zertreten ...

Ich erwachte schreiend, wie wild im Bett hin- und herrollend, und landete mit einem dumpfen Klatschen auf dem Fußboden. Verwirrt blickte ich mich um, ein paar Sekunden lang unfähig, herauszufinden, wo oder wer ich war ... dann traf mich die Realität wie ein Boxhieb des großen Jake LaMotta, dem Stier aus der Bronx.

Ich rappelte mich mühsam auf und schlurfte hinüber ins Badezimmer, um zu pinkeln. Dabei kam ich an Dee Dee's Schlafzimmer vorbei. Die Tür war angelehnt, und ich stellte verblüfft fest, dass der Raum leer war. Ich legte die Stirn in Falten und warf einen Blick auf eine Wanduhr. Zehn nach drei. Normalerweise würde sie nicht mal wegen des dritten Weltkrieges so früh aufstehen, wo zur Hölle *war* sie also?

Ich trat hinaus in den Korridor und sah, dass unten aus der Küche Licht kam. Also ging ich die Wendeltreppe aus Walnussholz hinab. Vom Treppenabsatz aus konnte ich sehen, dass Dee Dee am Küchentisch saß, neben ihr die Packung mit meinem Lieblings-Müsli, das ich jeden Morgen aß. Das war typisch für sie. Wenn ich ihr ansonsten eines anbot, dann schüttelte sie den Kopf und verspeiste lieber noch ein dickes Schmalzbrot. Aber in der Nacht putzte sie meine teure Spezialmischung, die ich mir immer aus der Schweiz importieren ließ, heimlich weg. Vielen Dank auch. Was sollte das? Wollte sie mir damit eines auswischen? Warum schüttete sie das Müsli dann nicht einfach weg, anstatt es zu essen?

Frustriert, aber zu erschöpft, um etwas zu unternehmen oder zu protestieren, ging ich zurück nach oben. Ich legte mich wieder hin und war in wenigen Sekunden tief weg.

Dennoch schien ich stets erschöpfter zu werden, anstatt erholter. Am nächsten Morgen schaffte ich es kaum, mich aus dem Bett zu erheben. *Mamma mia*, dachte ich, mein Zustand wurde immer schlimmer. Früher oder später würde ich doch einmal meinen Doktor deswegen sehen müssen ... aber nicht heute. *Sicher* nicht heute. Im Moment war ich zu müde, um nur meine Zahnbürste hin- und herbewegen zu können.

Irgendwie schleppte ich mich zum Frühstückstisch, ließ mich in meinen Stuhl plumpsen und packte meine Kaffeetasse mit der letzten Kraft, die ich noch aufbringen konnte. Der Kaffee tat wohl, wenn auch seine Wirkung ruhig noch viel stärker hätte sein können ... heute schien mich *nichts* aufwecken zu können. Das glaubte ich zumindest. Einen Moment später fühlte ich mich jedoch hellwach und wie geohrfeigt.

Denn als Dee Dee das Zimmer betrat, hatte sie tatsächlich etwas Make Up aufgelegt. Es sah unbeholfen aus, ungeübt, war aber eine solche Neuerung, dass es mich fast umhaute. Und damit nicht genug: Bildete ich mir das ein, oder waren ihre Fingernägel manikürt? Ich musste mich kneifen. Dee Dee, deren Nagelpflege bislang nur in exzessivem Nägelkauen bestanden hatte, sollte sich einer Maniküre unterzogen haben?

Ich schüttelte den Kopf. *Niemals.* Und wieso auch gerade jetzt? Mordanschläge hatten noch niemanden gut aussehen lassen ... außer denjenigen, der sie ausführte, wenn sie glückten. Und *das* konnte man bei mir nicht behaupten. Meine Mordanschläge wurden so einfallslos, dass ich selbst langsam alle Lust verlor, mir noch neue auszudenken. Dee Dee entging allen meinen Fallen mit Bravour, und wenn ihr der herabstürzende Blumentopf auch ein wenig das Handgelenk verletzte, war dies keinerlei Befriedigung für mich ... ganz im Gegenteil.

Es machte keinen Spaß mehr.

Als Dee Dee am nächsten Morgen das Esszimmer betrat, verschlug es mir endgültig die Sprache. Sie trug ihr Haar offen und hatte es, bei Gott, sogar gewaschen und gepflegt. Zum ersten Mal, seit ich sie kenne, war sie bei einem *echten* Coiffeur gewesen und hatte sich eine *echte* Frisur verpassen lassen. Stellen sie es sich vor – hier saß Dee Dee, und ihr Haar war so elegant, duftig und schimmerte in der Morgensonne in einem so berauschenden Kastanienbraun, das man fast hineingreifen wollte. Darauf angesprochen, zuckte sie nur mit den Schultern und meinte, dass ihr eben danach gewesen war. Das war *unheimlich.* Und damit nicht genug der gruseligen Dinge. Denn als ich mich wenig später selbst im Spiegel betrachtete, starrte mich ein Monster an. Meine dunkle Haut hatte sich grau verfärbt, meine Tränensäcke waren angeschwollen und sahen aus wie einoperierte Boxhandschuhe, ich hatte mich nicht rasiert und bekam ... *Jesus, Maria und Josef, der Zimmermann* ... eine Glatze. Ich. *Eine Glatze.* Mein sandbraunes, naturgelocktes Haar war jetzt glatt und schmierig und sah dünn aus, als hätte ich in den letzten Wochen mindestens ein Viertel davon verloren. Das war eine solche entmannende Schande. Ich wandte mich angewidert ab.

Was hatte Dee Dee nur aus mir gemacht?

Alle Zuversicht war nun verflogen. Jetzt, wo ich versuchte, sie umzubringen, war ich schlimmer dran als früher, als ich noch versuchte hatte, nur mit ihr zu leben. Und diese ohnehin schon böse Ironie sollte sich sogar noch etwas finsterer einfärben, denn der folgende Morgen war der schlimmste, den ich je erlebt hatte. Jenseits dieser Mauer aus extremer Erschöpfung, Kopfschmerzen, Schwindelanfällen, Magendrücken und Bluthochdruck schien sich nichts mehr zu befinden, für das es sich aufzustehen. Wie ich in dieser Verfassung einen weiteren Mord planen sollte, wusste ich nicht.

Aber ich würde es schaffen.

Ich *musste* es schaffen.

Dee Dee brauchte an diesem Morgen besonders lange im Bad, und das war so neu und ungewohnt, wie wenn Katzen plötzlich bellten oder Politiker Korruptionsgeld ablehnten. Sie hatte zuerst geduscht, sich wieder die Haare gerichtet und trug ein gut geschnittenes, scheinbar genau für sie gemachtes Kleid, das ihre eher üppige, aber unförmige Figur auf einmal geradezu weiblich erscheinen ließ. Außerdem präsentierte sie eine neue Brille, dank der ich zum ersten Mal sah, dass sie eigentlich ausdrucksvolle, dunkelblaue Augen von überraschend klassischer Mandelform besaß.

Sie würdigte mich keines Blickes, sondern verschwand nach einer Tasse ungesüßten Kaffees wortlos wieder.

Ich zermarterte mir das Hirn: wenn ich mich nicht täuschte, tat sie das schon seit einer ganzen, verdammten Weile, oder? Keine Chips mehr, keinen Zucker. Mir war schon länger unterschwellig aufgefallen, dass etwas fehlte – und zwar das Geräusch ihrer Chips zermalmenden Kiefer –, aber zwischen meinen Mordplänen war die Abwesenheit dieses viel zu vertrauen Lärms irgendwie untergegangen. *Bis jetzt.*

Das war unfassbar. Wenn ich es nicht besser gewusst hätte, so hätte ich sagen müssen, sie wäre ein neuer Mensch geworden. Aber das war dummes Zeug. Der Teufel konnte sich nicht verändern. Der Teufel blieb durch und durch *il Mostro.* Ein Monster. Es war nur eine ihrer dummen Phasen, so plump und hohl und verdammt überflüssig wie sie selbst. *Scheiße!*

Darum hatte ich unseren Hochzeitstag als Datum für den letzten und endgültigen Mordanschlag ausgesucht. War es nicht zutiefst passend, dass nun ein fantastisches Hochzeitstagsgeschenk auf sie wartete, ein aufrichtiges Dankeschön mit erhobenem Mittelfinger für all die verplemperten und für immer verlorenen Jahre. *Scheiße! Scheiße!*

Aber alles kam anders, so anders. An unserem Hochzeitstag erwachte ich aus einem tiefen, fast komaähnlichen Schlaf und konnte mich nicht mehr bewegen. So sehr ich es auch versuchte, mein Körper blieb gelähmt. Es fühlte sich an, als würde ich bis über beide Ohren in einem zähflüssigen Sirup stecken. *Was ... war ... los ...?*

Da sah ich am Fußende des Bettes eine Gestalt. Und als sich meine Sinne allmählich schärften, konnte ich erkennen, dass es Dee Dee war ... und o mein Gott, *Madonna mia,* sie sah so *gut* aus, ich konnte es kaum fassen. Ihre Augen blitzten. »Guten Morgen, Frankie«, sagte sie.

»Dee Dee«, sagte ich sehr mühsam. »Wassnloss ...?«

»Frankie, ich will *nicht* mehr, dass du mich Dee Dee nennst, verstanden«, sagte sie. »Ich *hasse* diesen Namen, auch wenn mich mein Papa immer so genannt hat. Ich will, dass du in Zukunft Diana zu mir sagst, wie es in meinem Pass steht ... was dich allerdings nie wirklich interessiert hat.« Da lächelte sie. »In diesem Sinne, alles Gute zum Hochzeitstag, *Liebling*.«

»Ich kann ...«, flüsterte ich. » ... kann mich nicht bewegen.«

»Ich weiß.« Sie nickte und strich sich mit der rechten Hand durch das Haar, eine verblüffend feminine Geste. »Das liegt an dem Medikament, dass du in den vergangenen paar Monaten in ständig größer werdenden Dosen mit deinem Müsli zu dir genommen hast, mein Lieber.«

»Mmdikmmnnt?« Ich sprach, als hätte ich Watte im Mund.

»Ja. Es ist es ein starkes Schmerzmittel, das eigentlich schon lange verboten ist, weil es einer ganz besondere Nebenwirkung hat: Wenn man über sich lange Zeit immer größer werdende Dosen dieses Medikaments zu sich nimmt, kommt es zu Lähmungserscheinungen. Deswegen habe ich es mir von ein paar deiner lächerlichen Ganovenkumpels besorgen lassen.« Sie feixte mich fröhlich an. »Das Schmerzmittel, meine ich. Nicht, was *du* jetzt denkst, du Ferkel. Du schluckst das Mittel jetzt seit du mich damals in der Oper so lächerlich gemacht hast, nur weil ich vergessen hatte, mein Handy auszuschalten. Das war die Nacht, als ich beschlossen habe, dass sich etwas ändern *musste*.«

Wie bitte? O mein Gott, also hatten wir beide am selben Abend dasselbe beschlossen ... während ich versucht hatte, sie zu ermorden, hatte sie mich ebenso töten wollen.

Ich jammerte: »Dee D- ... *Diana*, wieso, um Gottes Willen, hast du das getan?«

Sie lächelte ein böses Katzenlächeln.

»Kannst du dir das wirklich nicht vorstellen?«, fragte sie mich mit beunruhigender Ruhe in der Stimme. »Es geht um all die Jahre, in denen du mich hintergangen, betrogen und verletzt hast. Seit dem ersten Tag unserer Ehe hast du mich behandelt wie den letzten verdammten Dreck. Weil ich nicht weiß, welche Gabel man für den Salat nimmt und welche für den Fisch. Weil ich Verdi nun einmal nicht von Rossini unterscheiden kann. Weil mich Polka glücklich macht und nicht Deine Musik. *Weil ich nicht so ein verdammter Snob bin wie du.* Weil du nie vorgehabt hast, mir eine Chance zu geben ... vermutlich, weil ich lange nicht so hübsch bin wie meine Halbschwestern. Weil ich ein einfaches Mädchen bin und keine Barbiepuppe mit Titten ... *Silikon*-Titten. So wie eine deiner hohlen Fick-Trullas. Ich hatte so gebetet, dass du vielleicht auf den Grund meiner Seele sehen würdest – dass du *mich* sehen würdest, im Gegensatz zu allen anderen. Aber dann kam schon dein Blick, als du damals nach unserer Hochzeit den Schleier gehoben hast, und ich befürchtete, dass du mich genauso mies behandeln würdest wie es meine Halbschwestern getan haben. Aber wie hast du mich behandelt? Schlimmer als alle anderen zuvor, was auch eine reife Leistung ist, Frankie. Da starben meine Träume – und ich beerdigte sie unter Kartoffelchips, Cupcakes und Schokolade. Okay, das ist ein Klischee, von mir aus, aber an irgendwas *musste* ich mich festhalten, nachdem du mich nicht einmal mehr anfassen wolltest. Bis mir *endlich* in den Sinn gekommen ist, dass eine Beerdigung vielleicht gar keine schlechte Idee ist. Aber eine *echte* Beerdigung diesmal, kein Einlegen meiner Seele in Cholesterin und Zucker. Diesmal brauchte es einen Exorzismus.«

»Diana ... ich ... ich meine ...« Ich versuchte zu nicken, doch es ging nicht. »Ja, du hast ja recht mit allem. Aber denk doch daran, was du mir die ganze Zeit über angetan hast, all diese Blamagen ... bitte ... Ich kann mich ändern.«

»Die Zeit zum bitten ist für dich um, mein Guter. Jetzt wird abgerechnet. Wie gesagt: Ich weiß, dass ich mit all deinen anderen Frauen nicht konkurrieren kann ... dafür bin ich viel zu plump, dumm und hässlich. Aber da gibt es etwas, das ich in all den Jahren unbemerkt von dir gelernt habe: Cleverness.« Sie lachte erneut. »Und noch etwas. Ich kenne euren Club inzwischen gut genug, um zu wissen, dass das Wort *Rache* bei euch immer sehr, sehr groß geschrieben wird. Jetzt wirst du am eigenen Leibe herausfinden, was dieses Wort wirklich bedeutet ... und warum man Rache am besten kalt serviert.«

Sie wusste es. Sie wusste alles. Nun war ich verloren.

»Wann hast du es erfahren?«, fragte ich.

»Was?«

»Dass ich versuche, dich umzubringen.«

»Oh.« Sie legte den Kopf schräg. »Davon habe ich noch gar nichts gewusst. Wann hast du versucht, mich umzubringen?«

Ich hatte mich getäuscht: *Das* war nun das Ende. Und ich hatte ihr die Kanone auf dem Silbertablett überreicht.

»Frankie, ich habe dich etwas gefragt!«

»Ein paar Mal«, sagte ich. »In den letzten Monaten.«

»Nicht zu fassen. Zwei Köpfe, ein Gedanke, so sagt man doch, oder?« Sie kicherte. »Aber dann ist mir eine andere, viel bessere Idee gekommen ist. Eine so schöne Idee, dass ich begonnen habe, wieder richtig Freude an diesem Leben zu haben ... und gemerkt habe, dass ich auch etwas an mir arbeiten muss. Und *dieser* Plan hat scheinbar um einiges mehr Erfolg gehabt als deiner, mich einfach umzubringen. Weibliche Gewitztheit gegen männliche Gewalt. Das *mag* ich.«

»Oh, Schatz ... mein Engel ... es tut mir so leid!«, rief ich, konnte sie damit aber natürlich nicht erweichen.

Sie kam näher, und jetzt konnte ich erkennen, dass sie etwas in der rechten Hand hielt, das wie eine Gartenschere aussah. *Extrem* wie eine Gartenschere aussah.

»Es gibt da etwas, ohne das du viel, viel besser aussehen würdest«, sagte sie lächelnd. »Natürlich könnten dann deine diversen Freundinnen nichts mehr mit dir anfangen, aber wenn wir den Rest unseres Lebens danach zusammenbleiben, ist das wohl nicht so schlimm. Es gibt ja noch andere, viel schönere Möglichkeiten, mich zu befriedigen. Und, ganz ehrlich, du warst mit diesem mickerigen Ding nicht einmal halb so gut, wie du denkst, dass du bist.«

»Oh Gott, Dee D- ... Diana ... bitte ... überlege es dir noch einmal ... das kannst du doch nicht machen ... ich bin gelähmt ...«

»Sei still.« Sie schlug die Bettdecke zurück und grinste. »Er sieht irgendwie geknickt aus, dein Kumpel. Als würde er ahnen, was ihm bevorsteht.«

»OH GOTT BITTE NICHT! DENK DOCH AN UNS«

»Daran denke ich ja, mein Lieber. Sonst würde ich dies hier ja nicht tun, oder? Man sagt ja, ein kastrierter Kater streicht nicht mehr soviel herum wie ein normaler, er wird viel häuslicher. Das ist schön. Wir werden viel, viel Spaß zusammen haben. Ich schneide dir ja nicht die *Zunge* ab.«

Die Schere glitt mit einem Knirschen auseinander, und als Dee Dee ... nein, nein, nein, ich meine *Diana* ... sie danach in der Luft wieder zuschnappen ließ, hörte ich ein entsetzliches, scharfes Metallgeräusch.

»Bitte, tu es nicht«, flehte ich. Dee Dee und die Schere senkten sich über mich, über mich, über mich. »Diese Schmerzen, all diese Schmerzen ... Ich könnte es nicht ertragen ... ich bin doch so *wehleidig* ...«

»Ich *weiß*, du bist schließlich ein *Mann*. Aber das schaffst du schon. Das Medikament in deinem Blut dürfte funktionieren und einen Teil des Schmerzes stillen. Und mach dir auch keine Gedanken wegen dem Blutverlust. Ich weiß, wie man einen Druckverband anlegt und eine Wunde behandelt. Ich wette, du hast nicht einmal bemerkt, dass ich in den letzten Monaten einen Erste-Hilfe-Kurs besucht habe, oder? Na ja, Schwamm drüber. Jetzt halte lieber die Luft an, mein Freund. Ein wunderschönes Hochzeitstagsgeschenk für dich und vor allen Dingen für *mich* wartet!«

Eine tonlose Melodie summend stülpte sie mir einen Kissenbezug über den Kopf.

»NEIN BITTE NICHT BITTE ES TUT MIR JA SO LEID!« schrie ich, so dass mein wegspritzender Sabber den Kissenbezug durchfeuchtete.

»Einen wunderschönen Hochzeitstag.«

Diese Worte waren das letzte, was ich hörte, was ich auf *dieser* Seite von Dee Dee's Hochzeitstagsgeschenk hörte ... jenes blutige, fleischige *Schnipp!* war schon auf der anderen.

Silenzio, pssssssssst: Ich schreibe dies zwei Jahre nach jenem Hochzeitstag.

Inzwischen habe ich mich aus dem Import-Export-Geschäft völlig zurückgezogen, und wir leben nur noch von den Zinsen meines Kontos. Es ist ein gutes Leben, nicht mehr ganz so luxuriös wie früher, aber dennoch la dolce vita!

Ich hab zwar ziemlich viel zugenommen, aber das ist okay. Diana erlaubt, dass ich viel esse. Sie mag es sogar. Früher ist sie dick gewesen, und ich schlank, und jetzt ist es eben umgekehrt. Jetzt duftet sie, und ich schwitze. Aber auch das ist okay. Bellissima! Denn Diana lässt mir viele Freiheiten.

Allerdings weiß sie nicht, dass ich dies schreibe. Sie darf es nicht wissen. Darum habe ich habe das Tagebuch gut versteckt.

Hoffentlich findet sie es nie, sonst ... ah, darüber denke ich lieber gar nicht nach. Ich weiß zwar nicht, was sie mir noch abschneiden könnte (meinem Penis sind inzwischen für diverse Verfehlungen noch zwei Zehen und ein Finger ins Jenseits gefolgt, ciao bello!) aber sie würde sicher etwas finden.

Huch - jetzt ruft sie mich.

Ich muss aufhören zu schreiben. Es gibt Essen. Mein und ihr Leibgericht: Hühnchen. Mmmh, Lecker-Schmecker! Ich mag es so gerne, ich esse es immer mit den Fingern. Denen, die ich noch habe.

Wasserschäden

Gewidmet den Männern der Freiwilligen Feuerwehr Illerzell,
in Erinnerung an das Pfingsthochwasser 1999

I - Flüchtlinge

Wohl niemand hätte die wohlhabende Familie Hofer, die gerne und oft zwischen ihrer geräumigen Stadtwohnung und ihrem Feriendomizil in den Voralpen hin- und herpendelte, in jenem Moment wieder erkannt. Zu sehr glichen sie den traumatisierten Flüchtlingen, die man nur in Fernsehberichten aus irgendwelchen entfernten Krisenregionen sah. Leopold Hofers siebenjährige Tochter Franziska war in einen tranceartigen Zustand irgendwo zwischen panischer Verwirrung und geschockter Apathie gefallen. Hofers zweites Kind, sein Sohn Florian Edmund, war zwar noch viel zu klein, um zu begreifen, *was* vor sich ging. Aber auch das Baby spürte natürlich, dass etwas passiert war, etwas *Schlimmes*. Das ohnehin schon quengelige Kleinkind weinte fast ununterbrochen, obwohl Kathi Hofer ihren Sohn wie auf Autopilot geschaltet unablässig wiegte und dabei beruhigend auf ihn einplapperte. Am Zittern ihrer zarten Hände und ihrem erschütternd entkräfteten Gesichtsausdruck sah der Familienvater jedoch, dass seine Frau nicht mehr viel ertragen konnte. Nach dieser

163

Zeit des jähen Terrors war sie am Ende, ganz genau wie er selbst.

Er konnte kaum glauben, dass sie noch heute Vormittag friedlich im Wintergarten des Wochenendhauses gesessen und sich auf dem Flachbildfernseher über der Feuerstelle des offenen Kamins die *Sendung mit der Maus* angesehen hatten, über ihnen ein tiefblauer, wolkenloser Spätsommerhimmel.

Zur Mittagszeit spitzten, fast wie Vorboten des kommenden Unheils, ein paar erste Wolken über den Horizont, und der neueste Wetterbericht auf Bayern 1 sagte für den Abend heftige Gewitter mit Starkregen und Sturmböen voraus. Kathi bemerkte daraufhin ziemlich unbeeindruckt, dass sie sogar *hoffte*, es würde bald wieder einmal so richtig regnen, immerhin hielt die Trockenheit über dem Landkreis schon einige Wochen an und hatte auch ihrem Garten entsprechend zugesetzt.

Je mehr sich daraufhin der Nachmittag zum Abend hin neigte, desto mehr sah es aus, als würde ihr Wunsch erfüllt werden. In Richtung der Berge türmten sich bereits finstere Wolkenmassen zur unverwechselbaren Form aufkeimender Gewitterzellen, und erste Windböen fegten Blattwerk und frisch gemähtes Gras umher.

Als es schließlich geschah, als die Katastrophe über das vor allem bei gut situierten Großstädtern beliebte Wohn- und Feriengebiet Hinteres Tauerntal hereinbrach, befand sich die ganze Familie Hofer im oberen Stockwerk des Ferienhauses. Es war ein geradezu verrückt anmutender Zufall, dem die Hofers ihr Leben verdankten: Wenige Augenblicke, nachdem ein mysteriöses dumpfes Krachen durch das zungenförmige Tal gehallt war (*ein scharfer Knall, gefolgt von zwei weiteren donnerähnlichen Schlägen*) klemmte sich Franzi den Daumen in einer Schublade ihrer Spielzeugkommode ein und heulte ganz fürchterlich los, obwohl von der Quetschung nur eine kaum stecknadelkopfgroße Blutblase zurückblieb.

Tatsächlich beklagte sie sich *so sehr,* dass Hofer und seine Frau, die gerade Florian auf dem Arm trug, sofort nach oben eilten, weil ihre Tochter klang, als hätte sich in einer Bärenfalle verfangen.

»Papi!«, schrie sie. »Papi! Papi! *Papiiiiiiiiiiiiiiii!*«

»Franzi - wir kommen, Spatz, wir sind schon da!«, rief Hofer noch auf der Treppe. »Was ist passiert?«

Und da stand das kleine, schmale Mädchen mit dem schulterlangen blonden Haar, den blauen Augen und der von Sommersprossen umrahmten Stupsnase und hielt ihrem Vater in einer seltsam vorwurfsvoll anmutenden Geste ihren rechten Zeigefinger entgegen.

»Mein *Fi-i-i-inger!*«, schluchzte sie.

Er kniete sich neben sie und musste sich auf die Zunge beißen, um nicht etwas in der Art von: »Und deshalb machst du so ein Theater?!«, zu sagen. Aber in dieser Beziehung war Franzi wie ihre Mutter: eine derartige Bemerkung hätte nur zu weitaus mehr Geschrei und einer *üblen* Eskalation der Lage geführt, und darauf war Hofer nicht gerade scharf. Nicht jetzt, wo sich das ohnehin zur Zickigkeit neigende Mädchen gerade wieder beruhigt hatte.

»Ach, mein armer Hase«, sagte er in nicht unbedingt von stärkstem Mitleid geprägten Ton und wollte gerade ein Pflaster aus dem Bad holen, als er das fassungslose Aufstöhnen seiner Frau hörte: »Leo, *mein Gott ...!*«

Er wandte sich um, folgte ihrem Blick in Richtung Fenster und sah dort den riesigen Tsunami, der aus Richtung der Bergkette am Horizont auf das Landhaus zurollte, schmutziggrau und immer noch fast zwei Meter hoch.

Der Staudamm! schoss es Hofer sofort durch den Kopf. *Der Damm des Tauernsteiner Stausees, nur ein paar Kilometer von ihrem Haus entfernt - der gottverdammte Damm musste gebrochen sein!*

Nie zuvor hatte er sich Gedanken über diesen Damm gemacht, selbst Kathi hatte nur in der Anfangszeit hier ein paar Mal bemerkt, die Anwesenheit der Staumauer würde sie nervös machen. Dann hatten sie beide das gewaltige Bauwerk mit den dahinter aufgestauten Wassermassen genauso vergessen wie der Rest der hier lebenden Menschen ...

Und nun war der Damm gebrochen!

»GANZ NACH OBEN!«, rief Hofer. »SOFORT!«

Panisch stob die Familie zur Treppe ins Dachgeschoss.

In diesem Augenblick krachte die Welle gegen die Pergola hinter der Garage und ließ den leichten Holzbau wie ein Kartenhaus zusammenbrechen. Gleich riesigen Surfbrettern auf einer gewaltigen Dünung wurden die Holzplatten davon geschwemmt, während sich die Garage zuerst wie ein verwundetes Tier aufbäumte und dann seitlich umkippte.

Keinen Moment später hatte die Flutwelle das Haupthaus erreicht, umhüllte es, ließ die Fenster im Erd- und Obergeschoß bersten und schoss dort mit unbändiger Gewalt ins Innere. Vielleicht hätte die Wucht der Woge ausgereicht, um auch das Wohnhaus zum Einsturz zu bringen, aber glücklicherweise traf sie die Villa in einem günstigen Winkel. Die südliche Ecke des Gebäudes teilte den gurgelnden und rauschenden Strom wie ein Messer, bevor er am anderen Ende wieder zusammenfloss, so dass es aussah, als wäre das Anwesen ein schneller Dampfer auf hoher See. Ausgerissene Bäume, rätselhafte Trümmerstücke und sogar *Tierkadaver* tauchten am Horizont auf, trieben vorüber und verschwanden wieder flussabwärts ... wobei dieser reißende Fluss vor wenigen Minuten noch ein blühendes Tal mit Wohn- und Ferienhäusern gewesen war. Aufgrund der Geographie jenes Tals lief das Wasser nicht wieder ab, sondern staute sich wie in einem Trog. Als Hofer eine gewisse Zeit nach der ersten Woge einen vorsichtigen Blick aus dem Dachfenster warf, war seine Villa in der fortschreitenden Abenddämmerung von einem gigantischen See umgeben, aus dem hier und da Hügel und Hausdächer ragten wie verwunschene Inseln.

»O Gott«, flüsterte er. »O allmächtiger Jesus!«

Bis in die Grundfesten seiner Existenz erschüttert ließ er sich wieder im Kreis seiner Familie nieder. Er atmete tief durch. Hier im obersten Geschoss (das man hätte ausbauen können, von den Hofers aber nur als Rumpelkammer benutzt wurde) roch die Luft muffig. Da die Flutwelle auch alle Stromleitungen abgerissen hatte, konnte die geschockte, bleiche, eng umschlungene Familie nur ein paar Kerzen in der Mitte des Raumes anzünden, deren trübes Licht die ganze Situation nur noch düsterer und ausweisloser erscheinen ließ. Telefon, Handys, alles mit dem man irgendwie mit anderen Menschen Kontakt hätte aufnehmen könne, lag nun im Erdgeschoss des Hauses tief unter Wasser. Die unausgesprochenen Fragen wogten fast wie ein finsterer Nebel durch den Dachboden: *Wie konnte das nur passieren? Wieso? Und wieso ihnen?*

Irgendwann hielt Hofer die Untätigkeit nicht mehr aus. Er stand auf und begann, einen Teil der hier gelagerten Kisten zu durchsuchen, ob er nicht *irgend etwas* finden konnte, um Franzi und Flo damit aufzuheitern. Aber wie es der Teufel wollte, war kein Spielzeug hier oben, nur Winterkleidung, Weihnachtsdeko und überholter Technikkram in Umzugskisten aus Pappe. Jede Menge Gerümpel ... Plunder, unter dem Hofer diese azurblaue Schachtel fast übersehen hätte. Doch dann erinnerte er sich schlagartig: *In der Box befand sich sein altes Nokia!*

Obwohl im Großen und Ganzen noch funktionstüchtig, war das finnische Handy vor zwei Jahren ausgemustert worden, weil es sich plötzlich geweigert hatte, den Lautsprechermodus auszuschalten. Hofer (in einem bayrisch-schwäbischen Haushalt unter der strengen Maxime »*was noch halbwegs funktioniert, wirft man nicht weg!*« aufgewachsen) hatte das Telefon am Tag, als sein neues iPhone angekommen war, hier heraufgebracht. Zwar hatte das Handy keine SIM-Karte intus, aber zum Anwählen des Notrufs brauchte man keine SIM, wie Hofer wusste. Jetzt musste er beten, dass irgendwo in der Umgebung noch ein funktionierender Sendemast stand, dessen Signale das alte Telefon erreichte ... und dass auf dem Nokia-Akku nur ein Hauch von Energie war.

Die erste Hürde nahm das alte 6310 mit Bravour. Als Hofer es einschaltete, sah er, dass der Akku sogar noch drei Balken hatte. *Dank sei Gott, dank sei finnischer Wertarbeit*, dachte er immer wieder. Nun brauchte er ein Netz. Nichts ging ohne Netz, selbst der freie Notruf. Er nahm das Telefon in die Hand und begann damit, durch den Speicher zu tigern. Immer wieder verharrte er für ein paar Momente, stapfte dann weiter. *Bitte, lass mich jetzt nicht im Stich*, flehte er den Himmel erneut an.

Zwei Schritte weiter, auf der anderen Seite des Kamins, wurde sein Gebet erhört: ein Empfangsbalken erschien plötzlich auf der rechten Seite des Displays wie ein beruhigendes Tätscheln des Herrn. Sofort wählte er 112. Etwas, das eine menschliche Stimme hätte sein können, aber auch nur statische Störungen, knisterte im Lautsprecher.

Hofer rief: »Hallo, hier ist Leopold Hofer, ich bin hier im hinteren Tauerntal ... ich bin mit meiner Familie im Dachboden meines Hauses eingeschlossen und brauche dringend Hilfe ... Ist da *irgendjemand?* Hören Sie mich?«

Er ging näher an die Dachschräge heran und wiederholte seinen Sermon noch zweimal. Dann plötzlich hatte er eine Stimme im Ohr, metallen und von den typischen Störungen einer schlechten Handyverbindung durchsetzt, aber verständlich: »Achtung, hier ist Bernd Waag vom Krisenstab in

Furthen. Können Sie mich hören? Wir haben Ihren Anruf empfangen! Geben Sie uns Ihre genaue Adresse, und wir sind so bald wie möglich mit dem Helikopter bei Ihnen. Lassen Sie diese Leitung in der Zwischenzeit offen damit wir Sie anpeilen können, hören Sie? Legen Sie auf keinen Fall auf.«

Ungläubig hatte Hofer dem Mann die Adresse des Hauses genannt. Dann herrschte wieder Funkstille, eine erbarmungslose Lautlosigkeit, die Hofer für ein paar Augenblicke überzeugte, alles wäre nur Einbildung gewesen, ein Wunschtraum. Doch als er zu seiner Frau hinüberblickte, blühte da zum ersten Mal seit der Katastrophe so etwas wie ein scheues Lachen in ihrem Gesicht auf. Der Hilferuf war also keine Phantasie gewesen. Hofers lähmende Angst und Machtlosigkeit war wie eine Eisschicht von ihm abgebröckelt und einem warmen Gefühl der Hoffnung gewichen.

»Es ist vorbei, Schatz!«, hatte er geflüstert, sie umarmt und immer wieder geküsst. »Alles wird wieder gut.«

Kathi hatte zuerst nur stumm genickt, war dann hemmungslos in Tränen ausgebrochen und drückte sich fest an ihn.

II - Gegen die Zeit

Kathi Hofer umarmte ihren Mann wie eine Ertrinkende auf hoher See ein Stück Treibholz. Sie schien nicht in der Lage zu sein, ihn loszulassen, bis ein Blitz das überflutete Tal für eine Millisekunde mit gleißender Helligkeit bewarf. Kathi schrak zusammen – ein Schock, der sogar noch größer wurde, als Donner, scharf wie ein Peitschenknall, das Dachfenster erbeben ließ. Ihre grüngrauen Augen wurden riesengroß.

»Leo?!«, sagte sie. »Leo ... das ist ...«

169

Keinen Moment rüttelte eine heftige Windbö an den Dachschindeln und ein weiteres Wetterleuchten ließ die schweren Wolkentürme erglimmen.

»Beruhige dich, Schatz, das ist nur dieses ...« – *beschissene!*, fügte er in Gedanken hinzu – »... Gewitter. Erinnerst du dich? Im Radio hieß es doch, es würde heute noch ein Gewitter geben.«

Ihre Stimme überschlug sich vor Panik: »Aber dieser Wind, dieser VERDAMMTE WIND! Die werden uns hier lassen müssen, weil die nicht fliegen können ...«

»*Pssssst!*«, sagte Hofer streng und hielt ihr Gesicht zwischen den Händen fest, er zwang sie, ihm in die Augen zu sehen. »Der Hubschrauber ist schon auf dem Weg. Die werden nicht wegen einem Gewitter umkehren, hörst du? Diese Piloten sind Profis und können mit allem umgehen. Die erschreckt so ein Wetter weniger als uns. Wir kommen hier raus. *Die werden uns holen!*«

Wie auf Zuruf untermalte in diesem Moment das dumpfe rhythmische Knattern eines nahenden Helikopters seine Worte.

»Siehst du? Da sind sie schon«, sagte Hofer und rannte hinüber zum Dachfenster. Noch nie hatte ein Hubschrauber in seinen Augen mehr wie ein rettender Engel ausgesehen als jene Maschine, die sich im Tiefflug dem zur Rettungsinsel gewordenen Haus näherte.

»Herr Hofer«, sagte die Stimme aus dem Handy. »Hier ist wieder Bernd Waag ... der Heli ist noch etwa fünfhundert Meter von Ihrem Haus entfernt ... man hat allerdings unterwegs noch zwei andere Überlebende gefunden, hören Sie? In der Maschine ist nur noch Platz für zwei Personen. Wie viele sind Sie?«

»Vier ... meine Frau und meine zwei Kinder ... mein Sohn ist noch ein Baby! Ich bleibe hier, aber Sie *müssen* meine Frau und meine Kinder mitnehmen, kapiert?«

»Alles klar, keine Sorge, wir werden Ihre Familie mitnehmen!«, sagte Waag.

»Ja, verstanden!« Hofer nickte eifrig, eine sinnlose Geste am Telefon.

»Wir müssen uns beeilen, dieses Gewitter wird bald bei Ihnen sein, Herr Hofer. Bis dahin müssen Sie fertig sein, oder der Heli muss umkehren!«, fuhr Waag fort.

»In Ordnung.« Hofers Stimme zitterte. »Wir werden uns beeilen. Sollen wir schon aufs Dach?«

»Flach- oder Schrägdach?«, fragte Waag.

»Schräg.«

»Dann auf keinen Fall herausgehen, Herr Hofer, Sie könnten abrutschen!«, befahl Waag. »Warten Sie, bis der Heli direkt über ihrem Haus ist und öffnen Sie das Dachfenster. Dann seilt man jemand zu Ihnen ab, okay?«

Aufflammendes Scheinwerferlicht ließ Hofer wie unter einer Ohrfeige zusammenzucken und die Hand schützend vor die Augen reißen. Der ganze Speicher war urplötzlich von farblosem Gleißen erfüllt, das die ersten niedersausenden Regentropfen wie kleine, messerscharfe Metallsplitter aussehen ließ. Der Hubschrauber mit dem aufgeblendeten Suchscheinwerfer schwebte in etwa zehn, zwanzig Metern Höhe über dem Dach, vom Wind unablässig hin und hergepeitscht. Im Cockpit und dem Kabinenteil der großen Maschine konnte Hofer hektisch agierende Gestalten erkennen.

Er entriegelte das Fenster und begann, es aus seiner isolierenden Fassung zu drücken. Mit bestechendem Timing stemmte sich jedoch unvermittelt ein Windstoß von außen dagegen, fast als wolle jemand oder etwas verhindern, dass die Hofers ihr Haus verließen und in Sicherheit kamen. Erst nachdem der heftige Luftzug abgeflaut war, konnte Hofer das Fenster endlich aufklappen und einrasten lassen.

»Hallo Sie, wir lassen jetzt jemand zu Ihnen herunter!«, rief eine per Megaphon verstärkte Stimme über das Knattern der Rotoren hinweg.

Hofer zeigte dem SAR-Hubschrauber den erhobenen Daumen der rechten Hand. Schon erschien ein angeseilter Mann mit Helm und orangefarbenem Overall in der Luke der Maschine und ließ sich mutig nach unten gleiten. Wenige Meter unterhalb der Maschine begann der Helfer in den aufpeitschenden Gewitterböen hin- und herzupendeln, und Hofer sah mit Schrecken, wie sich der Helikopter seitlich einige Meter vom Haus entfernte, anstatt den Mann am Seil näher zum Fenster hin zu bringen. Erst in einem weitgehend windstillen Moment wagte der Pilot einen neuen Anflug.

Hofer streckte sich so weit aus dem Fensterrahmen, wie er nur konnte, und hielt dem Helfer die Hand entgegen. Zuerst tappte er nur mit den Fingerspitzen gegen die Stiefel des Mannes, dann erwischte er ein leuchtend orangefarbenes Hosenbein des Overalls und dirigierte den Helfer ächzend in seine Richtung.

»Die Kinder!«, rief der Lebensretter, noch bevor er fest und sicher auf dem Holzboden des Speichers stand. »Schnell, holen Sie die Kinder!«

»Kathi, beeil d-« begann Hofer, doch als er sich umdrehte, hatte seine Frau Franzi und Flo bereits geistesgegenwärtig zum Fenster gebracht. Der Helfer löste sofort eines der Seile, die mit seinem aufwendigen Harnisch verbunden waren, und entnahm seinem Ausrüstungsgürtel einen Tragegurt, den er der immer noch gänzlich apathischen Franzi mit wenigen geübten Handgriffen anlegte. Das Sicherungs- und Führungsseil hakte er mit einem Karabinerhaken an ihrem Harnisch fest, dann hob er das nach wie vor schockstarre Mädchen scheinbar mühelos hoch, hielt sie fest umklammert und bellte ein paar Worte in das Helmfunkgerät.

Oben in der schlingernden Maschine begann die Motorwinde zu surren, und Leopold Hofer sah den mutigen Lebensretter zusammen mit seiner Tochter in den schieferfarbenen, von Wetterleuchten aufgerauten Nachthimmel aufsteigen. Wenige Momente später war das erste Mitglied der Familie Hofer sicher im Hubschrauber. Der namenlose Helfer seilte sich augenblicklich ein zweites Mal ab, wurde dabei noch erheblich mehr vom Wind durchgeschüttelt als bei seiner Exkursion.

Hofer klammerte sich mit der einen Hand am Fensterrahmen fest und streckte den anderen Arm aus wie jemand, der dem Mond zuwinkte. Er sah die tröstliche Silhouette des Retters immer größer werden, dann traf ihn ein Windstoß wie ein unerwarteter Schlag mitten ins Gesicht. Urplötzlich war der Helfer aus seinem Sichtfeld verschwunden, er hörte einen Schrei – »Vorsicht!« – und etwas krachte gegen seinen Hinterkopf. Hofer hatte das Gefühl, ein Teil seines Schädels würde einfach abgerissen. Vor Schmerzen explosionsartig groggy hätte er beinahe das Gleichgewicht verloren, doch dann spürte er Kathis Arme, die sich schraubstockartig um seine Hüften schlossen und ihn sicherten.

Halbwegs stabilisiert wirbelte er herum, suchte nach dem Retter und erblickte ihn im letzten Moment, als der Sanitäter wie ein orangefarbenes Phantom aus der Dunkelheit genau auf ihn zujagte. Er wusste, dass er nur eine einzige Chance haben würde. Also breitete er die Arme aus, und ein weiterer infernalischer Ruck ging durch seinen Körper, als die Beine des Helfers gegen seinen Brustkorb krachten. Zusammen mit Kathi wuchtete er den Sanitäter durch das Fenster, spürte zunächst noch den Widerstand des gespannten Sicherungsseiles, der erst dann nachließ, als der

Helikopter noch etwas zum Haus hinab sank und zugleich die Winde dem Tau mehr Spielraum gab.

Die Stimme des Lebensretters: »Schnell! Ich kann nicht noch mal runter, also bringe ich Ihre Frau und das Baby zusammen nach oben, klar?! Beeilen Sie sich!«

Hofer nickte benommen. Die Schmerzen überall *in* und *an* seinem Körper ließen rote und schwarze Flecken vor seinen Augen umhertanzen. Er bewegte und fühlte sich wie ein einem schlechten Traum, alles war unwirklich und Furcht einflößend zugleich. Das Fauchen der Windstöße und das Knattern des Hubschraubers verbanden sich in seinen Ohren zu einem unerträglichen, gewalttätigen Lärmbrei. Dennoch schaffte er es, effizient mitzuhelfen, als es darum ging, Kathi den zweiten Gurtharnisch anzulegen und den strampelnden und schreibenden Florian ebenfalls anzugurten und zu sichern.

»Leo ... *Schatz!*«, rief Kathi, während der Retter sie mit der Sicherheitsleine verband und dem Helikopter das Startsignal gab.

»Verschwinde hier, Liebling«, sagte er und berührte rasch ihr Gesicht, bevor er seiner Frau zuliebe irgendwelches belangloses, aber beruhigendes Zeug plapperte: »Ich komme schon zurecht. Sobald das Gewitter vorüber ist, fliegen Waag und seine Leute wieder hierher, okay, Schatz? Ich komme nach. *Ganz sicher!*«

Dann sah er seiner Frau und seinem Sohn nach, bis die zwei   in der immer heftiger schlingernden Maschine angekommen waren und der Hubschrauber abdrehte. Erst in diesem Augenblick sank er ebenso erleichtert wie schmerzgepeinigt in sich zusammen.

In diesem Moment knisterte Waags seltsam körperlose Stimme im Handy: »Herr Hofer, sind Sie noch da? Sind Sie okay?«

Hofer nahm das Handy an sich. »Ja, ich bin okay!«

»Der Heli kommt zurück und werden Sie holen, sobald das Gewitter vorbei ist, das verspreche ich Ihnen!«

Hofers Stimme war kaum mehr als ein kraftloses Ächzen, als er antwortete: »Bringen Sie einfach meine Familie in Sicherheit.«

»In Ordnung. Wir melden uns bei Ihnen. Viel Glück.«

Viel Glück – genau, was ich jetzt brauche, dachte Hofer gallig, während er den Positionslichtern des entschwindenden Helikopters nachblickte. Als die Maschine außer Sicht war, zog er das schwere Fenster mit beinahe letzter Kraft zu sich, bis der Verschluss endlich einrastete.

Vor bitterer Erschöpfung, Verzweiflung und Machtlosigkeit keuchend und schluchzend sank er schließlich wie ein Stein auf das Lager, das er und seine Familie sich vor ein paar Stunden gebaut hatten. Er zitterte am ganzen Körper und sehnte sich nach etwas Hartem zu trinken, vielleicht einem Blutwurz oder einem Enzian. Aber dies erinnerte ihn jählings daran, dass der gediegene Alkoholvorrat zusammen mit einem Großteil seines Eigentums (*seines ganzen bisherigen Lebens, genau betrachtet)* weggeschwemmt und für immer verloren war.

Dieser Gedanke an all die materiellen Dinge, die er nun verloren hatte, war bislang irgendwie unter all der vordringlichen Sorge für seine Familie versteckt gewesen und kam erst jetzt, wo er alleine hier oben lag, wieder an die Oberfläche. Und noch mehr: *Was war mit seiner kleinen, aber florierenden Anwaltskanzlei in der Innenstadt von Mariazell, einem dem Tauerntal zugewandten Vorort von Furthen? Wie ging es seinen Freunden, die hier in dieser Gegend gewohnt hatten? Und all den anderen Menschen aus dem Tal? Ihren direkten Nachbarn, den Dieterlings? Oder den Kreuzpointners zwei Häuser weiter?*

Hofer begann hemmungslos zu heulen, während das heftige Gewitter auch die letzten Anzeichen und Erinnerungen an Zivilisation und Normalität davonwehte und zerstörte und nichts als eine neue, feindliche Umgebung zurückließ. Er lag noch eine unbestimmte Zeit schluchzend wach und nickte dann ein, den Kopf auf den verschränkten Armen gebettet, die Beine eng an den Körper gezogen. So blieb er liegen, bis er von dem Schrei geweckt wurde.

III - Der Mann im Wasser

Nach ein paar Sekunden hörte Hofer den Schrei erneut, und diesmal wusste er, dass er sich nicht getäuscht hatte: *da draußen war noch ein anderer Überlebender!*

Die aufwallenden Schmerzen in seiner geprellten Hüfte ignorierend sprang er auf und hastete zur Treppe. Dort warf er einen skeptischen Blick nach unten. Er sah Wasserreflexe auf dem Boden, aber das Wasser schien nur noch ein paar Zentimeter hoch zu stehen (*offenbar war der Flutspiegel in der Zeit, in der Hofer geschlafen hatte, ein wenig gesunken.*) Also rannte er die Stufen hinab und ins Schlafzimmer. Hier spähte aus dem Fenster und versuchte konzertiert, irgendwas dort draußen zu erkennen. Was sah er jedoch? Nichts, nur die Wand des Gewitterregens und unendliche Schwärze dahinter.

Dann wieder der Schrei. Diesmal lauter als die ersten beiden Male ... lauter und *verzweifelter.*

Kurz entschlossen riss Hofer das Fenster auf. Er fuhr im ersten Moment zurück, als ihm eine Kaskade von Regentropfen wie Nadelstiche ins Gesicht peitschte, anschließend wagte er es erneut, seinen Kopf hinauszustrecken.

»Hey?!«, schrie er. »Ist da wer?«

Es war schrecklich, seine Stimme kam ihm so erbärmlich leise vor. Dennoch bekam er Antwort: »Hier! Ich bin *hier!*«

Es dauerte ein paar Sekunden, bis sich seine Augen an die unruhige Dunkelheit gewöhnt hatten, dann endlich erkannte er die Gestalt. Etwa zehn Meter vom Haus entfernt klammerte sich der Mann – kaum mehr als ein bleiches, unidentifizierbares Bündel - mit dem rechten Arm an die linke der zwei Straßenlampen, die bislang Hofers Hofeinfahrt mit Licht versorgt hatten, und von denen jetzt nur noch die Spitzen aus dem Wasser ragten. *O mein Gott!* Hofer musste sich regelrecht von dem zugleich dramatischen und hypnotischen Anblick der zu Hafenornamenten mutierten Straßenlampen losreißen und wieder auf den Mann dort draußen konzentrieren.

»Halten Sie aus, ja?«, rief er. »Ich hole ein Seil!«

»Ja! Schnell!«, schrie der andere zurück.

Hofer spurtete zurück in den Dachboden und sah sich um. Er wusste, irgendwo hier oben war das gute, alte Hanfseil gelagert, mit dem früher das kleine Segelboot der Hofers am Pier auf dem Chiemsee festgetaut gewesen war *(und von dem sich Hofer aus Sentimentalität nicht hatte trennen können)*. Er wusste es – er hatte das Seil erst vorhin gesehen, als er die Kisten nach Spielsachen für Florian und Franzi durchsucht hatte. Aber wo hatte er es gesehen. *Wo?* War es nicht in dem Regal gewesen, wo er auch das Nokia gefunden hatte?

Tatsächlich, Gott sei Dank, hier war das Tau, mit dem er so viele schöne Erinnerungen verband. Es war zwar in mehrere Teile zerrissen, das längste Bruchstück sollte aber mehr als ausreichend sein für die Rettungsmission. Er warf die kürzeren Reste auf den Boden und eilte wieder ins Schlafzimmer, von wo aus er nach dem Überlebenden Ausschau hielt. Der Mann hing immer noch an der Laterne, konnte sich aber vor Entkräftung und wohl auch Unterkühlung kaum noch festhalten.

»Ich werfe Ihnen jetzt ein Seil zu«, rief Hofer. »Versuchen Sie, es zu packen!«

Er band das eine Ende des Seiles um den Pfosten des großen, massiven Messingbettrahmens, nahm dann den Rest des Seiles und schleuderte ihn mit aller Kraft aus dem Fenster, wobei er so gut es ging auf den Mann an der Laterne zielte. Das Ende des Seiles platschte etwa fünf Meter von dem Ertrinkenden entfernt ins Wasser, viel zu weit weg. Eilig zog Hofer das Tau, vom Wasser inzwischen durchtränkt und schwer, wieder an sich, rollte es auf und hievte es dann nochmals aus dem Fenster. Es klatschte in die trübe Flut (etwa dort, wo kürzlich noch Hofers Briefkasten gestanden hatte), diesmal wesentlich näher bei dem Mann im Wasser.

Aber war es nah genug? Hofer wusste, dass der Mann nur eine Chance hatte, das Seil zu erreichen. Zu mehr würde seine Kraft nicht ausreichen. Mit klopfendem Herzen sah Hofer, wie der Mann den Arm ausstreckte und dann nach dem langsam im Wasser versinkenden Tau griff. Seine Fingerspitzen trennten nur dreißig, höchstens vierzig Zentimeter von der vermeintlichen Rettung. In diesem Moment stieß er sich von der Laterne ab, Wasser spritzte auf, der Mann tauchte unter ... und Hofer wagte nicht mehr, hinzusehen, bis er endlich die Stimme hörte: »Ich hab das Seil!«

Hofer stemmte sich mit dem einen Bein gegen die Wand unter dem Fenster und begann zu ziehen, einen anfeuernden Chor im Kopf: *Hau-ruck! Hau-ruck! Hau-ruck!* Der Überlebende verschwand für ein paar Sekunden erneut unter Wasser, kam dann wieder an die Oberfläche, rollte zur Seite, japste nach Luft und spuckte Wasser. Ächzend zerrte Hofer den Mann Meter für Meter voran. *Verdammt, er war so schwer.* Hofer versuchte, den Regen, der ihm ständig ins Gesicht schlug, zu ignorieren und sich nur auf seine Aufgabe - ein Leben zu retten! - zu konzentrieren. Seine Muskeln schmerzten fast unerträglich, verhöhnten ihn. Vor einigen Jahren war er noch ein gut trainierter Hobbyathlet gewesen, seit er jedoch als Juniorpartner einer Anwaltskanzlei im Ort beigetreten war, hatte er sich kaum noch sportlich betätigt; vielleicht eine Partie Golf mit Klienten und Kollegen dann und wann, aber wenig mehr. Jetzt bereute er es, o Gott, und *wie* er es bereute!

Der Überlebende war nur noch zwei Meter vom Schlafzimmerfenster entfernt, als er wieder untertauchte – so als wäre er in irgendeinen Unterwasserstrudel geraten - und fast eine halbe Minute nicht mehr hoch kam. Die ganze Zeit über ließ Hofer die Spannung des Seiles nicht weniger werden, denn er spürte, wie der Überlebende unter Wasser kämpfte und verzweifelt versuchte, zurück an die Oberfläche zu kommen.

Endlich erschien der Kopf des Mannes wieder, und zwar direkt unterhalb des Fensters. *Dem Himmel sei Dank!* Der Mann im Wasser holte einen tiefen Luftzug, klammerte sich an das Seil und begann mit letzter Kraft und mit Hofers Hilfe die Wand zu erklimmen. Als er endlich in Reichweite war, band Hofer das Seil fest, machte einen Schritt nach vorne und packte die Hand des Mannes unterhalb des Gelenkes. Der Überlebende krallte sich daraufhin an den Fenstersims, brachte sein rechtes Bein nach oben und tastete umher, bis er Halt fand. Hofer zog ihn aus Leibeskräften zu sich.

Einen Moment später purzelten Hofer und der Gerettete in den Raum hinein. Sie klatschten in das seichte Wasser und auf den Teppichboden, dessen Fasern sich nun bewegten wie die Pflanzen am Boden eines Sees. Es war geschafft. Für ein paar Sekunden war das erschöpfte Schnaufen und Keuchen der beiden Männer lauter als das Wüten des Unwetters auf der anderen Seite der Wand, der unsicheren Seite, der *tödlichen* Seite.

Kurz darauf hatte Hofer endlich genug Kraft geschöpft, um aufzustehen und das Fenster zu schließen. Er drehte den Sicherungshebel nach unten, half dem anderen Mann auf die Beine und wusste für ein paar

Sekunden lang nicht, was er sagen sollte. Dann nahm ihm der andere diese Arbeit ab.

»Sie haben mir das Leben gerettet«, sagte er. »Danke.«

»Vergessen Sie's«, sagte Hofer. »Mein Name ist Leopold Hofer«

»Karl Stiller«, stellte sich der Gerettete vor.

IV - Stiller

Karl Stiller war knapp einen Meter fünfundachtzig groß und hager; tatsächlich war er *so* hager, dass man schon fast dürr hätte sagen können. Aber seine Glieder waren von einer seltsam beunruhigenden Drahtigkeit, da war viel versteckte Kraft. Er hatte einen schmalen, lang gezogenen Schädel mit eingefallenen, grau gefärbten Wangen (*vermutlich durch das kalte Wasser*, dachte sich Hofer), tief liegenden, farblosen Augen und kaum vorhandenen Strichlippen. Er und sein Retter schüttelten sich stumm die Hand, eine Geste, die hier, in dieser Umgebung und dieser *Situation*, merkwürdig fehl am Platze und verstörend wirkte. Dennoch hatte Karl Stiller scheinbar nicht auf diese Förmlichkeit verzichten wollen.

»Lassen Sie uns rauf gehen«, sagte Hofer. »Dort oben haben wir trockene Klamotten – Wintersachen zwar, aber besser als nichts. Wir triefen ja wie die Robben. Sonst holen wir uns den Tod.«

»Nichts dagegen«, sagte Stiller.

Vor dem Fenster verstummte der Regen für ein paar unendlich kurze Sekunden und setzte dann wieder ein, wenn auch weniger entschlossen und gewalttätig als zuvor. War dies ein Hinweis darauf, dass der Sturm sich ausgetobt hatte? Wer wusste das schon. Hofer schüttelte den Kopf, eine zugleich fassungslose und resignierende Geste, und ging nach oben. Stiller folgte ihm.

»Großer Gott, da kommt mal wieder alles zusammen«, sagte Hofer, während er die Speichertüre zuzog, um die bescheidene Wärme der Kerzen nicht ins Treppenhaus abziehen zu lassen. Als er die Kleidersäcke nach brauchbaren Teilen durchstöberte, fragte er: »Haben Sie etwas mitbekommen? Was ist passiert?«

»Der Damm«, entgegnete Stiller. »Mehr weiß ich nicht.«

»Wo hat es Sie erwischt, Karl?«

»Ich war gerade mit meinem Auto unterwegs nach Tauernstein, als es passiert ist«, sagte der Gerettete. »Ich suchte in einer alten Scheune Zuflucht, aber irgendwann ist das alte Ding einfach zusammengebrochen. Unterspült. Ich hab' mich an einem Holzbalken festklammern können und bin dann durch die Gegend getrieben worden ... Irgendwann war ich wirklich am Ende meiner Kräfte. Ich konnte mich nicht mehr an dem Holz festhalten und hab es verloren. Da sah ich die Laterne vor ihrem Haus. Ein Wink des Schicksals, oder? Sie haben mir das Leben gerettet.«

»Das war selbstverständlich.« Hofer winkte ab. Wenn es etwas gab, was er jetzt nicht brauchen konnte, dann waren es Lobpreisungen seines unglaublichen Mutes. Er brachte Stiller einen Pulli und eine Thermohose.

»Bitte schön, hier sind die Sachen«, sagte er, und dann, bedrückt: »Dieser verfluchte Damm. Ich hatte ihn fast schon vergessen.«

»Haben Sie das?«, meinte Stiller mit hochgezogenen Augenbrauen, während er die trockenen Sachen anzog. »Ich habe ihn nicht vergessen. Nicht eine Sekunde. *Nicht eine verdammte Sekunde!*«

»Wohnen Sie ...« Hofer unterbrach sich. »Ich meine *haben* Sie noch näher am Damm gewohnt? Hat er Sie beunruhigt?«

»Früher habe ich auf der *anderen* Seite des Dammes gewohnt, wenn Sie es genau wissen wollten. Dort lag das

Haus, in dem ich geboren und aufgewachsen bin«, sagte Stiller, bevor er vermeintlich zusammenhanglos etwas Rätselhaftes fragte: »Glauben Sie an Gott, Leopold ... oder ist es Leo?«

Hofer zögerte kurz, nicht weil er sich über die Antwort unschlüssig war, sondern einfach, weil er *jetzt* und *hier* nicht mit dieser Frage gerechnet hatte. Dann nickte er entschlossen. »Natürlich.«

»Ich nicht«, sagte Stiller ruhig.

Hofer wartete auf eine weitere Erklärung, nichts kam.

Stattdessen fragte Stiller: »Wieso sind Sie nicht evakuiert worden, Leopold?«

»Im Hubschrauber war kein Platz mehr«, sagte Hofer. »Das wichtigste war, dass meine Familie in Sicherheit kommt. Die Leute vom Katastrophenschutz wollen sich bald wieder mit mir in Verbindung setzen, wann der Hubschrauber wieder hier sein kann und uns holt.«

»Oh. Na klar.« Stiller nickte. Danach schwieg er wieder.

Erst als sich die beiden auf dem improvisierten Lager im Speicher niedergelassen hatten, sprach Stiller weiter: »Wie viele Kinder haben Sie denn, Leopold?«

»Zwei.« Hofer zog ein Familienfoto aus seiner Hosentasche und betrachtete es. Sie hatten das Bild vor ein paar Monaten aufnehmen lassen, kurz nach Florians Geburt. Das Baby hatte gerade, als der Fotograph - Kathis Bruder Toni - den Auslöser betätigt hatte, zu weinen angefangen, und deshalb sah sein kleines Gesicht ungeheuer rosig und ein wenig verschrumpelt aus, wie eine brüllende Dörraprikose. Franzi lächelte auf dem Bild etwas unglücklich, obwohl sie ihren Bruder im Arm halten durfte (oder vielleicht auch gerade deswegen). Hofer selbst war gerade eine Fliege ins Auge geflogen, weshalb er blinzelte, und Kathi wirkte noch erschöpft und geschafft, aber als einzige auf dem Bild seltsamerweise glücklich. Hofer lächelte, der Blick voller Zuneigung. Er reichte das Bild an Stiller weiter.

»Danke«, sagte Stiller. Er betrachtete das Bild ein paar Sekunden lang – sehr distanziert –, dann nickte er und gab es zurück. »Wie nett. Wie heißen Ihre Kinder, Leopold?«

»Unser Sohn heißt Florian. Er ist inzwischen anderthalb Jahre alt. Meine Tochter heißt Franzi ... Franziska.«

»*Ich* hatte auch mal eine Familie«, meinte Stiller mit dumpfem Unterton. Unentwegt starrte er seine im Schoss gefalteten Hände an. »Aber man hat sie mir weggenommen. Einfach so. Weggenommen, als hätte ich niemals für sie gesorgt, und das ist einfach *nicht wahr* ...«

Ach du grüne Neune, dachte Hofer. Das war jetzt zweifellos beunruhigend. Er erwiderte nichts. Dies mochte einem Anwalt selten passieren, aber er wusste weder, was er sagen sollte noch *konnte*. Er beließ es dabei, Stiller einfach anzusehen, das seltsam eingefallen wirkende Gesicht, die hellen Augen, sein unergründliches Minenspiel.

Einige Zeit lang schwiegen sich die beiden an, und allmählich konnte Hofer das dumpfe Gefühl nicht mehr ignorieren, dass hier etwas nicht stimmte. Er erinnerte sich plötzlich an die Frage, die ihm Stiller vorher gestellt hatte, ob er an Gott glaubte. *Natürlich* glaubte er an Gott, wie konnte er das *nicht*? Alleine die Natur sprach für Gott, oder? In einem so unvorstellbar großen Universum wäre es schon ein undenkbarer Zufall, dass sich ausgerechnet auf diesem winzigen Planeten dieser vergleichsweise winzigen Galaxis solches Leben bildete, und das in einem dermaßen aufeinander abgestimmten Ökosystem, wo nur ein Milliardstel Prozent Abweichung in der Zusammensetzung der Atmosphäre den Tod aller Lebewesen bedeuten könnte. Zudem war er in Bayern, hatte ein hohes Jahreseinkommen und wählte CSU (obschon er alles andere als ein regelmäßiger Kirchgänger war, aber na ja, welcher CSU-Wähler war dies schon?) Da war Katholizismus gesellschaftlich und wirtschaftlich fast lebensnotwenig.

Ein Geräusch ließ ihn aufsehen: Es war Stiller, der sich erhoben hatte und jetzt im Speicher auf und ab ging. Wohin Stiller auch schaute, überall waren Hinweise auf das Glück und den Wohlstand der Familie Hofer ... und jeder dieser Beweise bedrückte ihn augenfällig noch mehr. Sogar direkt am Körper trug er mit Hofers teurer Winterkleidung solche Belege.

»Sie können wirklich froh sein«, sagte er. »Wissen Sie, Leopold, ich glaube, Sie wissen gar nicht, wie froh Sie *wirklich* sein können, obwohl Ihnen dies hier passiert ist.«

»Also, Karl, was *meinen* Sie?«

»Ihre Familie. Ihr Leben«, sagte der Fremde, nicht ohne auf grimmige Weise neidischen Unterton. »Ihr Glück.«

»Doch, ich glaube schon«, sagte Hofer, doch Stiller schüttelte abrupt den Kopf.

»Nein, Leopold«, widersprach er. »Das wissen Sie nicht. *Keiner,* der es hat, weiß zu schätzen, *was* er hat. Vielleicht wissen Sie es jetzt dank *dieser Sache hier* wieder etwas mehr zu schätzen, aber dieses Gefühl wird schon bald nachlassen. Denn Ihre Familie ist ja in Sicherheit, und Ihre Habseligkeiten bekommen Sie von der Versicherung ersetzt. Im Grunde ist es für Sie, als hätte *all dies* nie stattgefunden, oder?« Dann fragte er erneut: »Glauben Sie an Gott?«

»Ja«, antwortete Hofer. »Das habe ich Ihnen auch schon gesagt.«

»Ich weiß«, meinte Stiller. »Ich wollte eigentlich auch viel mehr hören, *wieso* Sie an Gott glauben.«

»Na ja, weil es Ihn geben muss«, sagte Hofer. »Weil es die Bibel sagt. Und überhaupt: wie sonst hätte sich aus all diesen Teilen Weltraumstaub diese Welt formen sollen. Das ist ein bisschen viel Zufall auf einmal, finde ich.«

»Zufall?«, rief Stiller. »Ich will Sie mal etwas fragen, Leopold, okay? Wenn es Ihren Gott gibt, der angeblich so gütig und freundlich ist, wieso benimmt er sich dann wie ein verzogenes Kind? Ein Kind, das besonders gut Klavierspielen kann und schrecklich sauer wird, wenn man ihm nicht ständig sagt, wie toll und fantastisch es ist, sonst bekommt es nämlich einen heftigen Wutausbruch. Wieso macht es diesem Kind solchen Spaß, mit seinem unendlich großen göttlichen Brennglas einzelne Ameisen zu brutzeln, einfach nur, weil diese eine Ameise das Pech hat, zur falschen Zeit am falschen Ort zu sein, während es andere Ameisen pausenlos füttert und beschützt und hätschelt?«

Hofer holte Luft, um etwas zu sagen, aber Stiller schnitt ihm barsch das Wort ab: »Sie hören *mir* jetzt zu, klar? Denn jetzt sind Sie einfach mal die Ameise am falschen Ende der Lupe, und ich wette, das gefällt Ihnen nicht, oder? Sagen Sie mir: Wieso hat ihr ach so gütiger Gott zugelassen, dass man mir meine Familie wegnimmt? Ich meine, ich habe Ihm nie etwas getan. Wieso schiebt ER Ihnen alles in den Arsch und benutzt mich seit meiner Geburt als Fußabtreter? Wieso sind Sie ein Liebling ... einer von DENEN ... und ich nicht? Liegt es daran, weil Sie immer in die Kirche rennen, dann und wann bigotte Reden schwingen und brav CSU wählen? Scheiße, ist es echt so einfach, ein angeblich omnipotentes Wesen zu täuschen?«

Hofer setzte sich auf. »Jetzt mäßigen Sie Ihren Ton, bitte, sonst ...«

»Was wollen Sie tun, mich rauswerfen? In die Sintflut? Den sicheren Tod?« Stiller lachte verächtlich. »Das würden Sie nicht, Leopold, niemals. Denn es würde sich nicht mit Ihren heuchlerischen Moralvorstellungen vertragen, mich dem sicheren Tod auszuliefern, obwohl Sie sich ohne dieses Treffen einen Haufen Dreck darum gekümmert hätten, was mir passiert, so lange die Nullen auf Ihrem Konto konstant auf der *richtigen* Seite des Kommas stehen, stimmt's?!«

Schlagartig wurde Hofer nervöser als je zuvor in seinem Leben. Wieder wollte er etwas sagen, doch Stiller ließ ihn erneut nicht zu Wort kommen; er kam mit großen, energischen Schritten auf ihn zu und hob den Zeigefinger der rechten Hand. Seine Wut ließ diese beunruhigende drahtige Kraft, die Hofer schon zuvor aufgefallen war, immer deutlicher werden.

»Ich werde Ihnen jetzt mal etwas über mich erzählen, Herr *Hofer-mit-dem-schönen-Haus-und-den-tollen-Kindern.* Ich hab schon erzählt, dass ich von der anderen Seite des Dammes komme, nicht wahr? Meine Eltern waren nicht gerade reich, aber zufrieden. Wir hatten ein kleines Haus, das mein Großvater mit seinen eigenen Händen gebaut hat, und, verdammt, wir *liebten* dieses Haus. Aber eines Tages wurde beschlossen, dass man den hinteren Teil des Tauernsteiner Tales mit Hilfe dieser gottverdammten Staumauer zu einem neuen Wasserreservoir umwandeln würde. Um die Wasserversorgung der Stadt zu sichern, hat man gesagt. Weil die Gegend das neue Gefällekraftwerk brauche, hat man gesagt. Und ein Naherholungsort für die Touristen sollte es auch werden. Aber hat man uns gefragt, die wir dort wohnten? Nein. *Man hat uns einfach enteignet.* Wissen Sie was? Mein Vater ist daran zerbrochen, dass man ihm sein Haus genommen hat. Er ist gestorben. Meine Mutter ging nur kurz nach ihm. Sie ist an *seinem* Tod zerbrochen.«

Stillers Stimme war tief geworden; tief und bedrohlich.

»Ich hab' mich alleine durchschlagen müssen. Ich bekam einen Job in einer Motorwerkstatt, hab' mich dort ausbilden lassen und es soweit gebracht, meinen eigenen Laden aufmachen zu können. Ja, in nur vier Jahren hatte ich eine eigene kleine Werkstatt gehabt, und glauben Sie mir, damals habe ich auch noch an Gott geglaubt ... und ich habe nie daran gedacht, dass es mir einmal wieder schlechter gehen könnte.«

Hofer wollte etwas sagen, doch Stiller sah ihn nur an, und der Blick aus den hellen, kalten Augen genügte, um Hofer sofort verstummen zu lassen. Er begann, zurückzuweichen, doch stieß schon nach zehn Zentimetern gegen die Wand. Er schluckte. Er wollte hier heraus, einfach nur noch raus.

»Dann habe ich Christina kennen gelernt«, fuhr Stiller fort. »Auch wenn es wie in einem Kitschfilm klingt, aber wir haben ein paar Monate später geheiratet. Wie hatten drei Kinder, drei wunderbare Kinder. Sie waren mein ein und alles. Ich hatte das Gefühl, es wirklich *geschafft* zu haben. Ich kam von der Arbeit nach Hause, wurde von meiner Frau und meinen Kindern begrüßt, hatte ein hübsches Häuschen - natürlich nicht so groß und g'schissen *erhaben* wie Ihres, aber es war immerhin meines. Und dann flatterte mir eines Tages ein Brief ins Haus, ein Brief von der Stadt. Wollen Sie wissen, was drin stand?«

Nein, natürlich nicht. Aber das war auch nicht nötig, denn Hofer ahnte es tief in sich schon.

»Der Brief stammte von der Wasserversorgungsfirma«, sagte Stiller. »Derselbe Konzern, der Jahre zuvor meinen Eltern das Haus wegnahm. Und diesmal ... diesmal war *ich* dran. Man müsse einen neuen Viadukt bauen, und mein Haus lag genau im Weg. Zuerst versuchte ich zu verhandeln. Doch das ging schief. Auch meine Frau stellte sich gegen mich. Sie sagte immer, ich solle doch das Angebot der Wasserversorgungsfirma annehmen, weil es wirklich gut sei. Aber das war es nicht. Und ich tat es nicht. Also verließ sie mich. Ab da war mir alles scheißegal, Mann, *scheißegal!* Ich habe mich gegen die Räumung gewehrt, mit Händen und Füßen habe ich mich gewehrt. Zuerst kamen die von der Baufirma und schleimten herum, aber ich habe sie achtkantig rausgeworfen. Dann kamen die Anwälte und haben mir gedroht, aber auch die haben keinen Fuß auf meine Veranda bekommen, Anwälte sind die Schlimmsten. Das sind Ratten. Sie kennen ja den Witz: Was sind hundert Anwälte auf dem Meeresgrund? Ein guter Anfang.« Karl Stiller grinste ein schauderhaftes, wölfisches Grinsen.

Hofer drückte seine Hände zusammen, wollte nicht zeigen, dass sie zitterten. Die Frage, was wohl geschah, wenn Stiller herausfand, dass sein Retter ein Anwalt war – zwar ein auf Steuer- und Finanzdelikte spezialisierter Strafverteidiger, aber nichtsdestotrotz ein Anwalt – streifte sein Bewusstsein, aber er verdrängte sie. Die Antwort wollte er gar nicht wissen.

Derweil beendete Hofer seine Erzählung: »Tja ... und später kamen dann die Polizisten, die mich aus meinem Haus holen mussten ... aber ich habe es IHNEN wenigstens nicht leicht gemacht, bei Gott ... nicht leicht! Aber natürlich hatte ich keine Chance. Also kamen die Bauarbeiter. Nach weniger als einem Tag war mein Haus weg, und damit mein ganzes Leben. *Finden Sie das witzig, Leopold?* Würden *Sie* da noch an einen gerechten Gott glauben?«

Hofer sagte nichts. Was *konnte* er sagen, außer oberflächlichen Mitleidsbekundigungen? Alles würde wie geheucheltes Verständnis wirken. Das Trommeln des Regens, sogar der Regen *selbst* war plötzlich Nebensache geworden. Im Moment hatte Hofer das Gefühl, hier drinnen in viel größerer Gefahr zu sein als er es dort draußen im Unwetter und dem Überschwemmungsgebiet würde.

»*Das* ist das richtige Leben, nicht diese bonbonrosane Plüschwelt, in der Sie leben«, flüsterte Stiller. Dann, fast im Plauderton: »Was sind Sie von Beruf, Leopold?«

Verflixt! Schnell wog Hofer ein paar mögliche Antworten im Geiste ab: *Computerprogrammierer? Arzt?* Vielleicht! Aber auf keinen Fall etwas, das auch nur entfernt mit der Baubranche oder Anwälten zu tun hatte. Er brauchte etwas, das schön unverdächtig klang, und von dem er dennoch etwas verstand, wenn Stiller nachhaken sollte.

»Mir gehört eine kleine Software-Firma«, sagte er schließlich. »Wir stellen solche Hilfsprogramme für Steuerzahler her, Lohn- und Einkommenssteuer-Assistenten, so etwas.«

»Sind Sie sicher?«, fragte Stiller mit hochgezogenen Augenbrauen. »Ich meine, wir sollten uns nicht anlügen, das könnte ... na ja, unangenehm werden, oder?«

Hofer nickte. »Das stimmt.« Plötzlich wünschte er sich, die Wahrheit gesagt zu haben.

»Gut, denn ich glaube Ihnen.« Stiller lächelte. »Sie sind zwar einer von DENEN, Sie wissen schon ... aber Sie scheinen dennoch in Ordnung zu sein.«

Hofer versuchte, sich die Erleichterung nicht anmerken zu lassen, als sich Stiller schließlich wieder setzte und das bedrohliche Leuchten aus seinen Augen verschwunden war. Es gelang ihm jedoch nicht. Er wollte weg von hier, ganz egal wohin ... nur weg. Am besten zu Kathi, Franzi und Flo ...

Herrgott, er wollte zu seiner Familie!

Je stärker dieser Wunsch wurde, desto mehr begann er sich unwillkürlich zu fragen, wie *er* wohl reagieren würde, wenn man ihm die Familie einfach wegnehmen würde? Vielleicht nicht einmal viel anders als Stiller: mit unendlicher Wut und einem zerstörten Glauben an die Gerechtigkeit dieses Systems ... eines Systems, das Hofer in- und auswendig kannte, und von dem er nur zu gut wusste, dass es kaum so etwas wie Gerechtigkeit für den Einzelnen gab. Das Wohl »der Masse« ging immer vor, und manche blieben dabei ohne jedes eigene Verschulden auf der Strecke. Menschen wie Karl Stiller.

Hofer sah Stiller wieder an. Stiller starrte wieder auf seine im Schoss gefalteten Hände. Welches Maß an

Aggressionen hatte Stiller wohl bereits in sich aufgestaut? Angriffslüste, die nur darauf warteten, endlich entfesselt zu werden? Hofer hasste diese Ungewissheit ... und seine eigene Machtlosigkeit. Er hatte keine Ahnung, wie er mit Stiller umgehen sollte ... und das, obwohl er Anwalt war, ein guter noch dazu, und viel mit Menschen zu tun hatte. Allerdings waren seine Klienten nur Steuerhinterzieher, Finanzschieber, Broker, die sich auf Inside-Deals eingelassen hatten, oder Geschäftsleute, die einmal (oder auch einmal zu oft) vom Pfade der Legalität abgewichen waren ... Eben DIE, wie Stiller sie zurecht genannt hatte; Menschen, die sich einen Dreck um andere scherten, so lange sie selbst dabei nur reicher wurden und sich noch einen Ferrari leisten konnten, um ihre gut gebauten Geliebten zu präsentieren, während zuhause die Familie wartete.

Aber er selbst – gehörte er denn auch dazu? Niemals. Egal, was Stiller sagte, er war keiner von DENEN.

Gott, wie lange dauerte es noch, bis dieser verdammte Hubschrauber zurückkam? Diese ganze Situation mit Stiller flößte ihm nun mehr Angst ein als der Dammbruch. Welch absurde Situation, wie aus einem dieser schrecklichen Filme.

»Herr Hofer, hier ist Bernd Waag aus der Leitstelle«, sagte eine bekannte Stimme in diesem Moment durch die offene Mobilfunkleitung. »Ihre Frau und Ihre Kinder sind sicher gelandet und in einem Übergangsheim untergebracht worden.«

»Gott sei dank«, flüsterte Hofer.

Stiller zeigte keine Regung, blieb statuenhaft.

»Der Regen hat in einigen Teilen des Katastrophengebietes schon wieder aufgehört«, fuhr Waag fort. »Hier ist er nur noch sehr schwach. Die Schlechtwetterfront löst sich von Westen her auf. Wir starten, sobald wir uns Ihnen sicher nähern können, und dann holen wir Sie ab, verstanden?«

»Ja, danke, verstanden«, sagte Hofer.

»Herr Hofer, noch etwas ... Hier ist jemand, der Sie dringend sprechen will, einen Moment.«

Gespannt wartete Hofer ab. War es seine Frau? Er erstarrte vor Furcht, als er die Stimme seines Senior-Partners der Anwaltskanzlei im Lautsprecher des Nokia hörte:

»Leopold, hier ist Robert ... Robert Schmidtbauer. Betty und mir geht's gut, wir haben uns aus eigener Kraft hier zum Stützpunkt retten können.«

»Das ... das freut mich, Robert!« Hofer musste jedes Wort aus seiner zusammengeschnürten Kehle herausquetschen. *Hoffentlich sagte Robert nichts Falsches, o Gott, hoffentlich!*

»Leopold, es mag zwar schrecklich klingen in dieser Situation, aber hast Du vorgestern Abend das Backup-Programm gestartet? Ich habe vergessen, eine neue CD-Rom einzulegen.«

»Ja, das ... habe ich gemacht«, sagte Hofer. Er hatte das Gefühl, er balancierte über ein Mienenfeld. »Ich hatte gesehen, dass du es vergessen hast. Alle unsere Daten sind in Sicherheit, beruhige dich. Aber gibst du mir bitte *sofor*t noch einmal Bernd Waag? Es geht um die Medizin für Flo.«

Das war völliger Schwachsinn, nur eine Ausrede, um Schmidtbauer daran zu hindern, Hofers Tarnung auffliegen zu lassen. *Komm schon! Komm, gib das verdammte Funkgerät zurück und HALT DIE KLAPPE, Robert!*

»Oh, du bist ein Pfundskerl!«, sagte der Seniorpartner und ließ sein typisches, väterliches Lachen hören. »Ohne dich hätten wir unsere Kanzlei vermutlich dichtmachen können, und das hätte unsere Klienten ziemlich unglücklich gemacht. Warte, Leopold, ich geb' dir jetzt Waag.«

Hofer spürte, wie alles in ihm absank. Er wurde bleich, und die Welt begann, sich um ihn zu drehen. Bevor er etwas sagen konnte, war es schon zu spät.

Er sah eine Bewegung im Augenwinkel, ließ sich zu Boden fallen, duckte sich weg ... und dann bohrte sich ein Messer nur Zentimeter von seiner Hand entfernt in den Holzboden des Speichers. Der Griff pendelte rasch hin und her.

Stillers eingefallenes Gesicht war nur noch Millimeter von seinem entfernt, und die Augen des Fremden lohten in den Höhlen wie glühende Kohlen. Der Atem des Mannes aus dem Wasser stank nach Rauch.

»Kanzlei?«, flüsterte Stiller. »Was ist denn mit Ihrer Softwarefirma passiert, frage ich mich.«

V – Gleichmacher

»Herr Stiller ... *Karl* ...«, sagte Hofer. »Bitte, bleiben Sie ruhig.«

»Du hast mich angelogen!«, sagte Stiller kopfschüttelnd, bevor er unvermittelt in ein aufgebrachtes *ich-wusste-es-doch* Lachen ausbrach. »Du *bist* also einer der verdammten Anwälte, einer von IHNEN, und du hast versucht, mich glauben zu lassen, dass du unschuldig bist ... aber das bist du nicht! *Du – bist – einer – von – IHNEN!*«

»Hallo? Herr Hofer?« Dies war Bernd Waag im Lautsprecher des Nokias. »Sie wollten mich sprechen? *Hallo ...?*«

Stiller entrang das Telefon der Hand seines Opfers und warf es einfach über die rechte Schulter. Irgendwo im hinteren Teil des Speichers schlug es auf und hüpfte noch ein paar Mal über den Boden, schaltete sich jedoch nicht aus.

»Herr Hofer, hören Sie mich?«, rief Waag.

»Ich habe damit überhaupt nichts zu tun«, versicherte Hofer. »Unsere ... unsere Kanzlei vertritt vollkommen andere Klienten, wir arbeiten in der Strafverteidigung für Steuer- und Finanzdelikte, ja? Wir haben noch *nie* Räumungsklagen bearbeitet oder ...«

»Denk' gar nicht erst daran«, flüsterte Stiller. »Du *kannst* mich nicht mehr verarschen.«

Er zog das Messer aus dem Holzboden und drückte es fest an Hofers Kehle. Die Klinge war kalt und albtraumhaft scharf. Hofer wagte nicht, zu schlucken. Im Hintergrund blökte unverdrossen das Nokia auf der anderen Seite des Speichers: »Herr Hofer, was gibt es denn ...? Herr Hofer? Hören Sie mich, hier ist Bernd Waag? Bitte sagen Sie etwas! Sind Sie okay?«

Hofer versuchte, etwas zu sagen, aber das Messer schnitt ihm schon beim Einatmen tief in die Haut. Kalter Schweiß brach ihm aus. Er zitterte.

Stiller nickte. »Du kannst nichts sagen, nicht wahr? Du bist zum Schweigen verurteilt. Du willst etwas sagen, aber du kannst nicht. Genau wie ich damals. Bei dir ist es mein Messer, und bei mir war es das Gesetz ... IHR Gesetz.«

»*Karl, ich flehe Sie an!*«

»Aber ich war im Recht!«, sagte Stiller mit gefährlicher Ruhe, ohne auf Hofers Bitte zu reagieren. »Es gibt keine Macht ... kein Gesetz ... der Erde, die mich von meinem Besitz vertreiben kann. Ich habe dafür gearbeitet, und dann seid IHR gekommen und habt mir alles weggenommen. IHR habt alles kaputtgemacht, was ich mir in fünfzehn Jahren aufgebaut habe, während IHR selbst bei EUREN heilen Familien in EUREN heilen Häusern wart und EUER heiles, heiles Leben geführt habt ...«

Stillers Stimme war immer noch leise, aber voller Wut, voller kaum noch zu zügelndem Zorn und Hass. Der

Groll peitschte wie eine pulsierende, ätzende Brandung gegen Hofers Körper und Seele und ließ ihn erschaudern. Zum ersten Mal in seinem Leben erlebte er wirkliche Todesangst.

»Wie fühlt es sich so an, keinen Ausweg zu wissen?« fragte Stiller. »Wie fühlt es sich an, ganz auf sich alleine gestellt zu sein? Zu wissen, dass es niemanden gibt, der einem helfen oder sogar Trost spenden wird?«

»Schrecklich«, flüsterte Hofer.

Stiller nickte. »Gut erfasst. Zugleich denkst du darüber nach, wie du deinen mit Gold überzogenen Arsch aus der Gefahr bringen kannst, in die du dich selbst hereingeritten hast, stimmt's? Aber du weißt nicht, wie du dich befreien sollst, denn du bist nie zuvor in einer Situation gewesen, in der du weder ein noch aus gewusst hast ... in der du nicht gewusst hast, ob du den morgigen Tag noch sehen wirst, und wenn ja, wie du den morgigen Tag überstehen sollst. Wie gefällt dir diese Lektion, Leopold?«

Stiller lockerte endlich den Druck, den das Messer auf Hofers Kehle ausübte.

»Bitte ... Ich ... ich verstehe, was Sie meinen«, sagte Hofer. »Ich verstehe es *wirklich*.«

»Nein, das tust du nicht«, widersprach Stiller. Seine Augen blitzten. »Du verstehst meine Worte, aber nicht, was ich sage. Das ist ein Unterschied.«

»Doch«, rief Hofer. »Ich verstehe es, ich schwöre ...«

»So wie du gesagt hast, eine Software-Firma zu leiten?!«

Stiller setzte das Messer wieder an die Kehle seines Retters, dann fragte er: »Was glaubst du eigentlich, was ich jetzt mir dir mache, Anwalt? Glaubst du wirklich, dass ich dich einfach gehen lasse, zurück in deine heile Welt? Zurück in IHRE Welt?«

»Ja, bitte ...« Blut tropfte aus der Schnittwunde direkt unter Hofers Adamsapfel.

Stiller lachte und äffte Hofers Tonfall nach: »*Bitte bitte bitte!* Was glaubst du, wie oft ich 'bitte' gesagt habe, und niemand hat auf mich gehört? Denkst du wirklich, mit diesem einen Wörtchen wäre alles erledigt, Anwalt?«

»Wollen Sie mich wirklich umbringen? Denken Sie doch an die Konsequenzen, Karl.«

»Welche Konsequenzen?« Stiller lachte laut auf. »Schon bemerkt? Ich habe absolut nichts mehr zu verlieren, denn ich habe ja nichts mehr, was man mir wegnehmen könnte. Genau wie du. Man kann sagen, was man will, aber das Wasser ist ein wunderbarer Gleichmacher, findest du nicht? Es kennt keinen Unterschied zwischen Reich und Superreich. Es ist gnadenlos und wahllos und spült alles in seinem Weg einfach weg.«

Wasser. Gleichmacher. Keinen Unterschied. Wahllos.

Bei diesen Worten schwante Hofer etwas, ein Gedanke zuerst, dann ein Erkennen, und schließlich Gewissheit.

Als Stiller seine Tat schließlich zugab, hatte Hofer eins und eins bereits zusammengesetzt.

»Ja, *ich* habe den Damm in die Luft gejagt!«, sagte Stiller; er verkündete es geradezu mit unbändigem Stolz. »Den Sprengstoff habe ich von der Baustelle gestohlen ... der Baustelle des Viaduktes, dem mein Haus im Weg war. Ironisch, was? Nur ein einzelner Hanswurst von der Wach und Schließ-Gesellschaft – der sah aus wie ein pensionierter Beamter, zum totlachen – hat dort Dienst geschoben. Kurzer Prozess. Dann bin ich zum Damm gefahren. Glauben Sie, die haben da etwas wie Wachpersonal? Kein Thema, es ist schließlich ein verhältnismäßig kleiner Damm, kaum bekannt. Also habe ich den Sprengstoff am Fuße des Stauwehrs ausgelegt. Zuerst hatte ich überlegt, die Explosion selbst auszulösen, aber ich wollte nicht gehen, ohne die Resultate meiner Tat gesehen zu haben. Also habe ich einen Zeitzünder gebaut. Das ist sehr einfach. Schon

vergessen, ich bin Mechaniker und Bastler von Beruf.«
Karl Stiller lachte, bevor er fortfuhr: »Aber die Flutwelle
war schneller und stärker, als ich es erwartet hatte. Fast
wäre ich in meiner eigenen kleinen Flut ertrunken. Auch
das hätte eine böse Ironie gehabt, nicht? Aber netterweise
hast du mich ja gerettet ... nochmals Dank dafür!«

Wieder Bernd Waags Stimme aus dem Nokia: »Herr
Hofer, wenn Sie mich hören können – der SAR-Heli
startet in etwa zehn Minuten. Machen Sie sich bereit, wir
sind dann in etwa zwanzig Minuten bei Ihnen.«

»Wie schade, *fast* wärst du davongekommen«, meinte
Stiller mit einem theatralischen Seufzen. »Aber ich darf
dich leider nicht gehen lassen. Erstens will ich es nicht,
und zweitens *kann* ich es auch nicht, denn dafür weißt du
schon zu viel.«

»Ich würde nichts sagen«, begann Hofer erneut,
obwohl er selbst wusste, wie sinnlos sein Flehen war.

Für ein paar Sekunden fiel wieder Stille über den
Speicher, dann geschah etwas Unerwartetes: ein dumpfes
Knacken ertönte im Lautsprecher des Nokia, gefolgt von
einem hohen, rätselhaften Sirrton in der noch offenen
Leitung. Stiller blickte für ein paar Sekunden genervt zur
Seite und lockerte dabei den Druck seines Messers. Das
war der Fehler, auf den Hofer gewartet hatte. Hofer
wusste, dass dies seine einzige Chance sein würde ... und
in diesem Moment erkannte er auch, was er tun musste.
Die Erkenntnis war eingebettet in eine distanzierte Kälte,
die Hofer nie zuvor gespürt hatte, nun aber willkommen
hieß.

Mit der rechten Hand packte er Stillers Arm, drückte
das Messer von sich weg und ließ sich dann in derselben
Bewegung seitwärts fallen. Getrieben von explosiver
Beherztheit und der Kraft der Verzweiflung riss er sein
linkes Knie hoch, rammte es zwischen Stillers Beine. Der
Angreifer stieß einen schrillen Schrei aus und riss die
Augen auf, dann sackte er wie in Zeitlupe in sich

zusammen, die Hände auf die Leiste gepresst, tonlose, ächzende, blubbernde Laute ausstoßend.

Panisch rappelte sich Hofer auf, stieß mit der Schulter gegen die Dachschräge, stolperte zur Seite, riss sich die Hand an irgendwas auf und krachte mit der Hüfte gegen ein Regal, das daraufhin rumpelnd umkippte. Eine Lawine von Pappkartons, Klappkörben und Blechdosen ergoss sich über das Dachgeschoss – genau vor der rettenden Ausgangtüre.

VI – Flucht

Immer noch greinte und ächzte Stiller. Aber aus dem formlosen, gepeinigten Jaulen wurde nun ein artikuliertes Fauchen der Wut, unterlegt von abgehackten Flüchen, während Hofer sich durch die Schichten von Gerümpel arbeitete, die ihm den Weg zur Speichertüre versperrten. Hastig schaufelte er Weihnachtsdekorationen, Bücher, Magazine und anderen Krimskrams mit den Händen zur Seite.

»Ich ... krieg ... dich ... du ... BASTARD!«, schrie Stiller. »Dafür ... wirst ... du ... BLUTEN! O GOTT! *O SCHEISSE MEINE EIER*!« Mit gefletschten Zähnen begann er, hinter Hofer her zu kriechen, fast wie ein tollwütiger Hund. Das Licht der Kerzen brachte seinen Augen zum glühen.

Hofer hievte einen weiteren mit ausrangiertem Küchenzubehör gefüllten Klappkorb aus dem Weg; er zwang sich, nicht auf Stiller zu achten. Der Fremde war noch etwa fünf Meter entfernt, aber er krauchte und krabbelte immer schneller, trotz der maßlosen Pein im Unterleib. Der pure Hass trieb ihn an.

Endlich hatte Hofer die Türe erreicht. Er warf sich gegen ihre Klinke, stieß sie mit seinem Schwung auf und stürzte auf die Treppe dahinter, polterte, strauchelte und taumelte ächzend bis zum oberen Wohngeschoß hinunter. Hier verharrte er für einen Sekundenbruchteil, dann begann er verrückterweise, die Treppe wieder nach oben zu hasten.

Das Türschloss! jagte es ihm siedend heiß durch den Kopf.

Stillers gebeugte Silhouette erschien. Hofer nahm die restlichen Stufen mit einem Satz, packte den Türknauf und warf sich mit aller Kraft dagegen. Stiller sprang fast im selben Moment von innen an die Türe, um sie abzufangen, bevor sie zuschlug. Diesmal er war zu langsam. Mit einem pistolenähnlichen Knall krachte die Tür in ihren Rahmen. Hofer stemmte sich mit der Schulter gegen das massive Portal, ließ seine Hände verzweifelt umher gleiten, bis er endlich das Schloss gefunden und den Schlüssel umgedreht hatte.

Als Stiller feststellte, dass die Türe verriegelt war, begann er einen Augenblick lang, sie mit den Fäusten zu bearbeiten und brüllte vor Wut und Schmerz ... dann war jählings wieder Ruhe. Hofer beäugte die Türe furchtsam vom Fuß der Treppe aus, er wagte es kaum, sie aus den Augen zu lassen. Aber er wusste auch, dass nicht hier ausharren durfte. Diese Barriere würde Stiller nicht ewig aufhalten. Sobald der Schmerz in seinen Eiern abgeklungen war, würde der Irre einen Weg finden, sich zu befreien, da war Hofer sicher.

»Herrgott!«, flüsterte Hofer. »Jesus, o Jesus ...«

Er taumelte ins Schlafzimmer, wo ebenfalls eine unheilvolle Stille herrschte. *Stille?* Wo war das scharfe Trommeln der Regentropfen? Hatte der Gewittersturm etwa nachgelassen? Der Gedanke mutete fast zu gut an, um wahr sein zu können. Hastig warf Hofer einen Blick durch das Fenster und sah, dass es stimmte: Das gewalttätige Unwetter war einem leichten Nieseln gewichen, hier und da schien sogar die Wolkendecke größere Risse aufzuweisen. Auch die Laterne, an der sich

Stiller vor knapp einer Stunde noch festgehalten hatte, lugte deutlich weiter aus dem Wasser hervor. Demnach war noch mehr Wasser abgeflossen. Die Situation draußen entspannte sich also zusehends, wie Bernd Waag es gesagt hatte ... während die Lage im Haus immer brenzliger wurde.

Zwanzig, nein ... Fünfzehn Minuten. Nur noch fünfzehn Minuten, die er überleben musste, bis der Heli hier ankommen würde. Aber wie? Wenn Stiller tatsächlich vom Dachboden kommen wollte, dann würde er es auch schaffen ... die Frage war nur, wie lange es dauern würde? Und was der Irre wohl tat, wenn sich der Hubschrauber näherte?

Etwas in Hofer wollte einfach aus dem Fenster und ins Wasser springen; er wollte flüchten, davonschwimmen, Stiller und das Haus so weit wie möglich hinter sich lassen. Aber das war natürlich sinnlos. Auch wenn sich der Sturm aufgelöst hatte, sah er dennoch keine Chance für sich, in den Wassermassen da draußen gefunden zu werden – nur hier würde ihn der Hubschrauber abholen können.

Aber vom Dachgeschoss aus. *Und da war Stiller. Scheiße!*

Nun hieb Hofer die Fäuste gegen die Wand, bis er sich wieder unter Kontrolle hatte. Er zwang sich, ruhig nachzudenken und wachsam zu bleiben. Wenn er dies nicht schaffte, so würde er seine Familie nie wieder sehen.

Hofer spähte zur Speichertreppe hinüber. Er konnte hören, wie sich Stiller langsam und mit schweren Schritten über den Speicherboden bewegte. *Was tat er wohl gerade?* Würde er mit den Kerzen vielleicht versuchen, das Haus anzuzünden? Bei diesem Gedanken wurde Hofer schlagartig übel, aber dennoch bezweifelte er dieses Szenario. So, wie er sich bislang gebärdet hatte, wollte Stiller seinen Gegner persönlich und unmittelbar – mit den eigenen Händen! – töten. Und dazu musste er versuchen, hier herunter zu kommen. Mit Sicherheit suchte er gerade etwas auf dem Dachboden, um das Schloss aufzubrechen und nach unten zu kommen. Und er würde fündig werden, keine Frage. Aber das war Hofer nicht einmal unrecht. Unter Umständen (*das dachte und hoffte Hofer*), war der abgrundtiefe Zorn und Hass, den Stiller verspürte, ja doch zu etwas gut – und wenn er nur dazu diente, ihm eine Art von Berechenbarkeit zu verleihen, so dass Hofer seine Ankunft hier unten vorbereiten konnte.

Hofer musste sich wappnen, soviel stand fest. Irgendwann, eher früher als später, Er brauchte Dinge, um sich zu verteidigen ... und auch anzugreifen, wenn nötig. Aber was konnte er finden? Und wo? Das Erdgeschoss mit der Küche stand immer noch meterhoch unter Wasser, da war keine Möglichkeit, an ein Tranchiermesser oder etwas Derartiges zu kommen.

Das war aber auch nicht nötig, wie Hofer plötzlich klar wurde: auch im Badezimmer konnte er vielleicht den einen oder anderen scharfen Gegenständen finden. *Verdammt, warum hatte er nicht sofort daran gedacht?!* Mit platschenden Schritten hetzte er hinüber ins Bad, dessen edle Marmorfliesen bis in Hüfthöhe mit Schlamm besudelt waren, und begann, Regale und Schränke zu durchwühlen. Er nahm eine Haarschere und einen Kamm mit spitz zulaufendem Metallgriff an sich, ebenso wie den Föhn, dessen Kabel er kurz entschlossen aus dem Gehäuse riss. Die Stromleitung befestigte er als improvisierte Stolperfalle am Fuß der Speichertreppe.

Das war ein Anfang. Aber nun? Was konnte er noch tun, um die höchstens 10 Minuten, bis der Helikopter eintraf, zu überstehen? Womit konnte er noch ... *Warum war es auf dem Dachboden so verdammt ruhig?* fragte sich Hofer plötzlich. Wann hatte er das letzte Mal gehört, wie sich Stiller da oben bewegte oder irgendwas tat, was auch immer? Hofer wusste es nicht, zu sehr hatte er sich auf seine erbärmlichen Vorbereitungen hier unten konzentriert.

In exakt jenem Moment sah er die Bewegung im Augenwinkel. Er fuhr zusammen, wirbelte zum Schlafzimmer herum ... und sah Stillers nachtschwarze Silhouette auf der anderen Seite des großen Fensters, durch das er den Mann aus dem Wasser in sein Haus geholt hatte. *Nein! O NEIN!* dachte Hofer zugleich verblüfft und entsetzt. Stillers Hass hatte ihn zwar wie kalkuliert hier heruntergetrieben ... aber *dies* hätte Hofer niemals erwartet. Er hatte sich verrechnet.

VII - Endspiel

Nur ein paar Tritte waren nötig, dann schwang das Fenster knirschend auf, und Stiller glitt wie das Mitglied einer Spezialeinheit ins Schlafzimmer. Das Seil, das er offenbar aus den kürzeren Resten des Chiemsee-Taus zusammengeknotet hatte, pendelte wie eine Urwaldliane in einem miesen Dschungelfilm vor dem Fenster hin und her.

Schreiend rannte Stiller auf seinen Gegner zu, in der erhobenen rechten Hand ein lang gezogenes Metallteil – es war der Feuerhaken aus dem alten Kaminbesteck, das im Speicher abgestellt worden war. Hofer warf sich zur Seite und hörte und *spürte*, wie der Feuerhaken dicht über ihn hinwegzischte und die Verspiegelung des Wandschranks bersten ließ. Tausende Spiegelsplitter, die allesamt den vor Zorn halbverrückten Stiller und seinen grimmig entschlossenen Gegner reflektierten, klirrten als kristallner Regen zu Boden.

Hofer hieb mit der Schere, die er die ganze Zeit in der Hand gehabt hatte, in Stillers Richtung und riss die Klinge seitlich über das Gesicht des Mannes. Stiller ächzte auf und wich zurück, eine Bewegung, die Hofer zur Flucht nutzte. Er spurtete hinüber ins Gästezimmer, von dort aus über die Verbindungstüre zurück ins Bad und duckte sich hinter die Duschkabine. Er hörte, wie Stiller wutschnaubend durch den Flur stapfte, ab und zu stehen blieb und seinerseits lauschte. Sobald der Irre den Eingang zum Gästezimmer passiert hatte, kam Hofer aus seinem Versteck und glitt durch die zweite Tür, die das Bad mit dem Schlafzimmer auf der anderen Seite verband. Von hier aus bewegte er sich in Kathis Nähzimmer. Stillers feuchte Schritte kamen mal auf ihn zu, gingen mal von ihm weg. Er duckte sich hinter die Nähmaschine. Seine Kniegelenke knackten so geräuschvoll wie Pistolenschüsse.

Höchstes zehn Minuten noch bis der Heli hier war.

»Hey, Leopold.« Stiller klang regelrecht beleidigt. »Ich mag dieses verdammte Versteckspielen nicht, okay? Sei ein Mann und komm raus, so dass wir das gleich jetzt regeln können.«

Nicht, wenn ich es verhindern kann! Hofer kroch auf allen Vieren weiter über den klatschnassen Boden. Vom Nähzimmer aus krabbelte er in Lauras Raum und von dort aus in das Babyzimmer dahinter. Durch die Verbindungstüre gelangte er zurück ins Bad. Vielleicht schaffte er es von hier aus, sich hinterrücks an Stiller anzuschleichen, und dann ...

Ja, was dann? Im Endeffekt musste er ihn *töten*, anders war dieser Mann in seiner Wahnwelt aus Wut, Paranoia und Hass nicht zu stoppen. Seltsamerweise war eine Seite in Hofer bereit dazu, um sich und seine Familie zu verteidigen (obwohl er nie geglaubt hatte, dass er so eine Seite besaß.)

»Ich finde dich, und ich werde dich nicht gehen lassen!«, rief der Fremde, wie um Hofers Gedanken zu bestätigen. »Ich – habe – nichts – zu – verlieren!«

Das war exakt die Quintessenz: Stiller hatte nichts zu verlieren – *Hofer schon!* Darum musste Hofer es drauf ankommen lassen. Angreifen. Es *riskieren!* Er tappte ins Schlafzimmer, schlich an der Wand entlang er zum vorderen Flur. Warf einen kurzen Blick hinaus. Stiller war nicht zu sehen, durchsuchte wohl die andere Seite des Hauses. Gut. Der Psychopath hatte zum Glück keine Ahnung, wie vernetzt die Räume hier waren; Kathi hatte damals auf diese offene, wabenartige Architektur bestanden, und nun würde ihre Idee ihrem Mann vielleicht das Leben retten.

Hofer drückte die Schere an seine Brust und spürte den spitz zulaufenden Kamm in seiner rechten Gesäßtasche. Auf einmal wurde ihm bewusst, was für lächerliche Waffen diese Dinger doch gegen Stillers von Wut und Hass geführtem Feuerhaken darstellten. Dennoch waren sie seine einzige Chance.

In diesem Moment kam Stiller kam aus dem Badezimmer, den Rücken in Hofers Richtung gedreht. Seine Körpersprache drückte Verdruss und Verwirrtheit aus. Hofer wusste, dass dies die beste Gelegenheit für einen Überraschungsangriff war, die er haben würde. Also packte er die Schere wie einen Dolch, sammelte sämtlichen Willen in sich (so wie er es unbewusst getan hatte, als er sein Knie in Stillers Hoden gerammt hatte), und machte einen Satz aus dem Zimmer und auf Stiller zu.

Danach geschah alles in wenigen Atemzügen. Die Schere glitt erstaunlich tief in Stillers Rücken, etwas unterhalb der rechten Schulter. Der Angreifer ächzte auf, wirbelte herum und starrte Hofer voller Verblüffung und Schmerz an. Der Feuerhaken schepperte zu Boden. Hofer schlug mit aller Kraft in Stillers Gesicht, ließ seine Handkante auf den Schnitt klatschen, den die Schere zuvor auf Stillers Wange hinterlassen hatte. Der Fremde torkelte zurück und stieß gegen die Wand, die Schere drang dabei nur noch weiter in seinen Rücken. Ein dumpfer, abgehackter Schmerzensschrei entrang sich seiner Kehle. Sofort krallte sich Hofer den Feuerhaken. Zuerst ließ er das stumpfe Ende in Stillers Magen rasen, dann hieb er nochmals zu und ließ den Griff gegen die Seite von Stillers Schädel krachen. Blut spritzte auf die Tapete.

Stiller stand noch ein paar Sekunden da, schwankte vor und zurück, in den Augen ein völlig perplexer Ausdruck, als könne er es nicht fassen, überrumpelt worden zu sein. Dann verdrehte er die Augen, bis nur noch das Weiße zu sehen war. Anschließend sackte er zu Boden, wobei er beim Aufprall auf den durchnässten Teppich ein lächerliches Geräusch machte: *Platsch!*

Hofer ließ den Feuerhaken fallen und schnappte verzweifelt nach Luft. Er hatte das Gefühl, zu ersticken.

Erst ein Lichtstrahl außerhalb des Hauses zwang ihn, sich zusammen zu reißen und zu beruhigen. Denn der Helikopter kam! *Halleluja!* Und keine Sekunde zu früh.

Hofers Blick fiel wieder auf Stiller. Was sollte er mit ihm machen? Er konnte Stiller hier nicht liegenlassen. Sobald der Wasser zurückgegangen war, würde der Psychopath flüchten, ob er nun schwer verletzt war oder nicht. Aber Hofer konnte den bewusstlosen Stiller auch nicht mitnehmen oder gar töten, obwohl er jetzt eine Chance gehabt hätte und es vielleicht tun sollte?! *Nein, auf keinen Fall!* Egal, was Stiller zuvor getan hatte und wie verführerisch der Gedanke für einen dunkle Facette von Hofers Persönlichkeit auch anmuten mochte - einen ohnmächtigen und wehrlosen Mann zu meucheln kam für nicht in Frage.

Er taxierte das Gesicht seines Gegners, suchte nach Anzeichen, ob dieser schon wieder zu sich kam, sah aber keine. Hektisch wickelte er eine Vorhangschnur aus Nylon um Stillers sehnige Handgelenke. Seine Finger zitterten. Ihm war, als hantiere er in einem Nest von

Königskobras. Jederzeit rechnete er mit einer Bewegung seines Gegners. Ein starker Doppelknoten zur Sicherung der improvisierten Fessel musste genügen. Der Hubschrauber drehte bereits direkt über dem Haus seine Runden. Rettend. Und zugleich *drängend*.

Hofer eilte zurück zur Speichertreppe und entriegelte die Türe. Dann öffnete er das Dachfenster und fing an, zu winken. Der Hubschrauber schwebte langsam näher und sah aus wie ein fliegender Weihnachtsbaum ... noch nie zuvor hatte Hofer etwas Schöneres gesehen. Nur nebenbei stellte er fest, dass der Regen endgültig aufgehört hatte, es nieselte nicht einmal mehr.

Der Hubschrauber senkte sich über das Dach, und da kein Sturm mehr ums Haus herum peitschte, geriet das Abseilen des Bordsanitäters ruhig und problemlos. Der Mann im olivgrünen Overall landete auf den glänzenden Schindeln, balancierte herüber zu Hofer im Dachfenster und kam nach unten in den Speicher. Dort begann er, Hofer den Harnisch für den Passagier anzulegen.

»Sehen Sie«, sagte der Lebensretter, er hatte einen starken sächsischen Akzent. »Wir haben Ihnen doch versprochen, dass wir Sie holen! Nun halten Sie sich schön fest.«

Polizei! wollte Hofer ausrufen. *Sagen Sie ihrem Piloten, er soll die Polizei rufen! Da ist ein Verrückter in meinem Haus, der mich angegriffen hat. Ich habe ihn gefesselt, aber ich weiß nicht, wie lange die Fessel halten wird.*

Das sollte er sagen, hätte er sogar sagen müssen – aber aus irgendeinem Grund er tat es nicht. Diese seltsame, sich langsam ausbreitende Kälte ließ ihn das Anseilen stumm über sich ergehen. Er verlor kein Wort über Stiller.

»Hoch!«, rief der Lebensretter nach einer letzten Prüfung der Seile in sein Funkgerät und gab dem Heli zusätzlich ein Daumen-nach-oben-Zeichen. Ruckartig begann die Fahrt, jedoch wesentlich langsamer als während der hektischen Rettung seiner Familie. Hofer sah den Rumpf und die blitzenden Positionslichter der Maschine allmählich näher kommen, und seine Gedanken wurden leichter, glücklicher ... bis sich mit einem unerwarteten Ruck plötzlich Schmerzen in seinem Bein ausbreiteten. Etwas zog an ihm!

Hofer blickte nach unten und sah das lange, schmale, von Schnitten und Wunden gezeichnete Antlitz von Karl Stiller, der wie ein Springteufel aus dem Dachfenster geschnellt war und nun Hofers Beine umklammert hielt. Stillers Lippen formten Worte, die Hofer wegen des Knattern des Hubschrauberrotors nicht verstehen, aber dennoch erahnen konnte: »Glaubst Du, eine dünne Vorhangkordel hält mich auf?«

Nie würde Stiller ihn gehen lassen. Nur einer von ihnen konnte überleben, und Hofer war nun eiskalt entschlossen, auch die letzte Konsequenz zu ziehen. Denn Stiller hatte sich getäuscht. Hofer *konnte* einer Fliege etwas zuleide tun, und er wollte seine Familie behalten. *Um jeden Preis.*

Stiller hob eine Hand und krallte sich in den Seilharnisch, in den Hofer festgezurrt war. Unaufhaltsam zog er sich daran höher und höher. Hofer sah von übernatürlicher Kälte erfüllt zu seinem Gegner hinab, während das Seil der Winde auf gefährliche Weise wie ein Uhrpendel hin- und her zu schwingen begann. Der Lebensretter, mit dem er verbunden war, schrie irgendwas, doch Hofer achtete nicht darauf. Er ließ die Kälte das Kommando über sich erlangen.

Er wartete, bis sie noch mindestens vier oder fünf Meter mehr Höhe gewonnen hatten, dann glitten seine Finger in die Gesäßtasche, wo der Kamm mit dem spitz zulaufenden Metallgriff steckte. Ohne zu zögern stach damit quer durch Stillers klauenartige Hand. Dass er sich dabei auch tief in seine eigene Hüfte schnitt, merkte er nicht.

Stiller greinte auf – und der Ausdruck in seinem Gesicht wechselte in Sekundenbruchteilen von Hass zu Schmerz und schließlich zu *Verstehen*. In den letzten Sekunden seines Lebens erkannte er seinen Gegner. Dann riss seine perforierte Hand vom Harnisch los. Stiller fiel. Er stürzte in ein Vakuum des eigenen Versagens und der völligen Machtlosigkeit hinein. Denn SIE hatten ihn letztlich doch erwischt, so wie SIE früher oder später alles bekamen, was SIE wollten. Und Hofer war derjenige, der IHRE Arbeit vollendet hatte.

VIII – Tod im Wasser

Karl Stiller, von der Vorsehung beschissen, im Leben auf der Strecke geblieben und vom Gesetz für unwichtig erklärt, krachte kopfüber auf einen keilförmig aus dem Wasser ragenden Mauerrest der Garage, exakt dort, wo er knapp zwei Stunden zuvor beinahe ertrunken wäre, wenn Leopold Hofer ihn nicht aus dem Wasser gezogen hätte. Sein Schädel schien beim Aufprall förmlich von innen heraus aufzuplatzen, und nach einem letzten Zucken verschwand sein Körper inmitten einer tiefroten Blutwolke in der pechschwarzen Flut.

Immer noch von der Kälte erfüllt, die ihn durch die letzten Minuten geführt hatte, beobachtete Leopold Hofer, wie die Blutwolke – der letzte sichtbare Beweis für Karl Stillers gescheiterte Existenz – sich langsam zersetzte. Dann zog ihn der Sanitäter, der die Seilwinde bediente, an Bord des Helikopters, wo er sofort in eine Decke gewickelt und mit einem Gurt auf einer breiten Liege befestigt wurde. Man drückte ihm einen Becher mit einer warmen Flüssigkeit in die Hand, die Hofer gierig in sich schüttete. Es war Tee mit Milch und Zucker. Herrlich.

»O Gott, was ... *wer* war das?«, fragte der Lebensretter mit dem sächsischen Akzent, er klang erschüttert.

»Das war ein ... ein Verrückter«, sagte Hofer atemlos. »Ein Psychopath, der versucht hat, mich umzubringen, nur weil ich Anwalt bin. Ich wollte ihn retten ... und zum Dank wollte er mich töten, weil ich zu IHNEN gehöre.«

»Zum wem?« Der Sanitäter und der Windenmann sahen ihn verständnislos an.

»Zu IHNEN, verstehen Sie nicht?«, fragte Hofer und schüttelte den Kopf. »Und wissen Sie was? *Er hatte recht.*«

Der geschockte Sanitäter antwortete noch etwas, doch Hofer hörte ihn nicht. Er lehnte sich zurück, während sich die Kälte in ihm allmählich ebenso auflöste wie Stillers Blut im Wasser. Ein kleiner Teil blieb jedoch zurück und formte eine neue Landmasse auf Hofers Seelenglobus, eine arktische Halbinsel, die vorher nicht da gewesen war.

Auf dem Rückflug dachte er nur noch daran, dass er jetzt zu seiner mehr oder weniger heilen Familie zurückkehren würde. Er wusste, was er für sie getan hatte, und wie froh er sein konnte, sie zu haben. *Niemand* sollte je den Versuch wagen, sie ihm wegzunehmen.

Doch das war etwas, über das er sich keine Sorgen zu machen brauchte. *Er* war in Sicherheit. Immerhin gehörte er nun tatsächlich und unabwendbar zu IHNEN.

Räumlich hatte er schon immer zu denjenigen auf *dieser* Seite des Dammes gezählt. Aber nun waren auch sein Geist und seine Emotionen an diesem Ort angekommen. Es war ein privilegiertes und behütetes, wenn auch kostspieliges Quartier, von dem aus es kein zurück mehr auf die andere Seite gab. Denn der zu entrichtende Eintrittspreis war ein Teil der Seele.

Warten auf Karola

Die größte Ironie an der Sache war, dass von allen Menschen auf diesem Planeten ausgerechnet sein alter Herr Recht behalten hatte. Das machte alles irgendwie *noch* schlimmer als es ohnehin schon war, wenn die Welt zerbrach.

Er saß in der Dunkelheit hinter dem Schlafzimmerfenster und stierte hinaus. Sein Blick und seine Miene waren gleichermaßen leer, während es in seinem Innersten jedoch mächtig brodelte. Er wartete auf seine Frau Karola, obschon er wusste, dass sie nicht mehr zurückkommen würde. Sie hatte nämlich einen Geliebten, einen smarten und fitten Unternehmer namens Günther, der eine große Villa in Erlenstegen besaß und einen Jaguar fuhr – einen Kerl, der ihr nicht nur ein gemütliches Reihenhaus in Zirndorf und einen VW Passat bieten konnte, so wie ihr momentan deprimierter und bis ins Mark erschütterter Ehemann.

Trotzdem wartete er, schließlich liebte er sie dermaßen und konnte einfach nicht glauben, dass alles vorbei sein sollte. Sie hatten doch so viel gemeinsam erlebt und durchgemacht. Er hatte ihr immer alles gegeben, was sie gewollt hatte, und das er ihr nur hatte geben können. Er war sich ihrer Liebe sicherer gewesen als allem anderen auf dieser Welt, und alleine deswegen wollte er nicht wahrhaben, dass sie dies alles nur mit dem buchstäblichen Augenzwinkern zerstört haben sollte. Doch sie – *sie hatte genau das getan!* Karola hatte alles, was er und sie sich erträumt und aufgebaut hatten, willentlich und kalt lächelnd durch den großen Abfluss des Lebens hinabgespült. Genau so, wie es sein Vater schon vor Jahren prophezeit hatte.

Der Mann im dunklen Schlafzimmer umklammerte das Ding in seiner rechten Hand noch fester und seufzte einen fast schmerzhaft traurigen Seufzer. Eine Fliege summte um seinen Kopf. Unten auf dem Weg ging ein junges Pärchen Hand in Hand vorbei, und während er die beiden so ansah (und sich dabei tief in den rechten Daumen schnitt), erinnerte er sich fast zwanzig Jahre zurück. Es war nach einem von Herr Brandts anstrengenden Chemiekursen gewesen, und er hatte sich mit einer Tüte Milch in der einen und einem Sandwich in der anderen Hand in der siffigen Cafeteria auf eine Bank fallen lassen. Im Hintergrund lief *With arms wide open* von Creed, eine Grunge-Ballade, die die beiden fortan als 'ihr' Lied bezeichneten. Die Luft roch wie immer nach altem Bratfett und angebranntem Essen (dies war noch lange vor der Zeit, in der sich der Grundgedanke von gesunder Ernährung bis in die Speisesäle kleiner Universitäten im Frankenland herumgesprochen hatte.) All diese Details hatten sich unauslöschlich in sein Gedächtnis eingebrannt.

Er hatte ein paar Bücher vor sich ausgebreitet und wollte gerade mit einer freiwilligen Lernaufgabe beginnen *(was er zugegebenermaßen nicht allzu oft tat, aber, hey, die ersten Klausuren standen vor der Tür)*, als Karola mit zwei Freundinnen ebenfalls die Cafeteria betrat und sich ausgerechnet am Nebentisch niederließ. Nie hatte er in seinem Leben etwas Hübscheres gesehen als dieses Mädchen aus Erlangen: ein süßes Näschen; lange, hübsche Beine; schalkhafte blaue Augen in einem ovalen Gesicht, das von schulterlangem, rotbraunem Haar eingerahmt wurde. Himmel, er war hin und weg von ihr gewesen.

In einem Akt der Selbstverleugnung, der ihm bis heute magisch und unerklärlich erschien, nahm er allen Mut zusammen und sprach sie an. Natürlich rechnete er fast damit, eine Abfuhr zu bekommen, denn er war damals nicht unbedingt das gewesen, was man heutzutage einen wohl *Checker* – einen Abschlepper in damaligen Begriffen, noch früher ein Frauenheld – nannte.

Doch vielleicht war es genau das, womit er sich von all den anderen Typen wohltuend unterschied, denn das Mädchen schien seinen Avancen nicht abgeneigt zu sein. Und von da an geschah alles wie in einem Film ... ja, einer jener kitschigen Liebesgeschichten, die Karola so schrecklich gerne anschaute oder auch las, und um die er immer einen großen Bogen machte. Nur drei Tage, nachdem er sie zum ersten Mal ins Kino ausgeführt, einen Monat später schliefen sie zum ersten Mal miteinander, und fast genau zwei Jahre später heirateten sie. *Ach*, dachte er, *das war eine herrliche Zeit gewesen, ungebunden und wild, wie sie beide auch.*

Es traf sie zwar wie ein harter Schlag, als ihnen ein Arzt eröffnete, dass Karola aufgrund irgendeines fürchterlich klingenden medizinischen Problems niemals Kinder bekommen konnte. Aber nach einer Zeit des Schocks entschlossen sie sich, später vielleicht welche zu adoptieren ... und bis dahin würden sie auch so glücklich sein. Das war jetzt zwanzig Jahre her, und sie hatten ihren damaligen Entschluss nie in die Tat umgesetzt, vielleicht weil beiden klar geworden war, dass diese Reaktion eher aus einer Trotzreaktion resultierte als aus reiflicher Überlegung.

Der Mann schüttelte versonnen lächelnd den Kopf und wartete weiter, auch wenn er bezweifelte, dass Karola wieder nach Hause kommen würde. Immerhin hatte sie nun einen Geliebten, einen reichen Unternehmer, und das obwohl er sie für materielle Dinge unempfänglich und ihre Beziehung und Ehe immer für fast untrennbar und felsenfest stark gehalten hatte. Aber so konnten sich die Zeiten und auch die Situationen ändern, denn nun war alles wie ein Bumerang zu ihm zurückgekehrt, und mit Schrecken erkannte er, dass sein Vater alles andere als von Sinnen gewesen war, als er ihn damals vor der Hochzeit gewarnt hatte, dass man keiner Frau auf diesem Planeten trauen dürfe, ausnahmslos keiner, keiner, *keiner*. (Jedes »keiner« war von einem Anschwellen der Stimme und einer noch verächtlicheren Handbewegung betont worden.)

Dies waren die letzten Worte gewesen, die er und sein Vater miteinander gewechselt hatten, die Worte, die schließlich zu dem unüberwindlichen Bruch zwischen ihnen geführt hatten, was er nun über alle Maßen bereute. Damals war er zu blind (sagte man nicht ,blind vor Liebe'?) gewesen, um darüber nachzudenken, was ihm sein Vater da gesagt hatte, und er hatte seinen alten Herrn einen paranoiden, verbitterten Bock genannt, der einfach nie darüber hinweg gekommen war, dass seine Frau einen Ausweg aus der Beziehung gesucht hatte, weil er sie behandelt hatte wie einen Fußabtreter und einen Dienstboten, fast einen Leibeigenen.

Inzwischen sah die Welt und alles darauf anders aus.

Leider.

Er schlug sich auf die Wange und verscheuchte eine Fliege, die dort gesessen und sich die Flügel geputzt hatte, was ihn kitzelte. Mit einem schimpfenden, grellen Summen flog sie durch das dunkle Zimmer und gesellte sich wieder zu ihren Artgenossen auf dem Bett. Der Mann registrierte es gar nicht.

Er dachte daran, wie er und Karola sich nach ihrer Heirat und dem Studium eine ganze Zeit lang nur mit

Gelegenheitsjobs durchgeschlagen und wirklich nur einen Furz oberhalb des Existenzminimums gelebt hatten, in einer winzigen Bude neben einer Wäscherei mitten im Herz der Nürnberger Südstadt. Die Luft war im Sommer glühend heiß gewesen und hatte nach Waschmittel gestunken, und an vielen Tagen hatte es nichts oder kaum etwas zu essen gegeben. Dennoch waren sie niemals unglücklich gewesen. Sie hatten sich gehabt, sich und ihre Träume, und immer darauf vertraut, dass es bald besser werden würde ... bis es eines Tages wirklich soweit gewesen war.

Ein Architekturbüro hatte ein paar von Karolas Zeichnungen akzeptiert und sie vom Fleck weg als Reinzeichnerin eingestellt, und von da an ging es nur noch bergauf. Karola arbeitete sich dank ihres Talents und ihres Fleißes in dem Familienbetrieb Stufe für Stufe nach oben, bekam mehr und mehr Verantwortung und Aufgaben, und er fand unerwartet Arbeit als IT-Supervisor bei Speer Automobilteile, einem kleinen, hervorragend geführten Familienunternehmen in Cadolzburg.

Vor zehn Jahren schließlich hatte Karola genug Geld und guten Ruf zusammengehabt, um ihr eigenes kleines Grafikbüro zu eröffnen. Gott, wie hatte er sich damals gefreut, für Karola, für sich, für *sie beide.* Und die Glückssträhne ging weiter, denn das Grafikbüro boomte, und das Paar konnte endlich die Innenstadt und verlassen und ins Umland ziehen. In Zirndorf (nahe genug an der Metropole für ihre Jobs, aber ländlich genug um einen wunderbaren Kontrast von der City zu bilden) fanden sie ein behagliches Reihenhäuschen, das sie von nun an ihr Zuhause und Nest nannten. Für ihn hatte die Zukunft einfach nur rosarot ausgesehen, und wenn ihn damals jemand gefragt hätte, ob in seinem Leben etwas schief gehen könnte, hätte er mit einem überzeugten Lächeln geantwortet: »*Gar nichts, Leute - alles ist perfekt und wird immer so bleiben!*«

Er liebte Karola abgöttisch, ja, viel mehr, als er je geglaubt hatte, einen Menschen lieben zu können, und er vertraute ihr bedingungslos. Auch sie liebte ihn, oder, na ja, zumindest hatte er *das* geglaubt ... Damals hatte er allerdings noch keinerlei Anlass für Argwohn gehabt, obwohl ihn sein Vater nachdrücklich davor gewarnt hatte, seine Augen vor den *Möglichkeiten* zu verschließen. Aber was tat er? Er verschloss die Augen und trug Karola auf Händen und las ihr jeden Wunsch von den Augen ab. Er baute ihr ein Schloss und ließ sie darin wohnen. Nie hätte er geglaubt, dass es anders werden könnte oder würde. Doch dann keimte dieser Verdacht in ihm heran, und alles veränderte sich ...

O Gott, und *wie* es das tat!

Im Schlafzimmer begann es zu stinken. Immer mehr und mehr Fliegen wurden davon angelockt und summten durch die zerbrochene Balkontüre. Den Mann vor dem Fenster kümmerte es nicht; er wartete nach wie vor auf Karola, während der von Stacheldraht eingesponnene Klumpen der Trauer und Verzweiflung in seinem Magen weiter und weiter heranwuchs.

Dabei waren es zunächst nur Kleinigkeiten gewesen, die ihn hatten stutzig werden lassen – aber es begann immer mit Kleinigkeiten, auch das hatte sein Vater vor all den Jahren schon so richtig bemerkt. Da waren Zeitschriften und Bücher, die er nie gekauft hatte. Ein neuer Seidenschal in Karolas Schrank. Ja, auf einmal begann sie, sich über seinen inzwischen angewachsenen Leibesumfang lustig zu machen; dabei hatte er immer geglaubt, Äußerlichkeiten wären für sie nur Nebensache.

Aber die Saat des Argwohns, diese kleine Pflanze, die sein Vater vor all den Jahren da eingepflanzt hatte, hatte schließlich und endlich zu keimen begonnen. Und gegossen wurde sie von Karola und der Veränderung, die sie durchlebt hatte, was ihm von diesem Moment an im selben Maße wie das Wachstum der Verdachtspflanze immer stärker bewusst wurde.

Denn plötzlich (und bei Gott, ab dieser Zeit begann alles *wirklich* zu zerfallen) kamen seltsame Ungereimtheiten in Karolas bislang tadelsfreie Geschichten. Wieso sie zum Beispiel zu spät von irgendwelchen Terminen nach Hause kam. Wieso sie seltsame Telefonanrufe erhielt, die sie nie zu beantworten schien, wenn er zuhause war. Und damit nicht genug ... einmal hatte er durch Zufall beim Durchsuchen des Mülls einen offenen Briefumschlag nur mit handgeschriebenen Initialen auf dem Rücken und ohne Adresse gefunden. Die Initialen lauteten G.M.

Zuerst hatte er nicht gewusst, um wen es sich dabei handeln könnte. Aber irgendwann machte es *Klick!* in seinem Gehirn, und dafür umso heftiger. Die Buchstaben repräsentierten zweifellos den Namen Günther Mayr, diesen verdammt reichen und nicht minder verdammt gutaussehenden Unternehmer, mit dem Karola seit neustem zusammenarbeitete ... *auf welche Weise auch immer*. So hatte er damals gedacht, und wenn es einen bestimmbaren Augenblick gab, an dem das Echo seines Vaters zum ersten Mal das Kommando über ihn errungen hatte und ihn jäh Dinge hatte denken, fühlen und sich vorstellen lassen, die zuvor noch völlig undenkbar für ihn gewesen waren, dann war es jener Moment, an dem er diese handgeschriebenen Buchstaben G.M. las.

Sogar schlimmer noch als der schlagartig aufflammende Hass und die bohrende Eifersucht war das totale Unverständnis, das er für Karolas Taten hegte. Hätte er sie schlecht behandelt oder vernachlässigt, so wie sein Vater seine Mutter ... das hätte er kapiert. Sie war ein Mensch und sehnte sich wie jeder Mensch nach Liebe und Nähe und auch *den anderen Dingen*, wie sie sein Vater damals genannt hatte. Wenn sie all dies zuhause nicht erhielt, dann suchte sie eben woanders.

Aber so war es nicht, denn er *überhäufte* sie seit dem ersten Tag ihrer Beziehung mit Liebe und Aufmerksamkeit.

Also trug an dem, was nun geschah, nur sie alleine die Schuld, nicht wahr? War er schließlich nicht bereit gewesen, ihr zu verzeihen?

Wenn sie ihn nur damals, als er sie zur Rede gestellt hatte, nicht weiterhin angelogen hätte, sondern klipp und klar die Wahrheit gesagt und ihren Fehler eingestanden hätte, so wäre alles für ihn vorbei gewesen. Nun gut, nicht ganz vorbei, denn sein Vertrauen wäre mehr als nur beschädigt gewesen. Aber er hätte sich um eine neue Basis für ihre Beziehung bemüht.

Sie log und leugnete jedoch weiter und weiter – mit einer Entschlossenheit und Empörtheit, die ihn zunächst verwirrte und verängstigte, dann verärgerte und schließlich entschlossener machte denn je.

Zuerst setzte er einen Privatdetektiv auf Karola an, doch der angebliche Fachmann namens Luchterhand (in seiner Werbung im Telefonbuch nannte er sich einen *zuverlässigen und diskreten Ex-Polizisten mit guten Kontakten und langjähriger Berufserfahrung* – vermutlich als Schülerlotse) entpuppte sich als hoffnungsloser Stümper, weil er Karola und ihrem miesen Stecher nichts nachweisen konnte. So blieb dem gehörnten Ehemann nichts anderes übrig, als die Sache selbst in die Hand zu nehmen.

Zuerst war es auch ihm nicht möglich gewesen, den beiden auf die Schliche zu kommen, obwohl er sich monatelang damit beschäftigte. Zuerst hatte er insgeheim noch versucht, ihre Unschuld zu beweisen. Doch je länger sich die Affäre zog, je länger sich Karolas leere Entschuldigungshülsen und billige Ausflüchte dahin zogen, desto mehr verwandelte sich seine Absicht ins

216

Gegenteil, und den Rest der Zeit schöpfte er seine Motivation aus dem Gedanken und dem Zwang, ihre bittere Verlogenheit endlich als solche zu entlarven. Je mehr Zeit er auf der Pirsch verbrachte, desto mehr wurde sein Ziel zu einem persönlichen Kreuzzug, und er wusste mit völliger Klarheit, dass der Fehler, auf den er wartete, passieren würde, und dass er dann zuschlagen würde. Weil es nicht anders sein konnte. Weil sein Vater *gewusst* hatte, von was er sprach. Weil ihm das erst jetzt, zwar zu spät, aber endlich klar geworden war.

An diesem Nachmittag hatte er so getan, als würde er einen alten Freund besuchen und war weggefahren, jedoch nur, um zwei Stunden später wiederzukommen und sich neben seinem Haus zu verstecken und auf die Lauer zu legen. Und heute Abend war Günther tatsächlich hier erschienen! Er hatte gewartet, bis seine Frau und dieser Mistkerl ins Schlafzimmer (*sein Schlafzimmer ... sie trieben es tatsächlich in seinem Schlafzimmer, allmächtiger Gott!*) verschwunden waren, kletterte dann erstaunlich behände – als habe ihn die Krönung und der Abschluss seiner Suche besonders beflügelt – auf den Baum neben dem Haus, hangelte sich auf den oberen Balkon, und ...

Und?! Er konnte sich nicht erinnern, was danach geschehen war. Jedenfalls saß er jetzt hier und wartete auf Karola, damit sie ihm alles erklären konnte.

Doch Karola würde nicht kommen. Sie würde nie wieder nach Hause kommen – genauso wenig, wie sie das Haus je wieder verlassen würde. Sie lag zerfetzt und zerstückelt auf dem Bett. Den Mund hatte sie zu einem letzten, stummen Schrei weit aufgerissen, ihre Augenhöhlen waren leergekratzt. Das Blut aus ihrer aufgeschnittenen Kehle und den anderen unzähligen Wunden hatte die weißen Seidenlaken dunkelrot gefärbt und war inzwischen getrocknet. Schwärme fetter Stubenfliegen ernährten sich davon.

Der Mann hinter dem Fenster seufzte wieder, ließ das Küchenmesser aus der rechten Hand fallen und registrierte gar nicht, was genau er da gehalten hatte. Er erhob sich langsam, verließ den Raum und schlurfte nach unten. Dabei trampelte er über den Ordner mit Rohzeichnungen hinweg, den Günther Mayer an diesem Abend zusammen mit seiner kleinen Tochter schnell vorbeigebracht hatte, bevor die beiden wieder nach Hause gefahren waren und Karola sich wegen einer Migräne früh schlafen gelegt hatte. Die einzige Berührung der beiden – nicht nur an diesem, sondern an *allen* Abenden – war ein kollegialer Händedruck gewesen. Etwas anderes hatte Karola nie gedrückt.

Aber dieser Gedanke streifte den Mann nicht einmal peripher. *Er* sah klar. Jetzt würde er sich erst einmal eine Dose Bier holen, danach den Fernseher anwerfen und nach einer Sportübertragung Ausschau halten. Lief nicht irgendwo sogar ein Club-Spiel? Karola mochte Sportprogramme nicht, sie sagte immer wieder, das würde sie an seinen Vater erinnern, der stundenlang vor der Glotze ausgeharrt und mit mumienhafter Unbewegtheit Sportübertragungen verfolgt hatte. Aber das war ab jetzt egal. Er würde sich nicht mehr vorschreiben lassen, was er anschauen durfte und was nicht. Er würde sich nicht mehr vorschreiben lassen, ob er wie sein Vater werden durfte oder nicht. Ganz sicher nicht von ihr. Denn Karola war letztlich wie alle anderen, auch wenn er jahrelang das Gegenteil gehofft hatte. Aber er hätte es besser wissen müssen – denn sein Vater hatte ihn gewarnt und Recht behalten, oder nicht?

Und nun bekam er die Quittung: Karola würde nicht mehr nach Hause kommen. Sollte sie doch bei ihrem Günther bleiben, oder wo der verdammte Pfeffer wächst.

Dieses Miststück.

Streiflichter für Tommy

Oktober? November?

Lieber Tommy,

das Schiff treibt nun schon mehr als vier Monate mit der Strömung, seit uns der Brennstoff ausgegangen ist. Das Funkgerät schweigt beharrlich und gnadenlos. Nur statisches Rauschen knistert im Lautsprecher, ebenso wie bei sämtlichen Radios oder Fernsehern, die sich an Bord dieses zum Totenschiff gewordenen Kreuzfahrtdampfers befinden. Keines unserer Mobiltelefone zeigte auch nur einen Hauch Netzempfang, bevor sich nach und nach die Akkus entladen hatten und die Telefone ebenso nutzlos wurden wie alle anderen technischen Errungenschaften auf diesem Dampfer.

Wir sind die letzten der fünfhundert Reisenden, die vor fast einem halben Jahr (obwohl es uns inzwischen wie mindestens tausend Tage auf See vorkommt) fröhlich und nichts ahnend an Bord der *Caribbean Princess* gegangen waren.

Keiner von uns hat seit dem Ablegen Land gesehen.

Und so sehr ich mich auch gegen den Gedanken wehre, bin ich doch mehr und mehr davon überzeugt, dass es

219

kein Land mehr gibt. Dass es wahrscheinlich auch *Dich* nicht mehr gibt und Du diese Briefe nie lesen wirst.

Ich schreibe sie dennoch. Möglicherweise geschieht ja so etwas wie ein Wunder, selbst wenn ich dies inzwischen nicht mehr glauben kann oder will. Dazu habe ich inzwischen zu viele Menschen hier sterben oder einfach verrückt werden sehen. Manche gingen still, andere taten es schreiend, weinend, verzweifelt. Aber letztlich gingen sie alle. Bis auf uns, den letzten Rest, der sich grimmig und vielleicht auch feige an dieses Leben (oder was uns davon geblieben ist) klammere.

Manchmal dämmert mir, dass ich diese Briefe an Dich ja unter Umständen auch nur schreibe, um so lange wie möglich wach zu bleiben, um das »Fortgehen« oder »Wegdämmern« (wie wir den schleichenden Verlust von Lebenskraft manchmal nennen) aufzuhalten und zumindest ein winzigkleines Flämmchen der Hoffnung in mir brennen zu lassen. Was geschieht, wenn nach dem letzten Brief auch dieses sanfte Glimmen ausgeblasen worden ist, weiß ich nicht. Aber ich ahne, dass ich es eines Tages herausfinden werde.

Dein Paps.

Herbst? Erntedankfest?

Hallo Tom,

gestern Abend hatten wir, die letzten Überlebenden, uns im zeitlos prunkvollen Speisesaal des Schiffes versammelt und warteten wie immer darauf, dass irgendetwas geschah, egal was. Manche lasen (einige davon mangels Nachschub zum zehnten, elften Mal dasselbe Buch), andere unterhielten sich, dösten oder dämmerten mit leerem Blick dahin.

Glaub mir, alles ist besser, als hinaus zu sehen.

Wirklich alles!

Wenn man aus einem der Bullaugen oder Panoramafenster schaut, so liegt dort draußen nur das Meer: tief, still, smaragdgrün, vom sanften Wind leicht gekräuselt, ohne Beginn und Ende, mit einem winzigen bewohnten Staubkorn namens Caribbean Princess *irgendwo darauf. Es war nicht zuletzt dieser Anblick, der einen verrückt macht, der einen im Laufe der Zeit durch seine ewige und unerbittliche Gleichförmigkeit zermürbt.*

»Vielleicht ... vielleicht war es ein Atomkrieg?«, warf eine ältere Frau in unsere Gesprächsrunde ein. Selbst jetzt konnte sie sich nicht von ihrer Jadebrosche und ihren Diamantringen trennen, als würde ihr das in unserem Mikrokosmos irgendwelches Ansehen oder einen höheren gesellschaftlichen Status verleihen. Deswegen nannte ich sie immer nur »Frau von Schmuck« – erstens weil es passte, und zweitens weil ich mich nicht an ihren Namen erinnern konnte, obwohl ich es sollte; immerhin hatten wir nur noch uns.

Aber verdammt, manchmal kann ich mich nicht einmal an meinen Namen erinnern, muss ich gestehen. Was meinst Du, Tom, ist das jetzt der erste Schritt im Prozess einer Selbstauflösung? Ich weiß es nicht, und ... ehrlich gesagt, ich kümmere mich auch nicht drum. *Wenn* es das war, dann sollte es mir nur recht sein, zum Teufel. Vergessen konnte zur Droge werden.

»Dann wäre das Land ja noch da«, sagte ein Mann, der sich neben dem Durchgang zur Küche niedergelassen hatte. Er hatte einmal zur Crew dieses Schiffes gehört, als Maschinist. Sein Name war Abdullah – seltsam, dass mir ausgerechnet *sein* Name im Gedächtnis hängen geblieben ist. Eventuell hat es etwas mit dem fast schon paranoiden Argwohn gegen alles islamisch klingende zu tun, der nach 9/11 über uns hinweggeschwappt war wie ein emotioneller Tsunami. »Aber das Land ist nicht mehr da«, fuhr er fort. Er hatte eine hohe, etwas kratzige

Stimme. »Es gibt es nicht mehr. Es hat sich aufgelöst. Das draußen ist nur noch dieses Wasser ... dieses verfluchte Wasser.«

»Aber ganze Kontinente ... die können doch nicht einfach verschwinden«, meinte ein großer Mann mit Schnauzbart, ein Autohändler aus Wien namens Tobias Bond. (*Muss ich erwähnen, dass er sich vor Reisebeginn immer mit* »*Mein Name ist Bond, Tobias Bond!*« *vorgestellt hatte?*) Seine Frau hatte sich schon vor drei Monaten umgebracht, wie viele andere davor und seitdem. Sie hatte sich ein Fleischermesser in die Eingeweide gerammt.

Ich verstand sie. Bei Gott, ich verstand sie *alle*. Aber ich will verdammt sein, wenn ich den Mut aufbringen könnte, es ebenfalls zu tun. Irgendwas - vielleicht diese Briefe, oder aber auch nur meine Feigheit, die mich so gesehen zuerst auf dieses Schiff gebracht hatte - hielt mich davon ab.

»Irgendwo *muss* doch noch Land sein«, fuhr der Autohändler mit einer weinerlichen, trotzigen Stimme fort - der Stimme eines Kindes, das weiß, dass es Unrecht hat, und dennoch auf seinem Standpunkt beharrt.

»Meinen Berechungen nach«, sagte der Kapitän des Schiffes, der mit verschränkten Armen auf einer der Bänke saß und in seiner blendweißen Uniform wie ein Fremdkörper wirkte, «sind wir hier irgendwo über Kanada ... *sollten über Kanada sein*, meine ich.«

»Dann haben Sie sich eben geirrt.« Bond, Tobais Bond nickte entschlossen und selbstgerecht und fixierte den Kapitän in der Hoffnung, Recht zu bekommen. Mein Gott, er wirkte ratlos und wütend über seine eigene Machtlosigkeit und suchte dringend ein Ventil. »Sie – haben – sich – verrechnet!«

Ich hatte Lust, ihn zu erwürgen.

»Ich habe mich *nicht* verrechnet«, widersprach Captain Lee ruhig. Er war ein knapp einssiebzig großer Phillipino mit schlohweißem Haar und intensiven Augen, der trotz seiner geringen Körpergröße über ein hohes Maß an Präsenz und Autorität verfügte ... oder verfügt *hatte,* denn was von seiner Crew noch übrig war, genügte vermutlich nicht einmal mehr, um ein Ruderboot zu steuern. »Die Strömung treibt uns. Wir hätten schon vor fast zwei Monaten die Küste passieren sollen. Wir sind über Land!«

Die Stoik des Kapitäns machte den Autohändler noch unsicherer. Immer wieder hakte er nach: »Wie können wir über Land sein, wenn es nicht da ist, hm? Wie? Erklären Sie mir das bitte.«

»Eine Überschwemmung vielleicht?«, flüsterte eine Frau neben mir. »Eine Flut?«

Ich zuckte stumm mit den Schultern. Diese Erklärung war so gut wie jede andere. Und ebenso schlecht. Eine Flut würde (das war so simpel, dass mir fast Tränen in die Augen trieb) das Wasser erklären, das verfluchte Wasser, dessen pure Anwesenheit einen erdrückte und lähmte, inzwischen sogar dann, wenn man es nicht sah.

Aber warum hatten wir nichts von dieser Flut bemerkt? Wir sind damals einfach nur vor Bimini in eine Nebelbank gefahren, nichts anderes. Es hatte kein Seebeben oder eine dramatische Flutwelle gegeben, keine Sintflut, nicht mal ein verfluchtes Gewitter. Nur dieser Nebel. Doch als wir wieder aus dem gleichförmigen grau auftauchten - wie ein U-Boot, das die Wasseroberfläche durchstößt - gab es kein Land mehr.

Was für eine beschissene Überschwemmung sollte das gewesen sein, hm, Gnädigste?

Dennoch dachte ich: Unmöglich ist hier nichts mehr.

Unmöglich war auch, was wir hier durchmachten, und es geschah trotzdem.

»Ich glaube, er hat recht«, sagte Frau von Schmuck. »Wenn es eine so riesige Überschwemmung gegeben hätte, dann hätten wir das merken müssen. Ich meine,

das Wasser kann nicht einfach fünf Kilometer hoch steigen ... was könnte das ausgelöst haben? Die Polkappen können nicht so schnell abschmelzen, oder? *Oder?* Und außerdem müsste dann, glaube ich, die Luft dünner sein und ... und ... äh? Ich meine ...«
Sie verstummte. Die Worte hatten sie verlassen.

»Vielleicht sollten uns etwas anderen fragen«, sagte ein weiterer der Überlebenden, ein großer, hagerer Mann mit ein paar dünnen grauen Haaren an den Seiten seines kantigen Schädels. Seit er geholfen hatte, einen improvisierten, aber funktionstüchtigen Entsalzer für das Seewasser zu bauen, dessen Output uns nun am Leben erhielt, nannten wir ihn nun nur noch 'den Ingenieur', obwohl er keiner war. Er war Journalist aus Berlin und hatte früher als politischer ARD-Korrespondent in Washington gearbeitet. Sein Name war Gernot Cohaagen.

»Was denken Sie?«, fragte der Kapitän.

»Vielleicht sollten wir uns weniger fragen, wo das Land ist, als vielmehr, wo *wir* sind«, sagte Cohaagen. »Vielleicht ist das Land noch da - nur *wir* sind fort.«

»Häh? Was meinen Sie?« Bond, Tobias Bond fuhr zu ihm herum und sah aus, als würde er jede Sekunde platzen. »Was reden Sie da, zum Teufel?«

Cohaagen blickte dem Autohändler gelassen in die Augen.

»Irgend etwas ist vor sechs Monaten geschehen, da sind wir uns doch wohl einig«, sagte er. »Von einem Moment auf den anderen. Ich weiß nicht wie oder wieso. Aber wir sind nicht da, wo wir sein sollten. Wie Kapitän Lee gesagt hat: eigentlich sollten wir im Moment über Kanada sein. Was, wenn das Land noch genau da ist, wo es sein sollte - nur *wir* sind an einem anderen Ort? Wie Sie selbst sagten: Kontinente können nicht von einem Moment auf den anderen verschwinden. Ein Schiff wie dieses schon eher, oder etwa nicht?«

Das traf uns alle wie ein kollektiver Hieb in den Magen, ein Hieb, von dem wir uns erst einmal erholen mussten.

Ein paar Minuten lang blieben wir alle stumm, versuchten, so unbewegt wie möglich zu wirken und uns nicht anmerken zu lassen, dass das, was dieser Mann gesagt hatte, beklemmend realistisch und beängstigend möglich zugleich gewesen war. Man konnte an unseren Gesichtern sehen, dass wir alle im Moment krampfhaft und erfolglos zugleich versuchten, uns Gegenbeweise auszudenken, um das Unmögliche zu leugnen.

Keinem von uns schien dies zu gelingen.

Was uns aus unseren Gedanken riss, war ein gellender Schrei, ein Schrei von der Sorte, wie wir ihn seit dem Auftauchen aus der Nebelbank viel zu oft gehört hatten. Wir wussten, was er bedeutete. Die Überlebenden wisperten, greinten und murmelten durcheinander. Einige Männer, darunter der Ingenieur, der Autohändler und ich sprangen von unseren Sesseln auf und stürzten aus dem Speisesaal.

Die Luft draußen war kühl, aber nicht wirklich kalt, und sehr salzig. Der Himmel leuchtete türkisblau, die Abenddämmerung bemalte die Reste der Wolken, die bis heute Morgen über uns gehangen hatten, mit einem dicken rosa Pinsel. Unzusammenhängend, geradezu groteskerweise musste ich daran denken, dass sie wie diese farbigen Wattebäusche aussehen, mit denen sich Deine Mutter früher abgeschminkt hatte.

Ich durchsuchte die einzelnen Kabinen und warf dazwischen auch ab und zu einen Blick über die Reling. Aber im Wasser schwamm nichts, kein Körper, kein Kleidungsstück. Viele von uns waren mit der Zeit in Panik über Bord gesprungen.

Wieder öffnete ich eine Kabinentüre, spähte hinein. In den einzelnen Abteilen befanden sich noch die Sachen der Passagiere, als wären sie nur zum Essen gegangen,

225

und nicht tot. Aber mehr als die Hälfte von ihnen hatte inzwischen Selbstmord begangen, weil sie den Gedanken, nie wieder das Land zu sehen, nicht ertragen konnten. Der Rest war fast auf den Tag genau vor zwei Monaten mit einem der Rettungsboote verschwunden und ... nun, eben verschwunden. Sie waren nie wieder gekommen. Wahrscheinlich dümpelte irgendwo dort draußen jetzt noch ein Leichenschiff herum, wie dieses hier, nur viel kleiner.

Ich schloss die Türe wieder und wandte mich der nächsten Kabine zu. Ich wappnete mich, darin einen aus unserer Mitte mit zerschnittenen Pulsadern oder einem Messer im Bauch liegen zu sehen. Doch ich fand nichts; zumindest vorerst noch.

In einer der Kabinen entdeckte ich ein Familienfoto. Ich konnte nicht anders und warf einen Blick darauf. Es zeigte einen netten, bebrillten Mann (Computerprogrammierer vielleicht? Oder Mathematiker oder Statistiker? Jedenfalls irgend etwas mit Zahlen), seine attraktive, brünette Frau und eine »tussig« aufgemachte, aber ebenfalls hübsche Tochter im Teen-Alter.

Die drei standen mit breitem Lächeln neben einem Vorstadthaus, in dessen Garageneinfahrt ein beigefarbener Mercedes-Kombi parkte. Im Küchenfenster des Bungalows saß eine dicke getigerte Katze (vielleicht Tiger? Garfield? Oder Felix? Einer jener üblichen Namen für Hauskatzen jedenfalls) und hinter dem Haus hing Wäsche auf einer Seilspinne.

Etwas wollte mich böswillig daran erinnern, dass ich all dies – ein typisches Vorstadt-Idyll – auch einmal gekannt hatte, damals, bevor ein Hedgefonds mein Leben die große Toilettenspülung des Lebens heruntergespült hat. Ich zwang mich jedoch, ruhig zu sein. Und ruhig zu bleiben. Zitternd stellte ich das Foto, das von seinen Besitzern nie wieder angesehen werden würde, zurück auf den Tisch, und verließ eilig die zu einem bizarren Mausoleum gewordene Kabine.

Als ich den offenen Vorderteil des Decks erreichte, spürte ich, wie mir eine Flüssigkeit auf die Haare tropfte. Ich trat zur Seite, tastete meine Stirn ab, betrachtete meine Finger – und sah Blut.

Ruckartig hob ich den Kopf.

Die Leiche des mexikanischen Zimmerstewarts hing an einem Seil am Radarmast und baumelte wie ein Sandsack im sanften Wind. Blut tropfte aus seinem Mund und seiner Nase.

Abermals würde einer von uns nie zurückkommen, und in diesem Moment wünschte ich mir wie schon so oft, ich wäre einer davon.

Dein Paps.

Herbst? Wochenende? Oder -anfang?

Lieber Tom,

um Krankheiten zu vermeiden, werfen wir Leichen sofort über Bord. Kurzer Prozess. Sentimentalitäten hatten wir weit hinter uns gelassen.

So war es auch bei dem Mexikaner. Im Hintergrund sprach der Kapitän ein kurzes Gebet, dann kehrte kurzzeitig Stille ein. Schließlich landete der tote Körper mit einem dumpfen Platschen im Wasser. Für ein paar Momente waren seine Umrisse noch im schillernden Türkisgrün des Meeres zu erkennen, dann verblasste die Form langsam wie ein Nachleuchten auf der Netzhaut.

Stumm gingen wir in den Speisesaal zurück, jetzt noch acht Männer, zehn Frauen, zwei Kinder (ein Mädchen und ein hübscher kleiner Junge, der mich ein wenig an dich in diesem Alter erinnert) sowie ein gesuchter Verbrecher.

Das bin übrigens ich. Dein Vater, Joachim Kellert.

Ich will gar nicht erst versuchen, alles zu erklären oder zu rechtfertigen. Jedenfalls hatte ich gehofft, bevor diese Sache hier geschehen war, mich irgendwohin absetzen zu können, Südamerika zum Beispiel. Dazu hatte ich unter falschem Namen eine Passage auf der Linienkreuzfahrt gebucht und drei Koffer mitgenommen, in einem befanden sich nicht weniger als knapp eine Million Euro, die ich jener im Sterben liegenden Firma unterschlagen hatte, die vor Urzeiten einmal mein Arbeitgeber gewesen war ... Damals, bevor der ganze Ärger mit den Heuschrecken-Fonds losgegangen war und ein an sich gesundes Unternehmen mit 400 Angestellten verblüffend rasch in den Abgrund gekippt war. Meine Ex-Frau und dich, meinen zwanzigjährigen Sohn, habe ich ebenso zurückgelassen wie eine Wagenladung Träume, Hoffnungen und allen Skrupel.

O Gott, alles hätte *so schön* sein können.

Doch nun war das ganze gottverdammte Geld nicht mehr wert als Papierservietten. Denn hier existierte nichts, was ich mir mit all dem Geld kaufen konnte. Eine seltsame Art von Gerechtigkeit, denke ich.

Kurz nach unserer Rückkehr von der Seebestattung gab es für jeden von uns eine der immer kleiner werdenden Proviantrationen, die dennoch nie auszugehen schienen ... und es dennoch irgendwann zwangsläufig würden. Und das war es dann, wie man so schön sagt. Wir würden entweder zu Kannibalen werden ... oder jämmerlich verhungern. Das Schiff würde für alle Unendlichkeit von der Strömung über ein endloses Meer treiben, nur eben ohne Menschen darauf. Vielleicht war es sich selbst überlassen sogar glücklicher.

Ich aß den Teller extrem verdünnter, lauwarmer Gemüsesuppe leer, trank ein paar Schlucke des entsalzten Meerwassers (und zwang mich, nicht daran zu denken, was wohl geschah, wenn der Ingenieur der nächste war, der ging - immerhin hatte er den Entsalzer gebaut und wusste als einziger wirklich, damit umzugehen.)

Schließlich zog ich mich in mein Schlaflager zurück. Direkt neben mir hatte eine hübsche und sehr tapfere Frau ihr Lager aufgeschlagen. Nadine Tiersen war im früheren Leben (im *Leben an Land*, sozusagen) TV-Schauspielerin in Vorabendserien gewesen und hatte sich als sehr starke und zugleich sensible Frau entpuppt; auf jeden Fall fand ich, sie war viel stärker als ich und die meisten anderen der Überlebenden. Wir plauderten und diskutierten oft miteinander. Ja, in all der Zeit hatte sich zwischen uns so etwas wie eine Freundschaft entwickelt.

»Du, Achim?«, fragte sie mich.

Ich drehte mich um. »Ja.«

»Was denkst du? Gibt es noch irgendwo Land?«, erkundigte sie sich. Ihr schulterlanges, rotblondes Haar schimmerte in der Abenddämmerung.

»Keine Ahnung«, sagte ich. »Möglicherweise. Wenn es noch Land gibt ... vielleicht werden wir eines Tages wieder darauf stoßen, aber ...« Nun hielt ich lieber den Mund.

»Was?«, fragte sie und streckte sich auf der Liege. Sie war wunderschön, selbst jetzt, in dieser Situation.

»Ach, vergiss es, bitte«, sagte ich.

Nadine setzte sich ruckartig auf. Sie wirkte gekränkt. »Nee, du hast angefangen, und nun musst du auch zu Ende reden. Ich stecke hier genauso drin wie du, also brauchst du mich nicht irgendwie zu schonen, weil du glaubst, ich würde das, was du sagst, vielleicht nicht verkraften, okay? Ich bin kein verhuschtes Frauchen, das man vor der Realität schützen muss.«

»Sorry«, sagte ich. »Ich wollte nur ... ich weiß nicht, die Nacht noch schwärzer machen. Also, um ehrlich zu sein – ich stimme dem Ingenieur zu. Je mehr ich darüber nachdenke, desto mehr Sinn macht das, was er gesagt hat. Ja, ich denke, dass es noch Land gibt ... aber eben nicht hier, wo *wir* uns befinden. Wo das Land auch immer ist, wir sind an einem anderen Ort. So – jetzt habe ich es gesagt. Zufrieden?«

»Ja, das bin ich. Ich brauche keine Watte, in die man mich packt. Ehrlichkeit ist mir wichtiger.« Ihr Gesicht war eine tröstende Silhouette vor der drohenden Dunkelheit, die hinter der großen Panoramascheibe wartete und alles in sich zu fressen schien, sobald man ihr den Rücken zuwandte.

Jemand brachte Fackeln. Die Fackeln stanken, aber das war egal, denn alles war besser als die Nacht. Vielleicht würde es morgen schon auch nicht mehr hell werden, so wie es hier kein Land gab, aber es wurde hell, wie jeden Morgen. Am Horizont war etwas Nebel sichtbar, doch die Strömung trieb uns von ihm weg.

Dein Vater.

Winter? Schon Weihnachten?

Mein lieber Tommy,

als der nächste (der erste seit dem Mexikaner vor ein paar Wochen) von uns ging, war ich gerade dabei, in einem Buch, dass ich aus einer Passagierkabine genommen hatte, zu blättern. Es war ein »Frauenroman«, etwas von Dora Heldt, aber zum ersten Mal seit Tagen fühlte ich mich dank des Schmökers ein wenig entspannt. Die völlig realitätsferne Lektüre hatte es geschafft, den allgegenwärtigen Horror zumindest für ein paar Minuten von mir abzuschütteln.

Dann brach auch schon wieder die Hölle los.

Ich hörte den Autohändler bereits von meinem Lager aus brüllen. Er stand auf dem Oberdeck und schrie sich die Lunge aus dem Leib. Sein Schreien bestand aus einem unartikulierten Brabbeln, manchmal kamen verständliche Worte wie »... *will zurück* ...« und »... *wieso wir?* ... « oder auch »... *nach Hause* ...« dabei heraus. Meistens jedoch brachte er nur Gekeife hervor.

Dann krachte und splitterte etwas. Er begann, dort oben hin und her zu rennen und Scheiben einzuschlagen. Sofort sprangen ich und der Kapitän auf und hasteten Richtung Oberdeck. Der Autohändler (»*Bond, Tobias Bond, mit der Lizenz für Ihr Vertrauen!*«) kreischte unablässig. In seinen Augen brannten Angst, Verzweiflung und Hoffnungslosigkeit - dieselben Gefühle (und auch derselbe Irrsinn), der wie eine Krankheit, welche uns schon infiziert hatte, aber noch nicht ausgebrochen war, in uns allen schlummerte.

Bond riss eine Feueraxt aus dem Glaskasten und ging auf den Kapitän und mich los. Von hinten näherten sich ihm langsam ein Maschinist und der Ingenieur. Als er ihrer Anwesenheit gewahr wurde, fuhr er herum – es sah eher erschrocken als aggressiv aus - und zog die Axt dabei mit sich. Er landete dabei einen Zufallstreffer, aber dennoch einen Treffer. Ächzend wich der stämmige Maschinist zurück und drückte die Hand auf die Brust, wo Blut seinen Rollkragenpullover rostrot zu färben begann. Er stieß Flüche in einer mediterran klingenden Fremdsprache aus.

»Kommt mir nicht zu nahe!«, geiferte Bond, doch es klang viel mehr wie *kommirnichunahe*. Speichel troff ihm seitlich aus dem Mund. Tränen quollen aus seinen Augen. Er schlotterte am ganzen Körper wie unter Krämpfen.

»Herr Bond«, sagte der Kapitän. »Bitte, das hat doch keinen Sinn. Sie kommen hier nicht heraus. Wir sind alle zusammen hier eingesperrt. Was haben Sie denn vor?«

Anstatt einer Antwort rollte Bond mit den Augen und tat so, als wollte erneut mit der Axt zuschlagen. Bevor wir etwas unternehmen konnten, stieß er den Kapitän zur Seite und verschwand über die Außentreppe.

Ich drückte mich am verletzten und immer noch fluchenden und schimpfenden Mechaniker vorbei und hastete hinter Bond her. Er eilte das Aussichtsdeck entlang und warf mir dabei Sachen in den Weg; prompt stolperte ich über einen Sessel, schlug mir das Knie am Boden auf, rappelte mich aber wieder hoch. Rannte weiter. *Wo wollte er nur hin?*

Ein Feuerlöscher kullerte über den Boden, rollte unter der Reling durch und fiel ins unendliche Meer, ein signalroter Akzent im blauen Einerlei. Bond war weg. Ich blieb stehen, blickte mich um. Mir war schwindelig, ich war schwach. Diese Hetzjagd hatte mich an meine Grenzen gebracht.

Plötzlich stand Bond triefend nass vor mir. Die Flüssigkeit, mit der seine Kleidung voll gesogen war, roch scharf und ätzend. *Das Reinigungsmittel!*, schoss es mir durch den Kopf. Es war leicht entflammbar und brannte sehr lange, wenn es einmal entzündet war. Wir benutzten es daher, um die Fackeln zu präparieren. Er musste den Vorrat gefunden und sich einen Kanister über den Kopf geschüttet haben. Wenn er sich hier anzündete, so dicht neben den vollen Kanistern, würde es eine Explosion geben, gefolgt von einem infernalischen Feuer. *Gott stehe uns bei, er hatte scheinbar unser aller Wikingerbegräbnis geplant!*

Instinktiv wich ich zurück und spürte, wie sich irgendetwas Hartes und Stumpfes in meinen Rücken bohrte.

»Bleibweg!«, lallte Bond. Noch mehr Tränen liefen über seine Wangen. Er klammerte sich mit zitternden Händen an die Fackel, während er hastig Worte hervorstieß: *»Ichhalteeshiernichtmehraus! Nichtmehraus! Willhierweg!«*

Hinter Bond tauchten der Kapitän und der Professor auf. Sie blieben in sicherer Entfernung stehen, als sie mich warnend winken sahen.

»Scheiße, was soll das denn?«, fragte ich. »Mann, was hast du denn vor? Was soll das werden? Willst du uns *alle* töten?«

»ICH KANN NICHT MEHR!«, schrie Bond. »ICH KANN ES NICHT MEHR ERTRAGEN, VERSTEHT IHR DAS NICHT? ICH HALTE ES NICHT MEHR AUS, AUF SEE ZU SEIN! NICHT MEHR! ICH WILL HIER WEG, EGAL WOHIN, KLAR? BRINGT MICH HIER WEG! BRINGT MICH WEG, ODER ICH ZÜNDE DAS GANZE VERDAMMTE SCHIFF AN! ICH KANN ALL DAS WASSER NICHT MEHR SEHEN, HÖRT IHR? ÜBERALL WASSER!«

»He, Tobais«, sagte ich, doch er hörte nicht auf zu brüllen und toben.

»NUR NOCH WASSER! ICH KANN DIESES SCHIFF NICHT MEHR SEHEN, ICH WILL HIER WEG! NUR NOCH NEBEL UND WASSER UND HIMMEL UND DAS SCHIFF! ICH WILL LAND! WAS IST MIT UNS PASSIERT! ICH ERTRAGE ES NICHT *MEEEEEEEEHR!*«

Damit stieß er einen langen, schrillen Schrei aus und begann, sich mit der linken Hand hart gegen den Kopf zu schlagen. Es knirschte, als er seinen Unterkiefer traf. Als er wieder aufhörte zu schreien und sich zu prügeln, war sein Gesicht blutüberströmt.

»Glaubst du, uns geht es anders?«, brüllte ich zurück, bevor ich mich unter Kontrolle hatte. »Was denkst denn du, du Arschloch? Seit wir auf See sind, haben wir alle nichts mehr anderes als Wasser und dieses Schiff gesehen. Mir reicht es auch, *gottverdammtnochmal*, aber ich muss damit fertig werden ... wie wir alle. Wenn du gehen willst, dann geh', wie all die anderen,! Spring von mir aus von Bord und ersaufe wie eine beschissene Ratte, aber riskier nicht unser aller Leben damit! Ein paar von uns sind es wert ... ein paar von uns wollen noch nicht sterben, klar? Vielleicht haben ein paar von uns nicht aufgehört, noch etwas Hoffnung zu haben. Was ist mit denen?«

Aber stimmte das überhaupt? Nadine, dachte ich. Sie war es wert, und sie *hatte* Hoffnung.

»Ich ...« Bond verstummte und ließ ein nasses, blubberndes Schluchzen hören. »Es ist alles so eng! Die Wände stürzen auf mich ein, o Gott, es tut mir so leid ... es tut mir so leid!«

Einen Moment später brach er in Tränen aus. Ich richtete mich vorsichtig auf, streckte langsam eine Hand in seine Richtung aus. In diesem Moment wäre er bereit gewesen, mir das Feuerzeug zu geben. Doch da sah ich, dass sich der Maschinist von hinten an ihn anschlich, eine Eisenstange zum Schlag bereit über den Kopf gehoben, Wut und Rachsucht in den schwarzen Augen. Vielleicht sah Bond es an meiner Reaktion, vielleicht ahnte er auch, was geschehen würde, jedenfalls gab es keinen Atemzug später eine Stichflamme, und Bond und das Crewmitglied kreischten auf. Ich sah, wie Bond, umhüllt von einem grellen Feuerball, die vollen Kanister zu erreichen versuchte. Instinktiv griff ich mitten in die Flammen und griff nach Bond. Ich spürte, wie es meine Hände versengte, in diesem Moment aber keinen Schmerz. Was ich erwischte, war wohl ein Teil von Bonds Windjacke, aber ich schaffte es, ihn mit mir zu schleifen, glühende Hitze mir ins Gesicht schlagend, Bonds Arme wild um sich fuchtelnd, und ich drängte ihn ohne nachzudenken über die Reling.

Immer noch schreiend und brennend klatschte Bond auf die Wasseroberfläche. In eine Wolke aus Qualm gehüllt versank sein Körper unter Wasser, tauchte noch einmal kurz auf, als er sich verzweifelt am Rumpf des Schiffes festzuklammern versuchte, dann war er endgültig weg. Wie aus weiter Ferne spürte ich zwei Hände unter meinen Achseln, die mich davon abhielten, ebenfalls über Bord zu gehen - und in diesem Moment setzte der Schmerz ein. Nun schrie ich, während sich der Kapitän hinter mir mit einer Decke auf den ebenfalls brennenden Maschinisten warf.

Kurz darauf hatte sich der Aufruhr gelegt, und der Mechaniker und ich wurden ärztlich versorgt. Auf dem Schiff waren wir erneut einer weniger, der Wahnsinn und das Meer hingegen hatten wieder Zuwachs bekommen. Herr im Himmel, wie lange würde es noch dauern, bis *ich* an der Reihe war?

Dein Achim.

Vor Weihnachten? Nach Weihnachten?

Lieber Tom,

die Wunden an meinen Händen und Armen waren schmerzhaft, aber zum Glück nur oberflächlich. Ich schluckte eine Zeit lang Schmerzmittel, aber die Brandwunden verheilten ziemlich schnell und bereiteten mir wenig echte Probleme.

Der Maschinist hatte weniger Glück. Seine Brandwunden waren wesentlich großflächiger – und sie entzündeten sich. Er brauchte große Mengen von Schmerzmitteln und weinte immer öfter, wobei er im Delirium die Namen seiner Eltern rief, bis er schließlich nach einer Sepsis von uns ging.

Drei Wochen nach Bonds Tod erreichte uns die dichte Nebelbank, die schon ein paar Tage lang beinahe lauernd am Horizont gelegen hatte. Sie hüllte das Schiff restlos ein.

Unwillkürlich erinnerte es mich an das erste Mal, als wir in dieser Brühe festgesessen hatten. Damals hatten wir den Kontakt zum Land verloren. Dass uns diese

Nebelbank nun zurück in die Welt, die wir alle kannten, bringen würde, wagte kaum noch irgendjemand an Bord zu hoffen.

Am Abend wurde es entsetzlich kalt im Inneren des Schiffes.

Dieser Nebel war voller Kälte. Dieser Nebel *war* Kälte.

Ich kehrte mit dem Professor, dem Kapitän und einigen anderen Überlebenden von einer Kontrollrunde zurück. Wir hatten uns vergewissert, dass alle Fenster geschlossen waren und der Nebel nicht ins Innere unseres Schlafsaales kommen konnte. Das war das Wichtigste. Beim einem ähnlichen Nebeleinbruch vor ein paar Monaten waren eine Mutter und ihr Kind, die zusammen unter einer Decke in einer der verlassenen Kabinen geschlafen hatten, im Nebel erfroren. Seitdem blieben wir alle so dicht wie möglich zusammen, um uns gegen die Kälte zu wappnen.

Ich sank erschöpft auf mein Lager herab und zog mir die Decke bis zum Hals. Ich schloss die Augen und musste an die letzte Zeit vor ... nun ja, meiner »Abreise« denken.

Die ersten Gerüchte, wie es um die Firma stand, waren zu Jahreswechsel aufgetaucht. Ende Januar hatten wir dann die Gewissheit, dass amerikanische Heuschrecken-Investoren eine feindliche Übernahme unseres kleinen Betriebes planten. Im März war der *hostile Takeover* bereits Geschichte, und die zahllosen Versprechungen, die man uns machte – es würde keinen Personalabbau geben, nicht einmal in den weniger rentablen Zweigen des Unternehmens, die Firma würde ihre Identität behalten und so weiter und so weiter – lösten sich nach und nach in Rauch auf. Ende April lag die Firma, an deren Entstehen und Gedeihen ich zwanzig Jahre lang mit Herzblut und Seele teilgehabt hatte, für die ich mir den Arsch aufgerissen und die Kindheit meines Sohnes größtenteils geopfert hatte, in Trümmern. Und am zehnten Mai – jenem Tag, an dem die amerikanischen *Private Equity*-Investoren das Fallbeil über unserem Stammwerk in Ulm an der Donau fallen ließen - fasste ich den Entschluss, mein Schicksal in die eigenen Hände zu nehmen. Mit einigen kreativen Buchungstricks erleichterte ich die Firma (*wobei ich damals im Zusammenhang mit meiner Unterschlagung nie an »meine Firma« gedacht hatte, sondern immer nur daran, das mir zustehende Geld von unseren anonymen Hedgefonds-Financies zu holen*) um exakt 949.250 Euro, die ich zunächst auf ein inaktives Warenbuchungs-, dann auf ein Blindkonto transferierte und letztendlich in kleine Häppchen an zahlreiche internationale Kreditinstitute verteilte.

Unter normalen Umständen wäre ich nie mit dieser Nummer durchgekommen, aber was war in jenen Tagen schon normal? Am fünfzehnten Mai verschwand ich jedenfalls aus Deutschland, ohne dass bislang irgendjemand den geringsten Verdacht geschöpft hätte. In den folgenden Tagen besorgte ich mir das Geld nach und nach in US-Dollar wieder von den diversen Konten bei ebenso diversen Banken. Spätestens *das* war der Moment, wo zuhause in Deutschland die Alarmglocken geläutet haben müssen. Aber das interessierte mich nicht mehr.

Denn am zwanzigsten Mai erfüllte sich mein Schicksal in einer Nebelbank zwischen den Bahamas und der Insel Andros.

Mein Zeitgefühl sagte mir, dass wir nun schon mindestens neun Monate ziellos übers Meer drifteten, obwohl mein Verstand immer wieder gegen diese unvorstellbare Zahl protestierte. *Das konnte nicht sein, so lange hätten die Vorräte doch nie gehalten und so weiter und so weiter.* Trotzdem ließ sich mein Zeitgefühl nicht beirren und beharrte darauf, dass wir jetzt schon Advent haben mussten ... vielleicht war bereits Weihnachten.

In diesem Moment spürte ich eine Bewegung neben mir und blickte auf. Es war Nadine. Sie hatte ihre Liege ganz dicht neben die meine gerutscht, während ich nachgegrübelt hatte, und sah mich fragend mit ihren ausdrucksvollen, dunklen Augen an.

»Hm?«, fragte ich.

»Kann ich mich ein bisschen zu dir legen?«, flüsterte sie, als hätte sie mich um etwas Ungesetzliches oder gänzlich Unmoralisches gebeten. »Ich möchte nur bei jemanden sein ... ich hab ... ich hab gottverdammte Angst. Und ich bin einsam.«

Ich nickte langsam, obwohl nicht wollte, dass sie sich zu mir legte. Ich hatte es nicht *verdient*. Ich sehnte mich nach ihrer Nähe, aber ich wusste, dass niemand auf diesem Schiff die Wärme dieser bezaubernden Frau weniger verdient hatte als ich. Aber das wusste sie nicht. Woher hätte sie es auch wissen sollen? Sie beurteilte mich nur nach der Zeit, die wir hier auf dem Totenschiff miteinander verbracht hatten, und nicht nach dem, was vorher gewesen war. Was damals geschehen war – das musste ich höchstpersönlich mit meinem Gewissen ausmachen, und genau darum sträubte ich mich gegen ihre Nähe.

Nadine schwebte anmutig auf die Liege herab. Dort rollte sie sich zusammen wie ein kleines Mädchen, das in seinem Bettchen vor einem Gewitter Schutz sucht. Sie drückte ihren Kopf gegen meine Schulter. Vorsichtig legte ich meinen rechten Arm um sie. Die Berührung ihrer Haut, ihres Haars ließ meinen Atem stocken. Ich wusste nicht mehr, was ich eigentlich fühlte oder fühlen *sollte*. Ich wandte meinen Kopf zur Seite, weil ich die fast schon intime Nähe und die sehr unmittelbare Schönheit von Nadines Gesicht nicht länger ertragen konnte.

Vor dem Fenster zogen dicke Nebelschwaden umher.

Und ich schwöre Dir, Tom, für ein paar Sekunden bildete sich darin ein riesiges, waberndes Dunstgesicht, das mich anzustarren schien ... jedoch nicht unfreundlich, und auch nicht drohend, sondern eher ermunternd, so verrückt es klingen mochte. Und *das* war schlimmer als eine Horrorfratze mit garstigem Blick. Ich schloss die Augen. Neben mir seufzte Nadine wie ein einschlafendes Kind. Selten hatte ich einen so unschuldigen und berührenden Laut gehört.

Auch wenn es wie ein Ende aus einem kitschigen Hollywoodfilm werden würde - in diesem Moment wusste ich, was ich zu tun hatte, und dass ich es tun würde und konnte! Ich konnte Geschehenes damit nicht wieder ungeschehen machen, aber ich will nichts mehr, als dass du wieder stolz auf mich sein kannst. Und ich will, dass auch Nadine auf mich stolz wäre.

Dein Paps.

Tausend (?) Tage und Nächte

Lieber Tom,

so plötzlich, wie der Nebel gekommen war, verschwand er auch wieder.

Als ich heute Morgen aufwachte, hatten wir einen milchig gefärbten, aber fast wolkenlosen Himmel. Immer noch war kein Land in Sicht. Aber das überrasche mich nicht. Und es schockierte mich auch nicht mehr. Nenne es Abstumpfung. Oder mach das absurde Hochgefühl nach meinem Entschluss von gestern Abend dafür verantwortlich.

Vorsichtig befreite ich mich von Nadine, die tief schlief. Auf Zehenspitzen verließ ich den Schlafsaal. Ich ging in meine ehemalige Kabine ins B-Deck hinauf und öffnete den Abstellschrank. Dort standen meine Koffer, fein säuberlich aufgereiht.

Mit einem seltsam pulsierenden Gefühl der Freude und Vorfreude in mir nahm ich jenen Koffer mit dem Geld heraus und schnippte die Schlösser auf. Hier waren sie: 949.250 Euro in kleinen und mittelgroßen Scheinen, fein säuberlich in Pakete gebündelt. Irgendwo, vielleicht in Mexiko, Chile oder Argentinien hätte ich mir damit vielleicht eine neue Existenz aufbauen können. Aber jetzt hasste ich das Geld. Es waren nur bunte, bedruckte Lappen, die ich jetzt genau so gut zum heizen oder gar als Scheißhauspapier verwenden konnte. Es war mir egal geworden ... oder nein, das stimmte nicht. Insgeheim hatte ich angefangen, es zu hassen, weil es mich korrumpiert und zu etwas getrieben hatte, das ich früher – in meinen glücklichen Zeiten vermutlich – nie getan hätte. *Nie und immer.*

Zielstrebig und eine tonlose Melodie summend (was ein fürchterlich seltsamer Anblick auf diesem Totenschiff gewesen sein muss) ging ich hinüber zum Aussichtsdeck und stellte die Koffer neben meinen Füßen ab. Mit verschränkten Armen lehnte ich mich gegen die Reling und blickte nach unten.

Das Meer unter mir war grün und unergründlich, majestätisch und erbarmungslos, endlos und lebendig. Unwillkürlich fragte ich mich, was wohl geschehen würde, wenn man an dieser Stelle direkt nach unten tauchte. Was würde man in vielleicht zehn, elf Kilometern Tiefe finden? Die Überreste einer Stadt? Nur schlammigen Boden? Oder, als schlimmste aller Alternativen, gar nichts? Nur noch mehr verdammtes Wasser? War dies nichts als ein riesiger, unendlicher, von sanfter Brise leicht gekräuselter Ozean mit einem einsamen Kreuzfahrtschiff als winzige, stählerne Insel mitten darauf?

Nein. Denn plötzlich formte sich eine Erkenntnis in mir.

Irgendwo dort hinten, wo sich Wasser und Himmel zu einem undefinierbaren Brei vereinigten, dort, wo sich jetzt eine neue Nebelfront abzuzeichnen begann ... an jener Stelle wartete etwas auf mich. Etwas, das genau wusste, wer ich war, was ich getan hatte, und das nun abwartete, was ich tat! Klingt versponnen? Ja. Aber jener Gedanke war in meinem Kopf von keinerlei Paranoia eingesponnen sondern so klar und konsequent wie eine mathematische Formel.

Also nahm ich den Koffer vom Boden auf, öffnete erneut die Schnappschlösser und holte aus. Mit einem fröhlichen Aufschrei schleuderte ich den Behälter von Bord. Er machte in der Luft ein paar Drehungen und klappte auf. Die Geldbündel flatterten heraus und wirbelten wie Konfetti bei einer Parade durch die Luft.

Bei diesem Anblick stöhnte ich vor Begeisterung. Und ich *heulte* vor Freude, als der teure Lederkoffer in die Fluten klatschte und dann langsam versank. Das Geld schwamm länger, bis es sich ebenfalls voll Wasser gesogen hatte. Dann entschwanden auch die Banknoten. Meine Erleichterung war endlos. *Das Meer hat es gegeben, das Meer hat es genommen*, erinnerte ich mich an eine alte Seemannsweisheit, die ich einmal gelesen hatte.

Dann kletterte ich auf die Reling, mich an einem Seil festhaltend. Ich fühlte mich selig, leicht und befreit ... ein Gefühl, von dem ich hoffte und betete, dass die Seelen der anderen, der *Gegangenen*, es nun teilen würden. Das war banal. Und sentimental, ich weiß. Als hätte ich damit, dass ich die Koffer über Bord feuerte, tatsächlich meinen Teil der Abmachung geleistet ... als habe sich das alles nur wegen mir und dieser beschissenen, lumpigen, freudlosen 949.250 Euro abgespielt.

Schuld und Sühne. Wie *alttestamentarisch*.

Doch das seltsamste an der ganzen Sache war, dass ich mich tatsächlich zum ersten Mal seit all diesen Monaten auf See wieder gänzlich mit dem Gedanken anfreunden konnte, dass diese Nebelfront dort hinten die letzte sein könnte, die wir passieren würden. Und dass dieser

Nebelbank kein weiterer Dunst folgt, sondern irgendeine Küste.

Wenn es stimmt, wirst du dies eines Tages lesen.

Dein Paps.

Mitternachtsdämmerung

Sabine Podolski mochte die kleine Stadt, in der sie mit ihren Eltern lebte, nicht besonders. Schließlich hatte das Tausend-Seelen-Örtchen nahe der tschechischen Grenze nichts, was ein junges, lebenslustiges Mädchen von fast sechzehn Jahren irgendwie interessierte. Es gab keine Kinos, keine Discos, nicht einmal ein Cafe, in dem man sich treffen konnte, nur zwei winzige Gaststätten, eine davon recht vergammelt.

An jenem Oktoberabend verließ sie die Waldklause (die trotz des schauerlichen Namens einzig erträgliche Kneipe in der entlegenen Stadt, wo nicht nur Schlagergejaule, sondern auch noch etwas modernere Musik gespielt wurde) und blieb hinter den zuschwingenden Doppeltüren stehen. Sie war ein hübsches, lebendiges Mädchen mit dunkelblondem Haar, ein paar versprenkelten Sommersprossen auf der Nase und leuchtenden, dunkelblauen Augen.

Fröstelnd warf sie einen langen Blick zum Himmel, wo außer einer grauweißen, tief hängenden Wolkeneinöde nichts zu sehen war. Alles deutete darauf hin, dass es bald zu schneien anfangen würde, und dann war ihr Leben für vier, fünf Monate endgültig nur noch auf das kleine Häuschen ihrer Eltern beschränkt. Im Frühling,

Sommer oder Herbst hatte sie wenigstens die Möglichkeit, sich mit anderen Schülern der Realschule – übrigens einer der kleinsten Schulen des ganzen Bundeslandes -, in der Stadt zu treffen und vielleicht in die Waldklause zu gehen.

Aber im Winter wollte *niemand* in diese beißende, gnadenlose Kälte hinaus, wenn man nicht musste.

Hinter ihr ertönte abermals das leise Quietschen der Türscharniere, dann stand Tobias Hanke neben ihr. Sie hatte Tobi in der Schule kennen gelernt (wo sonst, bitte sehr?) und sich rasch in ihn verliebt. Zwar hatte sie bislang keine Zeit (oder keinen Mut?!) gefunden, ihm das zu sagen, aber als er sich heute Abend anbot, sie nach Hause zu fahren, hatte sie einfach gewusst, dass dies ihr Chance war. Sie musste sich beeilen, denn auch die berüchtigte Diana Braunhuber - ein drall gebautes Mädchen aus der nächst höheren Klasse -, hatte (angeblich) schon ein Auge auf den gut aussehenden siebzehnjährigen Jungen geworfen.

Die beiden gingen hinüber zu Tobis frisiertem Mofa – seinem ganzen Stolz -, und während er seiner Begleiterin einem Sturzhelm überreichte, warf das Mädchen einen beunruhigten Blick zu dem großen, dunklen Wagen hinüber, der an der gegenüberliegenden Straßenseite parkte. Es war eine schwarze Limousine mit getönten Scheiben und einem seltsamen, grauen Nummernschild, das nur aus Zahlen bestand. Ganz sicher niemand aus dem Dorf oder der Umgebung.

Sabine wusste nicht, wieso, aber die Anwesenheit dieses Wagens machte sie argwöhnisch. Er stand da wie ein geduldig lauerndes Raubtier und schien nur auf ein ahnungsloses Opfer zu warten. Es war unmöglich zu sehen, ob sich jemand im Inneren des Autos befand. Aber komischerweise war das Mädchen nicht einmal überzeugt, dass sie der Anblick eines Menschen in diesem Wagen weniger misstrauisch gemacht hätte; im

Gegenteil. Wenn die Insassen des Wagens so anonym und rätselhaft waren wie der Wagen, konnte sie auf deren Anblick prima verzichten.

Sie war erleichtert, als Tobis Mofa knatternd losfuhr und der große, dunkle Wagen hinter ihnen zurückblieb.

Klammer Fahrtwind schlug ihr entgegen. Fröstelnd machte sich Sabine klein, duckte sich so weit hinter ihren Fahrer, wie sie nur konnte. Sie roch das Leder seiner Jacke, ein willkommener Duft.

»Verdammt dicke Brühe, was?«, rief Tobi über die Schulter.

Es stimmte. Der Nebel links und rechts der Straße, die zu dem kleinen Haus der Podolskis hinausführte, war tatsächlich so zäh, dass man ihn für eine massive Wand aus gefrorener Milch hätte halten können. Es war nicht zu erkennen, was sich auch nur *fünf Meter* neben der Straße befand. Für ein paar Sekunden hatte Sabine den Eindruck, den sanften Widerschein eines Autoscheinwerfers im Nebel gesehen zu haben, und sie dachte: *Das ist der dunkle Wagen, er folgt uns!* Sie tat den Gedanken als dummes Zeug und Phantasie ab.

Ein paar Minuten später passierten sie das kleine, dichte Wäldchen, das etwa anderthalb Meilen von dem Haus der Podolskis entfernt lag.

Komm schon, feuerte sich das Mädchen an. *Auch wenn er langsam fährt, bald sind wir da, und dann ist deine vielleicht einzige Chance vertan ...*

Unverhofft, und mit einem Mut, der sie selbst erstaunte, klopfte sie Tobi auf die Schulter und gab ihm mit einer Handbewegung zu verstehen, dass er anhalten sollte. Bereitwillig stoppte er das Mofa neben der Straße und schaltete den Motor aus. Die puddingdicke Stille der Herbstnacht hatte nach dem hellen, blechernen Schnarren des Mofas fast etwas Erschreckendes.

Jetzt oder nie, dachte sie. *Jetzt oder verdammt nie!*

»Hey, Tobi ...«, sagte sie. O Gott, diese Chance musste sie einfach nutzen, obwohl ihr auf einmal der schreckliche Gedanke durch den Kopf hämmerte, dass sie sich nur entsetzlich lächerlich machte, und sonst gar nichts. Aber sie zwang sich, weiterzureden: »Tobi, es gibt da etwas, das ich dir sagen möchte.«

»Ich ehrlich gesagt auch«, sagte Tobi. Auf einmal wirkte er gar nicht mehr wie der selbstbewusste Typ, den Sabine kannte und bewunderte: Fußballer und Mitglied der Freiwilligen Feuerwehr. Nun war er auf seltsame, demaskierende Weise ganz normal ... und nicht weniger aufgeregt als sie. Wieso nur? »Aber erst sagst du.«

»Nein... du zuerst«, sagte sie.

»Nee, du ... ich meine ... also okay.« Er nickte und schien seine Worte sorgfältig abzuwägen: »Also ... es ist so, dass ich dich, seit ich dich damals ... also ... damals zum ersten Mal richtig gesehen habe, echt mag ... sogar mehr als das ... ich denke, ich ... ich hab' mich in Dich verliebt. Ehrlich. Lachst du jetzt?«

Sabine schluckte. O Gott, das war ja einfach unglaublich. Sie hätte mit allem gerechnet, aber nicht *damit*.

»Tobi, und ich ...«, begann sie und dachte: *Wieso hören wir dann nicht einfach mit diesem Versteckspielen auf?*

Also war sie es, die seine Hände nahm. Sabines Herz schlug in dem Augenblick, in dem sich ihre Lippen trafen und ihr Mund sich sanft öffnete, wie wild; ja, sie hatte das herrliche Gefühl, es würde einfach aus ihrem Brustkorb springen und im Nebel verschwinden. Alles an ihr kribbelte und schien in Flammen zu stehen, sie konnte die Berührung seiner Hände kaum erwarten, und dann ... dann ...

Waren ihre Silhouetten schlagartig in gleißendes Licht getaucht, als würde mitten in der Nacht eine kalte, blaue Sonne aufgehen.

Geblendet und geschockt versuchten die beiden Teenager herauszufinden, was dieser mitternächtliche Tagesanbruch sein konnte, und woher er kam? Das erschreckendste war jedoch, dass das verdammte Licht *überall* zu sein schien. Tobi riss die rechte Hand vor die Augen und stellte sich schützend vor das Mädchen.

»Hey!«, rief er. »Was soll das, ihr Scheiß Spanner ...?!«

In jenem Moment begann ein seltsames Geräusch die nächtliche, erhabene Stille des Waldes zu verhöhnen: es war ein helles elektronisches Quietschen, Scheppern und Summen, ähnlich den Geräuschen, die man hört, wenn man mit einem Telefon irrtümlich eine Faxleitung anwählt.

Der Junge riss instinktiv die Hände von den geblendeten Augen weg und drückte sie stattdessen auf seine Ohren. *Was, zum Teufel, passierte hier?* Seine Verwirrung und Angst wurde noch größer, als aus dem Nichts eine kalte, unbeteiligt klingende Männerstimme ein mysteriöses Gedicht aufzusagen begann, unterlegt nach wie vor von dem beklemmenden, elektronisch klingenden Sirren.

»*In der bodenlosen Stille. Ohne Warnung öffnet sich langsam ein Vorhang und enthüllt die mitternächtliche Dämmerung. Ein Flüstern von eisigem Wind und eine weiße Sonne verdeckt von einem fahlen gelben Mond ...*«

»Was wollt ihr von uns?«, rief er. »Was wollt i-«

Er verstummte, als Sabines rechte Hand ihn jäh an der Kehle packte und mit ungeahnter Kraft zudrückte.

»Das Echo von fernem Donner rollt entlang der Grenze einer fernen Galaxie in einem Schauer aus unendlichen Korridoren brennender Spiegel, reflektierend und wieder reflektierend die Abbilder wogender Ozeane und Horden wilder Pferde ...«

Tobi versuchte, die Hand des Mädchens abzuschütteln, doch ihre zarten Finger schienen sich auf einmal in stählerne Klauen verwandelt zu haben. Unbarmherzig packte sie ihn fester und fester. Er riss und zerrte jetzt an ihrem Arm, so stark er nur konnte, wollte immer verzweifelter das Mädchen von sich stoßen, doch sie gab keinen Millimeter nach. Im Augenwinkel registrierte er, dass sich in der gleißenden Helligkeit Gestalten auf sie zu bewegten.

»Glas splittert, taumelt und trudelt in die Unendlichkeit, verwandelt sich in einen Schwarm Sternschnuppen aus einem verborgenen Ort. Pulsierend. So unerbittlich wie ein wiederkehrender Alptraum ...«

Tobi versuchte, den Namen des Mädchens zu keuchen, sie irgendwie zur Vernunft zu bringen. Er klammerte sich an ihren Arm, konnte die harten, straffen Sehnen und Muskeln spüren und erkannte, dass der einzige Weg, sich von ihr zu befreien, der sein würde, ihr wehzutun und zurückzuschlagen, obwohl sich alles in ihm gegen den Gedanken sträubte. Er versuchte, ihr Gesicht zu erreichen, doch schon auf halber Strecke wurde seine rechte Hand von ihrer linken abgefangen und zur Seite gedrückt, bis der Junge vor Schmerz aufzuschreien versuchte. Doch nur ein dumpfes, hilfloses Gurgeln gelang ihm, während er das Gefühl hatte, die Knochen seiner rechten Hand würden ebenso zermalmt werden wie sein Adamsapfel und seine Luftröhre.

»Zentauren pochen tief im Blut, kreuzend durch die Arterien voranstürmender Armeen, die in deinen Kopf einschlagen. Ein ewiger Kreis, immer und immer wiederkehrend, erinnernd an weiße Sonnen, die Ozeane voller Sterne verfinstern, irgendwo in der Mitternachtsdämmerung ...«

Noch bevor die fremde Stimme verstummt war, verlor Tobi das Bewusstsein. Endlich ließ Sabine von ihm ab und langte in ihre Handtasche, aus der sie einen glänzenden, kleinen Revolver hervorzog.

»... niemals endend ...«

Das Mädchen schob die Mündung der Waffe zwischen Tobis blau angelaufene Lippen. Mit teilnahmslosem Gesichtsausdruck spannte sie den Hahn der .38'er.

»... ohne Warnung.«

Sie drückte ab.

Die Waffe gab jedoch nur ein helles Klicken von sich, als die Zündnadel in die erste leere Kammer der Trommel schlug. Sie klickte und klickte weiter, während Sabine noch zweimal trocken abzog. Danach zog das Mädchen die Waffe wieder aus Tobis Mund, wobei sich ein dünner Speichelfaden zwischen der Mündung und den Lippen des Junge bildete, und schob sie, so weit sie konnte, in den eigenen Mund.

Erneut betätigte sie den Abzug.

Danach ließ das Mädchen die Waffe einfach fallen. Regungslos stand sie da, den Blick irgendwo in die Fremde gerichtet und die Arme seitlich am Körper herabbaumelnd, bis das grelle Licht, das den Wagen seit vier, fünf Minuten eingehüllt hatte, wieder dem gleichförmigen Grau der Herbstnacht wich. Ein schlanker, schwarzer Hubschrauber ohne Kennummer überflog die Lichtung in vielleicht zwanzig Meter Höhe und setzte auf einer nahen Lichtung zur Landung an.

Ein paar der Schemen, die Tobi beobachtet hatte, näherten sich jetzt den Kids. Je näher sie kamen, desto besser konnte man erkennen, dass die Fremden markierungslose Overalls, Springerstiefel und Schutzmasken trugen. Die Masken verdeckten ihre Gesichter vollständig. Zwei der Gestalten hatten Camcorder bei sich, mit denen sie alles, was passiert war und als nächstes geschah, genaustes dokumentierten:

Nacheinander transportierten die Unbekannten Sabine und den Jungen in die Auflieger zweier großer, schwarzer Lastwagen, die knapp hundert Meter entfernt unter dem natürlichen Dach des Waldes verborgen parkten.

Obwohl ihre Augen geöffnet waren, nahm das Mädchen nichts von dem wahr, was mit ihr unter sterilem, weißem Neonlicht in dem Lastwagen unternommen wurde. Sie sah nicht die gespenstischen Gesichter, die sich über sie beugten, erkannte nicht die maskierten Gestalten, die sie auszogen, mit Bändern an eine Lederliege fesselten, an ihr herumstocherten, Nadeln in ihre Arme schoben und Elektroden überall an ihrem Körper befestigten. Sie registrierte nicht, dass auf mehreren Computermonitoren an der Konsole, die in die linke Seitenwand des Trucks eingelassen war, ihre Biofeedbackwerte erschienen: Herzfrequenz, Puls, EEG und EKG, sowie zahllose weitere Daten. Eine der Gestalten, die am Computerpult saß und mit seinen behandschuhten Händen Keyboards und Touchscreens bearbeitete, warf dem Mädchen einen schnellen Seitenblick zu. Die Augen hinter der Gesichtsmaske wirkten kalt und distanziert.

»Cerebralscanning einleiten!« Es war ein Mann, der das befohlen hatte, einsachtzig groß, aufrecht, die Haare vom selben makellosen Weiß wie der Kittel, den er trug. Er stand am Kopfende der Liege und musterte Sabine Podolski mit verschränkten Armen. Er hatte eine heisere Stimme mit einem starken, slawischen Akzent.

Der stämmige Gehilfe tippte auf sein Sensorkeyboard ein. Erst an der Stimme wurde hörbar, dass es sich bei *ihm* tatsächlich um eine *sie* handelte.

»Alle Sektoren werden gecheckt«, sagte die Technikerin. »Werte im positiven Bereich. Bereit zum Direktanschluss... ah, da wären wir. Der Organizer spricht an. Wir fangen mit den peripheren Funktionen an... gecheckt und grün... Programmierung ist ebenfalls positiv. Könnte nicht besser sein. Sie hat da draußen gute Arbeit geleistet, finden Sie nicht? Sie hat auf den Input und das Schlüsselsignal ohne Zeitverzögerung reagiert. Sie ging das Programm durch wie geplant.«

Der Mann vor dem Labortisch nickte stumm.

»Aktivieren Sie sie«, sagte er zu der Frau.

Die Technikerin legte die Finger auf zwei Sensoren am berührungsempfindlichen Display der medizinischen Überwachung. Auf einem anderen Computermonitor erschienen Diagramme, Statussymbole wechselten die Farbe von rot auf grün. Schlagartig wurde Sabines Blick klar, als wäre irgendwo tief in ihr ein bislang ausgeknipster Schalter wieder eingerastet.

»Schlüsselcode?«, fragte sie mit tonloser Stimme.

»In der bodenlosen Stille«, antwortete der Mann. »Typ? Seriennummer?«

»Projekt *Nochnoi*«, sagte Sabine. »*In Vitro*-Reihe Gamma, Seriennummer 29/3-IV-1982-B. Erste von sieben.«

»Eine IV, hm?«, bemerkte der Mann. »Eignung?«

»CA/CD und ZBV«, antwortete Sabine sofort und widerspruchslos. »Infiltration. Sabotage. Schläfertätigkeiten.«

»Geburtsdatum?«

»Neunundzwanzigster März zweiundachtzig, Biolabor Vier-B-Drei im Volkseigenen Institut für biologische Endforschung, Wünsdorf.«

Der Mann nickte. »Erstprogrammierung wann und von wem?«

»Erster Januar siebenundachtzig. Doktor Michailow im Karl-Marx-Hospital, Dresden.«

»Du bist also eine von Michailows *In Vitros*«, sagte der Mann in weiß. »Das erklärt Deine saubere Programmierung. Ich habe unter Deinem Mentor gelernt. Er ist ein Genie. Deine Identität?«

Ihre Stimme veränderte sich, klang wieder wie die eines sanften, verträumten sechzehnjährigen Mädchens, als sie auf die Frage antwortete: »Sabine Podolski. Ich bin sechzehn und will mal Arzthelferin werden. Meine Mama ist Johanna Podolski und ist Hausfrau, mein Papa heißt Fred und arbeitet als Busfahrer.«

»Was sind die obersten Prinzipien?«

Eine völlig andere Stimme beantwortete diese Frage, kalt und roboterhaft: »Dienen und gehorchen.«

»Was bringt die Missachtung der obersten Prinzipien?«

»Schmerz und Auslöschung der Existenz.«

»Alles klar. Hier läuft alles fehlerlos.« Der Mann nickte befriedigt. Er warf einen Blick auf seine Uhr und nickte noch ein zweites Mal, bevor er sich abwandte.

»Wir gehen wieder zurück auf *Stand by*«, sagte er. »Die Gehirnwäsche des Jungen müsste jede Sekunde beendet sein. Schafft die beiden wieder zu ihrem Mofa. Und dann verschwinden wir hier. Wir haben noch fünf weitere Checks vor uns. Wohin als nächstes, Doktor Straub?«

»Hinter die Grenze, polnisches Territorium«, sagte die rundliche Frau vor dem Terminal. »IV Reihe Gamma, Einheit zwei von sieben. Katrina Jovanova.«

Der Mann machte eine stumme Geste der Zustimmung.

Nur etwa zehn Minuten später saß er bereits wieder in seinem Helikopter und pilotierte die Maschine zum kommenden Ziel des Konvois. Jenseits der abrückenden Laborfahrzeuge ließ das Knattern eines frisierten Mofas den nächtlichen Herbstwald kurz aufsehen, bevor sich wieder wattige Stille über das Gehölz senkte.

Kopfgeburt

DAS VORSPIEL

Die unverwechselbare Skyline der Finanzmetropole am Main wird zerklüftet von einem sich ständig ausbreitenden Netz optisch glanzvoller Wolkenkratzer aus Glas, Chrom und Stahl. Es sind die Elfenbeintürme, in deren festungsähnlichen Zentren täglich völlig gleichgültig von mehr Geld gesprochen wird, als die meisten Menschen in ihrem ganzen Leben verdienen.

Conrad F. Berger war ein Insider dieser Szene. Als profilierter Broker und Spekulant war er ein ebenso wesentlicher Teil des Finanzbusiness, wie das Finanzbusiness ein Teil von ihm war. Er lebte in dieser Welt, er *atmete* diese Welt, er war ein Leitwolf dieser Welt. Passend dazu bildete selbst seine Wohnung die Krone eines der modernsten und Aufsehen erregendsten Hochhäuser in ganz Frankfurt am Main.

Das Ambiente des zweistöckigen Appartements war glänzend, sauber, einfach perfekt. Jedes Möbelstück war exquisit und teuer, stilvolle und zurückgenommene Moderne traf auf erlesene Antiquitäten. Jeder Schatten wirkte wie abgezirkelt, jeder Winkel, jede Rundung so ausgeklügelt und definiert wie das Design eines italienischen Sportwagens. Die einzige hörbare Stimme in diesem Penthouse passte in ihrer Kultiviertheit und Arroganz blendend zu dem gestylten Milieu. Die gesprochenen Worte unterstrichen den kalten Tonfall zusätzlich noch: »Hör zu, das ganz ist mir wirklich völlig egal, ja?«

Ein paar Sekunden Stille, dann sagte Berger in einer höhnischen Gedehntheit, die noch mehr Schmerzen zufügen sollte als jeder Tiefschlag mit der Faust (und es auch tat): »Damit es selbst eine Frau versteht: das – ist – nicht – meine – Schuld!«

Die Antwort im Telefonhörer war kaum mehr ein leises, abgehacktes Schluchzen: »Aber, Conny, ich ... «

Er verdrehte die Augen. »Lass dieses jämmerliche Flennen. *Und nenn mich nicht Conny!* Du hättest einfach die Beine nicht breit machen müssen«, sagte der Mann und rieb sich über den flachen Bauch, der ihm schon seit ein paar Tagen Ärger machte. Auch jetzt kündigte sich unter dem perfekt definierten Sixpack bereits wieder blubbernd Unheil an.

Großartig! dachte er. In letzter Zeit war alles wirklich gut gelaufen, so wie er es gewöhnt war. Und nun verdarben ihm gleich zwei Dinge die Laune. Zuerst diese beschissene Mageninfektion, und jetzt heulte ihm diese kleine Schlampe auch noch etwas vor. *Einfach großartig!*

»Ich wiederhole es noch einmal, diesmal langsam für die hinteren Ränge und zum mitschreiben«, sagte er. »Es ist nicht *meine* Fotze, und es ist auch nicht *meine* Schuld, dass du keine Pille nimmst, kapierst du das jetzt endlich? Du hättest ja einfach nicht mit mir ficken müssen, Baby. Du hättest einfach nur *nein* sagen müssen, und nichts wäre passiert.« (*Zumindest wenn er in guter Stimmung war; ansonsten war »nein!« nicht unbedingt ein Wort, das er als Antwort auf die Frage nach Sex akzeptierte.*)

»O Gott, ich ... ich weiß nicht, was ich tun soll«, flüsterte die Kleine, ihre Stimme kaum noch ein

Wimmern. »Mein Vater bringt mich um, wenn er erfährt, dass ich schwanger bin ...ich weiß nicht, wo ... wo ich hin soll ... ich weiß nicht, was ich *tun* soll ...«

»Was soll dieses Gejammer?« Seine Miene war so angewidert wie sein Tonfall. »Ich muss jetzt Schluss machen, in ein paar Minuten bekomme ich einen *wirklich* wichtigen Anruf.«

»Conny, bitte, lass mich nicht alleine ...«

»Man sieht sich«, sagte er und drückte auf den roten Unterbrechungs-Sensor auf dem Display des iPhones.

Die Stimme der kleinen Schlampe wurde wie von einer winzigen elektronischen Schere abgeschnitten – »O Gott, Conny, ich bra-*BEEP!*«– und verstummte.

Tatsächlich verstummte sie für alle Zeiten, wie er später erfahren sollte ... doch jetzt gerade lag *jene* Überraschung noch in einiger Ferne (wie auch alles andere.)

Mit einer resignierenden Geste zog er sein Adressbuch aus der Gesäßtasche seiner Armani-Jeans. Dieses Buch war sein Heiligtum und würde niemals von einer schlichten Datenbank in seinem iPhone 7 oder seinem Samsung Galaxy Note S6 ersetzt werden. Er schlug die zweite M-Seite auf und machte dann mit einem verchromten Kugelschreiber einen sauberen, geraden Strich durch die Eintragung `MOLITOR, ANNA – Tel.: 932 34 21`, hinter der drei Dynamitstangen mit brennenden Lunten aufgemalt waren. Das waren drei von fünf möglichen Dynamitstangen, seinem Bewertungssystem, was Schnecken anging. Die Skala war männlich durchdacht und entsprechend einfach: die unterste Stufe stellte ein Eisblock dar, die höchste logischerweise fünf Dynamitstangen.

Demnach war die kleine Anna aus Leipzig, mit der er gerade ein so reizendes Gespräch geführt hatte, immerhin einen Punkt oberhalb des Durchschnittes gewesen - es gab bessere Ficks, weitaus bessere, aber *ganz bestimmt* auch schlechtere.

Er erinnerte sich an sie: Hübsches, sachsenblondes Haar, lange Beine, enge Fotze; leider nur ziemlich kleine Titten und kein Gesicht, das einem vom Hocker riss. Ab und zu, wenn sich nichts anderes ergeben hätte, so hätte sie vermutlich mit einem Besuch seinerseits rechnen können. Aber nun war sie schwanger *und* jammerte und flog somit rigoros von seiner Liste. Leidlich schade, aber nicht zu ändern.

Er hatte keine genaue Zahl, der wievielte Balg das eigentlich war, den er irgendeiner dämlichen, unerfahrenen Landmuschi produziert hatte. Aber er wusste auch, dass ihm die anstehenden Alimente jeden Monat verdammt die Laune verhagelt hätten, wenn jemals Vaterschaftsklage gegen ihn erhoben worden wäre.

Keines der Häschen hätte *das* jedoch bislang gewagt. Es waren junge, leicht zu beeindruckende Mädchen, die er mit größter Leichtigkeit in irgendwelchen Landdiscos aufriss; Mädchen, die von seinem fast schon lächerlich guten Aussehen, seiner unablässig großes Geld sprudelnden Brieftasche, seinem Aston Martin *Vanquish*, seinen Designeranzügen und seiner Penthousewohnung so geblendet waren, dass sie den Kopf zwischen seinen Schenkeln hatten, bevor sie überhaupt wussten, was passierte.

Auf der Klaviatur des aufs Bumsen ausgerichteten Flirts war er ein Glenn Gould, ein Rubinstein, einfach ein Virtuose. Wenn es eine wirkliche Gleichung in seinem Leben gab, dann lautete diese, dass er dank seiner Attraktivität jede Frau in die Laken zerren konnte, egal, wie sehr sie auch geglaubt haben mochte, dass es ihr nur auf »innere Werte« ankam und oberflächliche Arschlöcher bei ihr keine Chance hatten. Witzigerweise waren genau dies die Weiber, bei denen das

Abschleppen am wenigsten Plackerei machte. Deswegen mochte er genau diese *mühelose* Sorte Aufriss am liebsten, schließlich hatte er weder Lust noch Zeit, unverhältnismäßig viel Kraft und Mühe in die Vorbereitung eines vielleicht nur mittelmäßigen Ficks zu investieren.

Das bedeutete nicht, dass er Herausforderungen scheute oder nicht gelegentlich auch mal ein Experiment zuließ. Er erinnerte sich an die Nummer mit dieser psychopathischen Tussi neulich - die erste Schnecke, die *ihn* danach sitzen gelassen hatte und nicht umgekehrt.

Verdammt noch mal! dachte er plötzlich. Wenn er genau zurückdachte, war es ungefähr zu jener Zeit gewesen, dass auch seine Magenprobleme begonnen hatten. *Natürlich, jetzt machte alles einen Sinn.* Dieses beschissene chinesische Restaurant. Er war zwar Stammgast im ‚Roten Lampion', aber er wollte trotzdem lieber nicht wissen, was die alles in ihre Speisen verarbeiteten. Er erinnerte sich, einmal gehört zu haben, dass ab und zu schon auch mal Katzen und Hunde im Kochtopf landeten.

Nur bei diesem *Gedanken* begann sich sein Magen in einem gurgelnden Krampfanfall zusammenzuballen. Ächzend riss er das iPhone aus seiner Ladestation, klemmte sich das neueste Wall Street Journal unter den Arm und trat dann ein Wettrennen mit dem Durchfall in Richtung Toilette an, das er nur um Sekundenbruchteile gewann; Sekundenbruchteile, die sich wenig später zu Stunden dehnen ...

Doch *dehnte* sich die Zeit wirklich?

Nein, sie lief *zurück*, schneller Rücklauf, wie auf einem Videorekorder ... bis zu einem ganz gewissen Punkt in Raum und Zeit, als er die Frau zum ersten Mal sah:

Sie war vollbusig und komplett in eleganten schwarzen Samt gekleidet, hatte die scheinbar endlos langen Beine anmutig übereinander geschlagen und den

Kopf auf die linke Hand gestützt. Ihre Haut war von einem makellosen Cremeweiß. Ihre aufrechte Haltung verriet Selbstsicherheit, aber keine Arroganz. Der Keller hatte gerade ihre Teller und Schüsseln abgetragen, und nun sah sie mit nachdenklichem Gesichtsausdruck aus dem Fenster, spitzte dabei ihre Lippen, als erwarte sie einen imaginären Kuss. Das Licht fing sich in ihrer glänzend schwarzen Haarmähne.

Angesichts dieser Wuchtbrumme (*ein typischer 70er-Jahre-Ausdruck, den Berger hinreißend komisch und zutreffend zugleich fand*) vergaß er die knusprige Ente vor sich. Hier war etwas weitaus knusprigeres: diese Frau war in ihrer Ambivalenz geradezu einschüchternd, real, gefährlich, verführerisch, greifbar und unnahbar. Sie war vollkommener fleischgewordener männlicher Masturbationstraum.

Herrgott, was für ein Fick musste sie sein? Was für eine Mega-Fotze verbarg sich da unter ihrem schwarzen Samtrock? Er hatte nämlich diese Theorie: je hübscher das Gesicht, desto appetitlicher auch der Schlitz. Bislang hatte er sich noch nie getäuscht.

Augenblicklich winkte Berger den Kellner zu sich und befahl unmissverständlich: »Wang Xiao, Mann, Du fragst jetzt die Kleine dort drüben, ob Sie etwas trinken möchte. Der Drink geht dann auf meine Rechnung, klar? Schwirr' ab!«

»Natürlich, Herr Berger«, sagte der Kellner und huschte dienstbeflissen zu der unbekannten Schönheit.

Gespannt und ungeduldig sah er zu, wie sich Wang Xiao zu der fremden Frau hinabbeugte und ihr dann sehr diskret, mit abgebrühter, unbeteiligter Professionalität das Angebot unterbreitete. Danach nickte der junge Mann, der jüngste Sohn (*oder war es Enkel? Scheißegal Wen interessierten schon die Familienverhältnisse irgendwelcher Schlitzaugen*) des inzwischen fast greisen

Geschäftsführers und trippelte nicht minder dienstbeflissen zurück zur Bar.

Die fremde Schönheit blickte zu Berger hinüber und lächelte. Er prostete ihr mit seinem Glas Scotch mit Eis zu, mahnte sich dabei zu noch einem Hauch Geduld, nur einem Hauch, mehr würde nicht nötig sein, wenn er erst dieses ganz gewisse Blitzen in seinen Augen eingeschaltet hatte.

Der Kellner brachte der Frau ein klares Getränk - vermutlich irgendwas herb-süßes mit Tonic oder Soda –, und jetzt war sie es, die ihm zuprostete. *Bingo, die erste Schlacht war schon einmal geschlagen!* Es hatte Zeiten gegeben, da musste man selbst mit Bergers Statuengesicht bei der Fotzenjagd Geduld und ein taktisches Geschick an den Tag legen wie weiland Manfred Rommel, der Wüstenfuchs, bei seinen Saharaschlachten. Inzwischen hatte sich das Blatt jedoch gewendet, eine herrliche Zeit war gekommen, in der Weiber noch viel wählerischer waren als Männer und sich nur noch die Rosinen aus dem maskulinen Teig herauspickten; somit war das pure Paradies für Modeltypen wie den Finanzexperten mit seinem Penthouse angebrochen.

Er wollte nur noch kurz pinkeln gehen, und dann würde er den Hauptangriff starten. Fünf Minuten Small Talk, das übliche Abchecken, ob das perfekte rosafarbene Torpedo hier ein passendes Mündungsrohr finden würde (wovon er überzeugt war), und dann ab über die Dächer der Stadt zum GV.

Gott, war er froh ein Mann zu sein.

Er schlenderte an der Bar vorbei, grüßte beiläufig die Frau des Restaurantbesitzers, die gerade an der Kasse stand und eine Rechnung fertigmachte, und stieß dann die Türe zur Herrentoilette auf. Der große, hellblau gekachelte Raum, in dem es nach Desinfektionsmittel und Lufterfrischer mit Apfelaroma roch, war leer. Er öffnete seinen Reißverschluss, holte seinen gut gebauten Schwanz heraus und stellte sich breitbeinig vor ein Pissoir; ein richtiges Männer-Ritual, wie es nur richtige Männer richtig genießen konnten.

Er nahm sich vor, sich zu beeilen. Auf keinen Fall wollte er seine prädestinierte Gesellschaft für diese Nacht aus den Augen verlieren und die paar Kröten für den Drink umsonst ausgegeben haben. Doch noch bevor er richtig loslegen konnte, hörte er hinter sich die WC-Türe auf- und wieder zuschwingen. Das bedeutete, dass der unwillkürliche *aus-dem-Augenwinkel-den-Schwanz-des-anderen-Kerls-abcheck*-Kult gleich losgehen würde ... Ein Spiel, das er bei *seiner* Ausstattung stets gewann.

Aber stattdessen vernahm er das unverwechselbare Klicken von Stöckelschuhen auf Fliesenboden. *Hallo?!* Er erstarrte, fuhr herum ... und dann sah er die Frau. Ihr schwarzes Haar glänzte in der seltsam sterilen Beleuchtung der Toilette wie Pech, wie die tiefste Nacht, die er sich vorstellen konnte.

Sie lächelte, stützte die Hände auf die perfekt gerundeten Hüften und legte wortlos den Kopf ein wenig schräg. Sie sah nur sein Gesicht an (obwohl ihm erst in dieser Sekunde bewusst wurde, dass er noch immer nicht seinen beeindruckenden Penis zurück in die Hose gestopft hatte) und der intensive Blick der Frau schien ihn zu durchdringen, bis hinab in die *tiefsten* Abgründe seiner Seele, wo er wie eine Schlange umher glitt.

Die Stille war für ein paar Momente erdrückend. Verrückt: *Er hatte keine Ahnung, was er sagen sollte.* Zwar war er auch noch nie in einer solch merkwürdigen Situation gewesen; aber er war immerhin ein echter hundertprozentiger Kerl, ein Bündel aus gutem Aussehen, Kraft und Testosteron, also musste er jetzt auch irgendwas sagen, das cool, witzig und männlich war. Trotzdem war es sie, die als erste etwas sagte, was ihn maßlos ärgerte.

»Du willst mich also?«, fragte sie. Ihre Stimme war rauchig, sanft und geheimnisvoll. Wie würde erst ihr Stöhnen klingen?

»Ich ...?!«, sagte er und schluckte trocken.

»Vergiss es«, sagte sie lachend und wandte sich so jählings um, so dass ihr Haar wie schwerelos durch die Luft segelte, als es ihr zu folgen versuchte.

»He, bleib gefälligst hier!«, rief er ihr nach, und diesmal war der Tonfall genauso, wie er ihn gewollt hatte: maskulin, selbstbewusst und energisch-aggressiv. Eine Betonung, die keinen weiblichen Widerspruch zuließ.

Und der Klang seiner Stimme verfehlte seine Wirkung nicht. Wie immer. Die Fremde blieb wieder stehen, nur wenige Schritte vor dem Ausgang, und drehte sich zu ihm um. Die Arme hatte sie nun in einer provozierenden, fast schon verhöhnenden Haltung verschränkt.

»Du glaubst, dass du es wert bist?«, fragte sie.

»Das kannst du laut sagen«, antwortete er mit einem humorlosen Grinsen. »Und wenn du das nicht wüsstest, dann wärst du mir nicht hierher gefolgt.«

Er betrachtete sie unverhohlen und mit cool hochgezogenen Augenbrauen. Ohne ein weiteres Wort trat die Frau vor. Sie presste ihren Körper an ihn und drückte ihre feuchten Lippen in der Farbe dunkler Kirschen auf seinen Mund. Durch den Stoff ihres Kleides und seines Hemdes hindurch spürte er ihre harten Brustwarzen, als sich ihr Busen gegen seine Brust drückte. Ihre Zunge führte einen perfekt choreographierten Tanz in seinem Mund auf. Indessen fing sie an, sich langsam an ihm zu reiben.

»Du glaubst, dass du es wert bist?«, hauchte sie dicht an seinem Ohr, und ihre Zungenspitze glitt jetzt über seine Ohrmuschel.

»Ich bin der beste, den du je hattest!«, sagte er durch zusammengebissene Zähne; diese Fragerei machte ihn allmählich wahnsinnig. Er wollte ihr endlich *beweisen*, dass er es wert war.

Er fühlte ihre Hände zuerst auf seinem Rücken, dann seinen knackigen Hintern kneten, und wie sie schließlich nach vorne glitten und kundig die immer größer werdende Wölbung des Hosenstoffs zwischen seinen Beinen bearbeiteten. Schon besser. Schon viel, viel besser. *Wahnsinn!*

Für ein paar Augenblicke lösten sich ihre Lippen von seinem Mund, und die Frau sagte, als hätte sie seine Gedanken gelesen: »O ja, und dieser Wahnsinn passiert dir.«

Er grunzte, während sie in seinen immer noch geöffneten Hosenschlitz griff und sich durch die Unterhose zum Wesentlichen vorarbeitete. Ihre kundigen, fleißigen Finger kitzelten ihn ein wenig, spielten mit seinen Hoden und kamen dann knapp unterhalb der Spitze seines Schwanzes (oder *ober*halb, je nach geographischem Standpunkt) zur Ruhe. Verdammt, er konnte sich nicht daran erinnern, jemals eine solche Erektion gehabt zu haben. Pyramidal war das einzige Wort, das ihm einfiel; es fühlte sich an, als hätte er eine dicke Metallstange in der Hose. Er wusste nicht einmal, *was* es war, das ihn so erregte. War es die Frau selbst, die Situation oder die Möglichkeit, dass sie jede Sekunde entdeckt werden konnten? Egal, denn es funktionierte ...

Herrgott, und *wie* es funktionierte!

Als sie die nahenden Schritte hörte, zog sie ihn rasch mit sich in Richtung einer der Kabinen - nicht an der Hand. Sie schlug die Holztüre hinter sich zu, verriegelte sie und kniete sich vor ihn sich. Mit der linken Hand fuhr sie fort, sein Glied mit quälender Langsamkeit zu masturbieren, die rechte öffnete in wenigen

Augenblicken den Gürtel und beförderte die Hose zu Boden.

Er klammerte sich an beiden Seiten der engen Kabine fest, während jemand die Herrentoilette betrat und dann deutlich hörbar seinen Reißverschluss öffnete. Als der ahnungslose Restaurantkunde vor ein Pissoir trat, wobei er den »Holzmichl« pfiff, berührte die Zunge der Fremden für wenige Sekundenbruchteile die Spitze von Bergers zuckendem Schwanz, zog sich dann kurz zurück und fing an, sich in alle möglichen Richtungen vor- und wieder zurückzuarbeiten.

Er glaubte, ohnmächtig zu werden. Ungelogen. Er hatte schon oft einen geblasen bekommen (wenn auch ab und zu erst nach sanfter, aber bestimmter Gewalt), *dies hier* jedoch schien alles bisher Geblasene zu übertreffen. Bevor er sich zusammenreißen konnte, stieß er ein dumpfes, kehliges Ächzen aus und holte ruckartig Luft.

Der Mann vor dem Pissbecken blickte sich mit hochgezogenen Augenbrauen um, knöpfte dann gleichmütig sein Jackett zu und wusch sich die Hände. Danach verschwand er, immer noch den *Holzmichl* pfeifend. Mit einem dumpfen Klicken fiel die schwere Plastiktüre hinter dem Restaurantgast zu.

Endlich konnte er sich leisten, eine Zustimmung zu grunzen: »Gut so, Baby, das ist so verdammt *gut* ...«

Tja, und genau da hörten die Bewegungen auf. Verwirrt und enttäuscht senkte er den Kopf, gerade noch rechtzeitig, um zu sehen, wie die Fremde sich langsam aufrichtete.

»Was i-«, begann er, doch sie öffnete einfach wortlos ihre Bluse und stieß ihn zurück. Seine Knie waren so weich, dass er ganz automatisch auf den geschlossenen Toilettensitz zutaumelte und erschauerte, als das kalte Plastik seine Haut berührte. Nur einen Moment später saß sie über ihm. Er spürte, dass sie kein Höschen anhatte - und da er nicht gesehen hatte, wie sie es auszog, wusste er plötzlich, dass sie nie eines getragen hatte. Oder bildete er sich das nur ein, weil es so perfekt in diese Realität gewordene Männerphantasie passte? Er wusste es nicht. Er wusste nur, dass es ihm keinen Spaß machte, wie sehr die Fremde die Initiative übernommen hatte; dass er fast vergewaltigt wurde, gefickt wurde. In *seiner* Welt waren die Männer das dominante Geschlecht, egal, worum es sich drehte, und besonders beim Sex.

Aber da war es schon zu spät. Mit der linken Hand hielt sie seine Unterarme hinter seinem Kopf an die Wand gedrückt, während sie ihn mit der anderen *schwupps!* in sich einführte, was so perfekt *gleitend* geschah, als wäre sie weit wie ein Scheunentor ... was sie jedoch nicht war, wie er nun überdeutlich spürte. Dann begann sie sich zu bewegen ... Aber etwas war anders. *Entschieden* anders, *nein, nein, nein* - es war, als wäre nicht er in ihr, sondern *sie* auf eine seltsame Weise in *ihm*. Bei jedem Stoß, den er vollführte, wurde das Gefühl stärker. Er hatte schon Hunderte, vielleicht sogar mehr als *Tausend* Mösen in seinem Leben gehabt, aber niemals etwas Vergleichbares wahrgenommen. Sekunde für Sekunde wurde es schmerzhafter für ihn, aber er konnte dennoch nicht aufhören, o nein, er *musste* es zu Ende bringen, immerhin musste er beweisen, dass er ein Kerl und es wert war. Die Frau stieß indessen bei jeder Bewegung ein tiefes, katzenhaftes Schnurren aus ... So trieb sie ihn voran während er tiefer in sie und dann wieder sie immer tiefer in ihn glitt als er es bei ihr tun könnte und jeder harte Stoß mit dem er sie quälen und demütigen wollte schnitt ihm wie ein Messer stattdessen ins eigene Fleisch wie wenn etwas in ihm zerrissen würde!

Als sie der Höhepunkt schüttelte, keuchte er vor Schmerz, worauf sie sich nur noch fester an ihn krallte. Ihre Fingernägel gruben sich tief in seine Haut und sein Fleisch und jede Strieme, die sie hinterließ, brannte wie eine mit Säure gezogene Furche. Nun keuchte er nicht mehr, er schrie erbost und missgelaunt auf. Dann betäubte ihn der glühende Schmerz in den Krallenspuren dermaßen, dass er für ein paar Momente nicht wusste, *was* sich veränderte.

Nur allmählich wurde ihm klar, dass er auf einmal alleine in der Klokabine war, die Hose um seine Knöchel geschlungen, sein Schwanz in einem irritierenden Zustand zwischen steif und schlaff. Ein dumpfes, enttäuschtes Pochen in seinen Hoden sagte ihm, dass *er* definitiv *nicht* zu einem Orgasmus gekommen war.

Das darf doch wohl nicht wahr sein?! dachte er bestürzt. *Das gibt's doch einfach nicht, verdammt. Da kann es dieses Miststück gar nicht erwarten mich zu haben, fickt mich wie die letzte Straßenhure, und verschwindet, bevor ich abspritzen kann ... Ich fasse es nicht.*

Vor dem Spiegel ordnete er seine Klamotten und ging dann zurück ins Restaurant, wobei er noch ein wenig wankte. Er hatte den seltsamen Eindruck, alle würden ihn anstarren, als wüssten sie, was gerade in der lumpigen Toilettenkabine geschehen war. Als wüssten sie, dass Conny Berger von einer Schnecke blamiert worden war.

Machten sie sich über ihn lustig? Scheiße, o Scheiße ...

Kopfweh begann in seinem Schädel zu pochen, fast wie eine dumpfe, lang gezogene Basslinie.

Er fragte Wang Xiao, wo die Frau hingegangen sei, die vor ein paar Minuten noch an diesem Tisch dort drüben gesessen hätte. Der Kellner antwortete, er habe nur die Rechnungssumme und ein großzügiges Trinkgeld auf dem Tisch gefunden und die Frau habe er nicht mehr gesehen, seit sie in Richtung der Toiletten aufgebrochen war.

Natürlich, dachte er. *Das hatte kommen müssen.*

Aber nach *dieser* seltsamen Nummer hatte er sowieso nicht vor, nochmals einen Gedanken an sie zu verschwenden. Teufel, er war ja schon froh, wenn er sich nicht irgendwas geholt hatte. Berger wusste noch nicht, dass *genau dies* geschehen war, obschon es sich dabei weder um Aids, noch um Tripper oder sonst irgendeine Geschlechtskrankheit handelte.

NIEDERKUNFT

Zwei Tage nach dem Telefongespräch mit der schwangeren Schlampe dämmerte der Morgen neblig und schiefergrau. Quälend langsam kroch das Tageslicht über den Himmel. Nicht minder zähflüssig kehrte das Bewusstsein zu Conrad Francis Berger zurück. Nach dem Aufwachen hatte er dermaßen bohrende Kopfschmerzen, dass er glaubte, der Aufprall einer fallenden Stecknadel könne seinen Kopf wie eine überreife Melone platzen lassen. Als er sich nur ein wenig bewegte, schoss bittere, faulig schmeckende Magenflüssigkeit in ihm hoch, die er einfach nicht mehr herunterschlucken konnte, um sie loszuwerden.

Zitternd und mit verzogenem Gesicht rappelte er sich hoch, während der Würgereflex in ihm fast unerträglich wurde. Auf Beinen, die wie aus Gummi waren, wankte er hinüber ins Badezimmer. Dort riss er den Klodeckel hoch, spuckte die grünlich braune Flüssigkeit aus und fühlte sich danach kein bisschen besser, ganz im Gegenteil. Also warf er ein Aspirin plus C und zwei Alka-Seltzer in seinen mit Wasser gefüllten Marmor-Zahnputzbecher, kippte die blubbernde Mischung hastig herunter und wagte sich dann hinab ins untere Stockwerk, wobei er schnaufend in einen seidenen Morgenmantel schlüpfte. Vor der Wohnungstüre lagen bereits fünf zusammengerollte Zeitungen: Die vier wichtigsten Wirtschafts- und Börsenfachblätter sowie eine Lokalzeitung, die *Frankfurter neue Presse*, in der Berger hin und wieder gute Tipps für Restaurants und Events fand.

Er nahm die Blätter an sich – wenigstens *etwas*, das an diesem Morgen zumindest einigermaßen normal sein sollte -, und trug sie hinüber in die Küche, wo er sie nach einem genau festgelegten Wichtigkeitsschema ausbreitete: Erst die Financial Times, dann das Wall Street Journal, gefolgt von der Börsenzeitung. Heute jedoch konnte er sich unmöglich darauf konzentrieren. Alles drehte sich vor seinen Augen. Er schaffte es kaum, die ellenlangen Börsennachrichten zu entziffern. Und *was* er sah, schmeckte ihm nicht besonders: Dow Jones und Nikkei waren gefallen, der Hang Seng auf etwa demselben Level wie beim gestrigen Börsenschluss geblieben.

Fuck! dachte er und erschauderte unter der Schmerzwelle eines heftigen Magenkrampfes. Ihm war, als würde eine Hand von Innen gegen seine Magenwand trommeln, sich anschließend hineinkrallen und dann wieder loslassen. Er hatte eine relativ hohe Schmerzgrenze, aber das war eindeutig zuviel für ihn. Was konnte er unternehmen? Er *würde* zum Arzt gehen, keine Frage, aber in seinem momentanen Zustand war noch nicht daran zu denken.

Bislang hatte die gute, alte Kuhmilch immer wieder geholfen, seinen Magen rasch zu besänftigen. Er öffnete den Kühlschrank, griff hinein und nahm eine große, halbvolle Flasche Milch heraus. Gierig setzte er sie an die Lippen und ließ die kühle Milch durch seine Kehle rinnen. Augenblicklich fühlte er sich etwas besser. Die Säure schwand, ebenso wie die penetrante Übelkeit, hurra.

Seit jenem grotesken Abend im ,Roten Lampion' konnte man dies als seinen Dauerzustand bezeichnen; abends fraß er wie ein Scheunendrescher, und morgens kotzte er sich zumeist die Seele aus dem Leib. Hin- und wieder meldete sich oftmals heftiger Durchfall. Und obwohl er seit neuestem fast die Hälfte seiner Deals von irgendwelchen Toiletten aus führte, hatte er fast vier, fünf Kilo zugelegt. *Gott, er wurde langsam fett.*

Er setzte sich wieder an den Frühstückstisch, beugte sich über die Zeitungen und begann, erneut die Notierungen im Einzelnen zu studieren. *Wall Street: Viacom 3/8 hoch, dafür Paramount um 3 1/2 gesunken, zum Donnerwetter!* Er wusste nicht wieso, aber er mochte es, in Unterhaltungsaktien zu investieren, obschon sie ihm manchmal in den Arsch kniffen. Aber das war Teil des Spiels, des Risikos, des *Rituals.*

Er begann, über ein paar neue Investments nachzudenken, als er auf der Titelseite der Frankfurter neuen Presse etwas sah, das ihm schrecklich bekannt vorkam. Es war ein schwarz umrahmtes Bild jener Tussi, der er kurz zuvor den Laufpass gegeben hatte, dazu die Schlagzeile:

SELBSTMORD AUS VERZWEIFLUNG
MÄDCHEN (19) SPRINGT IN DEN TOD

Die neunzehnjährige Anna M. aus Offenbach sprang gestern Abend von der alten Brücke in den Tod. In einem Abschiedsbrief gab sie ausweglosen Liebeskummer als Motiv für die verzweifelte Tat an. Besonders tragisch: Das Mädchen war im zweiten Monat schwanger.

Auweh, auweh! dachte er kopfschüttelnd. *Ach du dicker Brummer.* Die kleine Schlampe mit dem Braten in der Röhre war ohne Seil Bungee springen gegangen. Vermutlich hätte er jetzt entsetzt, reumütig oder bestürzt sein sollen. Aber tatsächlich zuckte er nur mit den Achseln und fühlte Erleichterung darüber, dass sich dieses Problem gelöst hatte, bevor es eines hatte werden können.

»Weiber, nehmt euch ein Beispiel!«, murmelte er. »So müsste es immer la-«

Vermutlich hätte das letzte Wort »laufen« heißen sollen, aber er kam nie dazu, es komplett auszusprechen. Anstatt der zweiten Silbe kam etwas anderes aus seinem Mund. Er räusperte sich abrupt, würgte ... und kotzte wie ein isländischer Geysir quer durch die Küche und über den Tisch. Erbrochenes klatschte auf die Spüle, das kleine Fenster dahinter, an den Kühlschrank, die Glasvitrinen und den Boden. Zäh und lange Schleimfäden hinter sich herziehend tropfte die bräunliche Flüssigkeit zu Boden. Ein milchig saurer, beißender Gestank breitete sich aus, wie nach einer Giftgasattacke an der Ostfront.

»URRRRRRGH!«, rief er und verdrehte die Augen. Dann kippte er seitlich vom Küchenstuhl, streckte aber noch rechtzeitig die Arme aus, um nicht mit dem Kopf gegen das Tischbein zu donnern und sich sein wichtigstes Kapital – sein Gesicht – zu ruinieren. Doch als er schließlich aufprallte, knickte seine linke Hand ein und drehte sich knackend um die eigene Achse, die andere rutschte auf einer Pfütze Erbrochenem weg. So knallte er doch noch mit dem Kinn gegen das Tischbein aus unnachgiebigem, kaltem Marmor, und das Licht ging aus.

Er hatte keine Ahnung, wie lange er in fast embryonaler Haltung dalag, dann loderte die Pein in seinem Magen erneut auf, und sein Körper spannte sich wie eine Feder. Das war es, was ihn zurück in die Realität holte: Schmerz!

Später konnte er sich kaum erinnern, wie und vor allen Dingen *wann* er es geschafft hatte, sich ins obere Stockwerk und ins Badezimmer zu schleppen. Aber als er wieder völlig bewusst denken konnte, saß er bereits auf dem marmornen Männerthron und starrte, wie jedes

Mal, seit er in diese Wohnung eingezogen war, das Waschbecken und den riesigen Kristallspiegel darüber an. Stockend holte er Luft, als er von einem neuen Krampfanfall geschüttelt wurde. Er beugte sich nach vorne und hechelte, die Ellenbogen auf die Knie gestützt, was ihm ein wenig Linderung verschaffte.

Da spürte er das Zwicken am Hintern zum ersten Mal.

Er stieß ein schrilles, überraschtes Krächzen aus, riss die Augen auf und sprang mit einer Kraft, die ihn selbst erstaunte, wie von der Tarantel gestochen vom Mahagoni-Klositz auf. *Ratten!* dachte er ungläubig und erinnerte sich an einen Bericht, der neulich im TV gelaufen war; darin hatte ein Mann, der in einer Neubauwohnung lebte, davon erzählt, wie er morgens in seinem Klo eine lebendige, fette Kanalratte gefunden hatte.

Eine Ratte ... eine gottverdammte Ratte hatte ihm in den Arsch gebissen ... hier, in seiner achteinhalbtausend-Euro-pro-Monat-Wohnung im Westend!

Angsterfüllt und wütend zugleich spähte er in die verschmierte Kloschüssel, doch da war keine Spur von einer Ratte. Das machte alles noch schlimmer, denn wenn sie nicht *dort* war, dann war sie ... Wie kopflos taumelte er durchs Bad und hatte auf einmal ein maßlos widerwärtiges Bild vor Augen: eine zappelnde Ratte, die sich an seinem Hintern festgebissen hatte, ihr Fell braungesprenkelt von Fäkalien.

»Nein!«, schrie er. »*Nein, verdammt, nein ...*«

Wieder kniff ihn etwas in den Hintern ... und dann war da ein tastendes, beinahe *absuchendes* Gefühl zwischen seinen Pobacken, wie vor einer grotesken Prostata-Untersuchung. Hastig bückte er sich. Er ging etwas in die Knie, steckte buchstäblich den Kopf zwischen seine gespreizten Beine. Erstarrte. Fror ein. Erlahmte. Nur mit äußerster Willenskraft konnte er kurz die Augen zudrücken, um diese Halluzination zu vertreiben ... dann stieß er ein irres, keuchendes Lachen aus und glotzte dann wieder seinen Hintern an.

Aber die alptraumhafte, etwa ein oder zwei Zentimeter große Hand am Ende des winzigen Armes war immer noch da ... *und sie kam aus seinem Anus!* Mit kleinen, prüfenden Bewegungen tastete sie dort die Umgebung ab, kniff hier und da in sein festes, trainiertes Fleisch. Nun bahnte sich noch ein zweites Glied seinen Weg durch die Rosette: ein weiterer Arm, genauso perfekt geformt wie der erste, die schiefergraue Haut glänzend von Darmflüssigkeit. Zusammen versuchten die zwei Hände, die Rosette in dem durch jahrelanges Training festen Hintern zu vergrößern, ließen aber wieder ab, als es einfach nicht weiterging.

Er kreischte vor Schmerz, wimmerte und grunzte. Speichel troff über sein Gesicht. Dennoch konnte er sich von dem bizarren, unglaublichen und dennoch *passierenden* Schauspiel unterhalb seiner Gürtellinie nicht abwenden. Für ein paar Momente glaubte er sogar, einen winzigen Kopf gesehen zuhaben, der aus seinem After spitzte, überzogen von derselben steinfarbenen Haut wie die Arme, mit dem Gesicht einer Plastikpuppe, die jemand in einen Mikrowellenherd gelegt hatte.

Conny Berger brabbelte irgendwelche unverständlichen Wortfetzen, krallte sich dabei in den Badezimmerteppich.

Unverhofft verschwand zuerst der linke, dann der rechte Arm wieder in seinem Körper, und der ganze Spuk war ebenso schnell vorbei, wie er begonnen hatte - zumindest für ein paar Momente. Dann spürte er mit alptraumhafter Deutlichkeit, wie sich das Etwas durch seinen Körper zu bewegen begann. Es zwängte sich durch seine Gedärme, während sein Bauch ungleichmäßig anschwoll, abschwoll, sich aufblähte und ausgebeult wurde wie eine Bettdecke, unter der sich etwas regte. Mal blähte er sich auf der linken Seite auf, fast als würde er gleich platzen, kurz darauf tauchten die unverwechselbaren Umrisse der winzigen Hand in der rechten Körperhälfte auf. Auch dort schienen sie nach einer Öffnung zu suchen, doch da war keine, nur die feste, von unzähligen Trainingsstunden gestählte Bauchdecke.

Schreiend warf sich Conrad F. Berger zu Boden und begann, wie von Sinnen mit beiden Fäusten auf seinen Magen einzutrommeln, wobei er wie eine psychopathische Kasperlepuppe »GEH WEG! GEH WEG! GEH WEG!« kreischte.

Die Schmerzen, die er dann hatte, waren mit absolut nichts vergleichbar, was er je erlebt hatte. Die Augen traten ihm aus den Höhlen, und seine Zunge quoll bei jedem Würgen in höchster Agonie weiter aus seinem Mund. Zuckend und mit weit gespreizten Beinen lag er auf dem Badezimmerboden, ein unablässiger Fluss aus milchiger, blutdurchsetzter Flüssigkeit aus seinem Hintern rinnend. Sein Penis war absurderweise brettsteif und hüpfte wie das Rumpelstilzchen vor dem Lagerfeuer auf und ab.

Das Wesen schien sich jetzt innerhalb seines Magens umzudrehen; er konnte jede Bewegung sehen und spüren, bei Gott, s-p-ü-r-e-n. Der Fleischwulst hinter seiner Bauchdecke ruckte ein wenig nach oben, verharrte dort und tastete dann wieder umher.

Auf einmal bekam er keine Luft mehr. Er begann aus Leibeskräften zu husten, zu japsen und hecheln. Es dauerte ein paar Momente, bis ein Gedanke mit erstaunlicher Klarheit durch all den Schmerz in sein Gehirn drang: *Es kommt jetzt durch die Speiseröhre nach oben!*

Instinktiv rollte er sich herum und beugte sich vor, um es dem Wesen einfacher zu machen. So schien es sich jetzt tatsächlich ein wenig leichter fortbewegen zu können. Bergers Zwerchfell krampfte sich zusammen, und er sah schwarze und gelbe Sternchen vor seinen Augen umhertanzen, sah ganze Galaxien explodieren. *Luft!* ... O Gott, er *erstickte* ... Schmerz, er ertrug es nicht mehr… o bitte, bitte, lass' es ein Ende haben… *bitte, lass diesen Schmerz enden,* flehte er, während sich die Kreatur Zentimeter um Zentimeter höher kämpfte.

Schließlich war sie in seinem Hals angekommen. Wie bei einer Cartoonfigur, die gerade vor Hunger ein ganzes Hähnchen verschluckt hatte, blähte sich sein Hals auf, und er begann hilflos zu würgen, als die Kreatur sich einen Weg durch seine Kehle bahnte. Immer noch konnte er nicht atmen,   denn immer noch war die von einer schleimigen Hülle aus Gleitmittel umgebene Kreatur auf ihrem Weg zum Licht. Als Berger die kleinen Hände in seinem Mund umhertasten spürte, schob er mit kaum zu fassender Geistesgegenwärtigkeit seine Finger zwischen seine Zähne und zog dann so fest er noch konnte an dem Fremdkörper. Mit einem Ruck löste es sich von und *aus* ihm. Als abermals etwas weiches und glitschiges seine Atmung verstopfte, würgte er noch mit letzter Kraft etwas hervor, das wohl die Nachgeburt des Wesens war.

Danach kollabierte er.

POSTNATAL

Das Wesen lag nun vor ihm, zappelnd, wimmernd, in ein obszönes Kleid aus Schleim und Blut gehüllt. Nie hätte er gedacht, dass etwas so großes durch eine so kleine Öffnung passen könnte, nie. Und noch nie war er so bodenlos erschöpft und aufgezehrt gewesen. Er fiel nicht einmal in Ohnmacht, er konnte sich einfach nicht mehr bewegen.

Sein Kind wischte sich derweil mit den winzigen Händchen über das schrumpelige Köpfchen und atmete dann zum ersten Mal tief ein. Daraufhin stieß es einen halb schmerzerfüllten, halb triumphalen Laut aus und begann, sich auf alle Viere zu erheben, ein uralter, haarloser Mann mit steinfarbener Haut und leuchtend gelben Augen, die aufmerksam und neugierig ihre Umgebung sondierten.

Für ein paar Momente schauten sich die beiden an. Es war der erste direkte Blick zwischen Vater und Sprössling. Dann kletterte der Abkomme mühsam auf Bergers' Bauch und stülpte seinen kleinen, von spitzen Zähnen gesäumten Mund über die linke Brustwarze. Wieder durchzuckten Berger Schmerzen, als das Wesen die empfindliche Haut des Nippels auftrennte und das heiße, herausquellende Blut gierig in sich sog. Doch diese Pein war vergleichsweise nichtig mit der Agonie, die er während der vorangegangenen Geburt durchlebt hatte.

Als es satt war, wagte das Kind im Körper des uralten Mannes einen neuen Versuch, sich aufzurichten. Diesmal funktionierte es. Worte hallten bei diesem Anblick wie von einem Endlostonband durch Bergers Gehirn: *Das ist ein böser Traum, das muss ein böser Traum sein, das kann nur ein Traum sein, ich muss aufwachen, oder Ich muss aufwachen, ich muss einfach nur aufwachen!*

Da hörte er die Schritte hinter sich.

Endlich Hilfe! dachte er, ohne den Gedanken zu Ende zu führen, *wer* sich hier im Badezimmer seiner Wohnung zu ihm gesellte, wie diese Person in das Penthouse gekommen war ... und wieso? Mit gequältem Gesicht wälzte er sich in der Lache aus Blut, Exkrementen und Urin, die ihn umgab, zur Seite.

»Hallo?!«, rief er. »*Bitte ... helfen ... Sie mir*!«

Hier verstummte er. Denn in der Eingangstüre des Badezimmers, da stand die Frau aus dem chinesischen Lokal und lächelte ihr kaltes Katzenlächeln.

»Du bist keine Hilfe wert«, sagte sie und machte einen eleganten Schritt vorwärts.

Das Neugeborene tapste und wackelte ihr entgegen, kleine Freudenlaute ausstoßend, ließ sich bereitwillig von ihr hochnehmen und liebkosen, gefolgt von einer eingehenden Inspizierung.

»Das war eine Kopfgeburt, nicht wahr?«, fragte die Fremde mit hochgezogenen Augenbrauen. »Na, das hat ja so kommen müssen. Bei euch durchtrainierten Kerlen mit euren verdammt harten Schließmuskeln hat das Kleine ja gar keine Chance, hinten durchzukommen, was *entschieden* angenehmer als Geburtsmethode ist.«

Er stammelte: »Wa- ...?! Was ... ist ... los ...?«

»Bist du so schwer von Begriff?«, fragte die Frau und streichelte den Kopf des kleinen Wesens. »Du bist gerade Vater geworden.«

»Vater?«, echote er. »Wer ... bist ... du?«

Sie schnaubte verächtlich.

»Ich habe viele Namen, Conny Berger«, sagte sie. »Wenn du unbedingt willst, dann nenn mich Lilith, diesen Namen mag ich. Er klingt theatralisch, findest du nicht? In jedem Fall wirst du mich in den nächsten Jahren noch häufiger sehen, immerhin haben wir ein Kind zusammen.«

»Ein ... Kind? *Wir* ...?«

Sie sah eisig auf ihm herab und schüttelte den Kopf.

»Conny, Conny, Conny – eine Vaterschaft verlangt wirklich nach einer etwas besseren Einstellung und einem klaren Kopf zwischen den Schultern. Dir sollte besser klar sein, was für neue Pflichten dir deine Elternschaft bringt.«

»Was? Ich ... verstehe nicht ...«

»Das dachte ich mir«, sagte sie. »Also, noch mal zum mitschreiben, so dass es auch die hinteren Ränge und Männer verstehen: du musst jetzt für dein Kind sorgen. Nahrung, Liebe, Wärme, Erziehung, Gesellschaft, verstehst du nun? Ein Kind aufziehen. Du hast jetzt die Verantwortung.«

Nun setzte sie das groteske Kind ab und verschränkte die Arme.

Ihre Stimme war von erbarmungsloser Geschäftsmäßigkeit, als sie sagte: »Du wirst dein Leben von Grund auf ändern müssen, ob du willst und bereit bist oder nicht. Du wirst Deine Einstellung gegenüber sehr vieler Dingen ändern müssen – vor allem, wie Du über Frauen denkst. *Vor allem* das, Schätzchen. Wenn du dies in ein paar Jahren geschafft hast, werde ich dich vielleicht wieder in ein normales Leben entlassen, aber bis dahin ...«

Sie sprach nicht weiter. Das war auch nicht nötig.

»Bitte«, flüsterte er. »Es tut so *weh* ...«

»Das tun Geburten immer«, sagte die Frau. »Bei einer Frau ist das selbstverständlich, gilt es als gegeben. Aber du erwartest deswegen eine Sonderbehandlung, immerhin bist du ein *Mann*, die Krone der Schöpfung, ein Meister des Universums, nicht wahr? Du bist nichts als Dreck. Du hast Frauen dein Leben lang als Objekte gesehen, als Mittel zum Zweck deiner Befriedigung. Du hast dein Gesicht – dein Kapital – clever genutzt, und die Konsequenzen waren dir immer egal. Aber damit ist es jetzt vorbei. Immerhin hast Du jetzt einen neuen Sinn und eine große Verantwortung in deinem Leben - dein Kind. Was geschieht übrigens, wenn du versagst, willst du jetzt sicher wissen? Das möchtest du nicht wissen, glaube mir. Es gibt schlimmeres, und langwierigeres, als den Tod, glaube mir. Und du wirst auch nicht durch Selbstmord entkommen können, so einfach wirst du es *nicht* haben.«

»Nein«, wisperte er. »O Gott, *nein* ... ich habe einen Job ... ich verdiene Geld ... ich kann nicht ...«

»Conny, Conny, Conny«, sagte sie erneut. »Das ist *genau* das Denken, dass du dir ab jetzt schleunigst abgewöhnen solltest. Ab jetzt gibt es etwas Wichtigeres in deinem Dasein als Geld scheffeln und Frauen missbrauchen. Gewöhne dich daran. Dein Leben hängt mehr als nur buchstäblich davon ab. Nun, ich werde dich jetzt fürs Erste alleine lassen ... *Vati*. Aber wir sehen uns bald wieder, keine Sorge. Ich sehe oft nach meinem Kind. Es soll ihm ja gut gehen.«

»Nein!«, rief er. »Lass ... mich ... nicht ... alleine mit dem ... diesem ... *Kind* ... O bitte ... lass ... mich nicht alleine ... ich kann doch nicht ... ich weiß doch nicht was ich *tun* soll!«

Sie klatschte in die Hände und brach in ein herzhaftes Lachen aus.

»Das ist nicht *mein* Problem, Schätzchen. Zum Ficken gehören immer zwei, oder? Du hättest damals einfach nur deinen Schwanz in der Hose behalten müssen ... aber das wolltest du nicht. Nun denn! Küsschen, wir sehen uns.«

Sie wandte sich ab und war nach drei Schritten mit der dämmrigen Schwärze im Rest des Penthouses verschmolzen. Einen Moment später war es, als hätte sie nie existiert.

Stattdessen sah Berger die leuchtend gelben Augen des Kindes vor sich und die winzigen, messerscharfen Zähne in dem breiten, ewig grinsenden Schlund, die man den Mund des Etwas nennen musste. Eine Sekunde später hatte das Kind ein winziges Stück Fleisch aus der Wange seiner / seines Mutter / Vaters gerissen und verspeiste es genüsslich. Es aß sein Aussehen. *Sein Kapital.*

»Bitte«, kreischte Berger. »Lilith ... LILITH ... lass mich ... hier nicht ... alleine ... ich weiß nicht, was ich tun soll ... o mein Gott, *bitte* ...«

Er schrie dieses Wort – »bitte!«– noch lange. Sehr lange. Und sehr verzweifelt. Aber auch sinnlos.

Denn es war niemand da, der ihn hören oder ihm helfen konnte. Oder wollte.

Über den Autor

Der Legende nach begann Sascha André Michael noch im Mutterleib beim Klang einer Schreibmaschine aufgeregt zu zappeln und seine Mutter mit Tritten zu erfreuen. Ob er es zu diesem Zeitpunkt schon ahnte oder nicht, so würde ihn dieses Geräusch sein ganzes Leben lang verfolgen und definieren.

Denn – das müssen Sie unbedingt wissen – Sascha Andre Michael hat sich das Schreiben nicht ausgesucht. Es hat *ihn* ausgesucht und ließ ihm nie eine andere Wahl, als zu *schreiben, schreiben, schreiben*. Schon als kleiner Junge hackte er zahllose Kurzgeschichten in die riesige Triumph-Schreibmaschine seines Großvaters, während andere Kinder draußen waren und ... nun ja, irgendwelche Dinge taten, die man als Kind ebenso tut. Und derweil andere Jugendliche Dinge taten, die man eben als Jugendlicher so tut, erforschte Sascha André Michael die Abgründe der menschlichen Seele und recherchierte über Serienmörder und Profiler.

Letztlich gesehen hat sich daran bis heute nichts geändert. Selbst die Triumph-Schreibmaschine existiert noch und wird benutzt.

Und das ist wahrscheinlich gut so. Seit seinen ersten Veröffentlichungen in den 1990er Jahren haben seine Artikel, Romane, Novellen, Kurzgeschichten, Reportagen und Werbetexte genug Leser gegruselt, unterhalten und mental gekitzelt, dass er sich zu einem Geheimtipp der Thrillerszene entwickelt hat. Heute lebt der Sprachenlehrer und ausgebildete Securityfachmann mit seiner Lebensgefährtin in Bukarest, Rumänien, bleibt aber seiner Ulmer und Nürnberger Heimat weiterhin innig verbunden. Er ist überzeugter Veganer und hat »einen seltsamen Humor« (Zitat eines Bekannten.)

Leben Sie noch, oder rächen Sie schon?

(eine Art von Nachwort)

Nun denn, die Sammlung ist zu Ende! Ich hoffe, eine oder auch mehrere (*gerne auch alle, aber wir wollen ja nicht vermessen sein*) der Kurzgeschichten haben Ihnen gefallen, und wir sehen uns irgendwann mal zwischen zwei anderen Buchdeckeln wieder, egal ob in der nächsten Runde mit Kurzgeschichten oder einem meiner Romane. In diesem Sinne: machen Sie es gut, bleiben Sie mir wohlgesonnen und passen Sie auf sich auf! Tschüß mit einem fröhlichen Winken! Ja, ich hab die Wohnungstüre abgeschlossen.

Also noch mal: Bis bald.

Tja ... also ... *Hmmm* ... Warum sind Sie noch da? Welches der Worte »Tschüß« oder »bis bald« hatte seinen Sinn verfehlt? Ich meine, Sie lesen noch, das merke ich doch. Ich sehe, wie sich Ihre Augen bewegen. Hören Sie, hier kommt nichts mehr. Sie können aufhören zu lesen, ehrlich. KOPFGEBURT war die letzte Kurzgeschichte dieser Sammlung, und dies ist keine CD mit *hidden bonus track*, der sich 15 Minuten Spielzeit hinter dem letzten Cut befindet. Nix, nada, aus! Hier kommt keine *hidden bonus belletristik*, 15 Seiten hinter dem Ende der letzten Story. (Huch, interessante Idee nichtsdestotrotz, mentale Notiz machen!)

Daher schlagen Sie das Buch jetzt am besten zu und gehen Sie in Ihren Garten, wenn Sie einen haben, meinethalben auch in den nächsten Wald oder Park, und erfreuen Sie sich dort an der Natur. Genießen Sie doch ein erfrischendes Glas Eistee oder eine munter machende Tasse Kaffee. Rufen Sie mal Ihren Versicherungsmakler an und vereinbaren Sie einen Termin, um Ihre Altersabsicherung zu prüfen oder eine neue Police gegen terroristische Attacken und Entführungen durch Aliens abzuschließen. Man weiß ja nie, was passiert. Hauptsache, Sie hören jetzt auf zu lesen.

JETZT! Aufhören! Arrrrrrgh, Sie sind noch immer da.

Na schön, na gut, Sie haben gewonnen. Lesen Sie weiter. Sie gehören zur hartnäckigen Truppe, oder? Aber eines muss klar sein: Geschichten gibt es keine mehr. Keine Erzählungspassagen, keine Charaktere, keine Dialoge oder Metaphern. Aber wenn Sie ganz lieb »bitte!« sagen, erzähle ich Ihnen trotzdem noch das eine oder andere, als wären meine Gedanken von wirklicher Belangnis ...

Die Geschichten in dieser Sammlung bilden zweifellos einen interessanten Querschnitt meiner Kurz- und Mittelstreckenprosa von den frühen Neunzigern (NÄCHTLICHE BRÜCKE und FUTUR IMPERFEKT) bis heute (SCHWARZER SCHNEE und EINE FRAGE DER BALANCE). *Aber!* Als die Kollektion zum ersten Mal im Jahre 2006 in der geschätzten und sehr vermissten Edition Lucifer (wie auch später meine Novelle MORGENMENSCHEN) als Miniauflage das Licht der Welt erblickte, ahnte ich noch nicht, dass es noch eine weitere Verbindung der Erzählungen gab.

Diese Tatsache wurde mir erst bewusst, als ich mich an die Überarbeitung des Materials für die **Type:Writer**-Bibliothek machte. Eine Geschichte (DIE BRANDUNG UNTER IHREN FÜSSEN) entfernte ich aus der Sammlung, weil sie mir mit ihrem starken Technohorror-Bezug in einer anderen, in naher Zukunft erscheinenden Kollektion namens TECH NOIR – DIE DUNKLE SEITE DER TECHNIK passender erschien. Dafür nahm ich zwei andere Stories (STREIFLICHTER FÜR TOMMY und EINE FRAGE DER BALANCE) in die Sammlung auf. Und damit geschah etwas zugleich Seltsames und Wunderbares: Auf einmal kristallisierte sich ein Motto aus der Vielzahl der Themen und Inhalte der Geschichten heraus, etwas, das weder geplant noch vorhergesehen war.

Es war das Stichwort *Rache*.

Alle Novellen erzählten auf die eine oder andere Weise von einer Rache – manche sehr direkt, manche eher durch die Hintertür. Aber die Verbindung war dennoch laut und vernehmlich.

In SCHWARZER SCHNEE legt sich ein Fluch über ein Dorf, es ist die Rache für den Lynchmord an einem Wehrlosen. Danach rächt sich seinerseits der verzweifelte Hilferuf der Dorfbewohner nach einer Aufhebung jenes Fluchs – denn derjenige, der sich zur Hilfe bereit erklärt, ist niemand, den man zu hintergehen versuchen sollte. Nicht nur, weil diese Story in den USA spielt, würde ich sie als *straight-forward-good-old-fashioned-supernatural-Horror* bezeichnen. Die deutsche Umschreibung »schnörkelloser, altmodischer, übersinnlicher Horror« trifft es auch, aber hin und wieder ein Anglizismus schadet nicht, vor allem, wenn er zutreffend ist und gut klingt.

FUTUR IMPERFEKT spielt in einer Zeit, in der sich deutsche Allmachts- und *Über*machtsphantasien auf grausame Weise an der eigenen Bevölkerung gerächt hatten ... größenwahnsinnige Dunstbilder, welche die meisten Deutschen zwanzig Jahre zuvor nur zu gerne geglaubt hatten. Was letztlich das zweite Grundthema der Story ist. Was haben Allmachtsphantasien, Zeitreisegeschichten, Verschwörungs-Thriller und die Bibel gemeinsam? Simpel: man muss bei allen dreien manchmal einfach die pure Vernunft ausschalten und GLAUBEN, damit sie funktionieren. Ist dieser Glauben nicht vorhanden, aus welchem Grund auch immer, dann wird es nichts, weder mit der Weltherrschaft, noch mit Moses, Chemtrails oder dem Terminator. Interessant finde ich, dass Befürworter und Gegner sämtlicher Theorien sich in allen Fällen mit denselben Argumenten vergleichbar unversöhnlich gegenüberstehen. Immer wieder läuft es auf ein Abwägen zwischen dem Fehlen eines Beweises der Existenz von wertvollem Blut, Zeitreisen, Verschwörungen und Gott, sowie dem Deuten eben jenes Fehlens seinerseits als Beweis der Existenz hinaus. Schließlich würde kein Zeitreisender einen Beweis seiner Existenz hinterlassen dürfen, da wir sonst einem fröhlichen Zeitparadoxon entgegenlaufen, und – Hand aufs Herz! – was für eine dämliche Verschwörung wäre es, wenn es physische Dokumentationen für ihr Vorhandensein gäbe. Und von Gott wollen wir gar nicht reden.

Ich persönlich glaube, um ehrlich zu sein, tatsächlich an die Möglichkeit von Zeitreisen irgendwann in der Zukunft. Denn selbst wenn die Probleme des unvorstellbaren Energieaufwandes, der für eine künstlich hervorgerufene Raum/Zeit-Krümmung (*und die laut Einstein damit verbundene Manipulation des Raumzeit-Gefüges*) nötig wird, erst in 500 Jahren gelöst werden sollten ... hey, immerhin kommt es bei einer Zeitmaschine bekanntlich nicht auf die Zeit an, sondern nur, *dass* die Probleme gelöst werden. Und daher machte mir das Schreiben von FUTUR IMPERFEKT damals (wirklich *damals*, es ist die älteste Story dieser Sammlung, die

Erstfassung entstand 1993) jede Menge Spaß. Dass ich ein fast schon obsessives Verhältnis zu den deutschen Aufbaujahren habe, zur Adenauer-Ära und dem Wirtschaftswunder, ist nicht erst seit meinem Roman *Morgenmenschen* schwer zu leugnen. Daher muss ich auch nicht groß betonen, wie sehr mich der geistige Schnappschuss eines langhaarigen Mannes in moderner Kleidung, der eine Trümmerallee in der unmittelbaren Nachkriegszeit entlanggeht, verführt hat, diesem Bild ein wenig Leben zu verleihen.

EINE FRAGE DER BALANCE ist die jüngste Kurzgeschichte in diesem Buch und eine lupenreine Rachegeschichte. Ich schrieb sie 2012 kurz nach der Fertigstellung meines Romans DIE FREQUENZ DER ANGST. Was ich an dem Roman und dieser Story mag, ist die Unberechenbarkeit, die beide verbindet. Wann immer man glaubt, man hat sie festgelegt und quantifiziert, schlagen sie wieder einen Haken. (Und von einem mit Fischertechnik gebauten Kitzelapparat liest man auch nicht alle Tage.)

Jonathan Brock, die Hauptfigur von NÄCHTLICHE BRÜCKE wird das Opfer einer Verschwörung mit dem Ziel, die Opfer eines Massakers an der Bevölkerung eines Dorfes vor mehr als 30 Jahren zu rächen. Welche Rolle er und seine eigene Vergangenheit in diesem Drama spielen, wird ihm erst viel zu spät klar. Was ich immer wieder bemerkenswert an dieser Story finde, ist, dass ich bereits in der Erstfassung der Novelle von 1994 den Vergleich zwischen offensivem Jungunternehmertum und (*Wer*-)Wölfen zog, fast 20 Jahre vor Martin Scorseses brillantem Film THE WOLF OF WALLSTREET. Und außerdem: Ein Werwolf in Ulm an der Donau, wer kann *dem* schon widerstehen?

Genau *was* mich damals veranlasste, in DAS HOCHZEITSTAGSGESCHENK eine Parodie auf Mafia-Film-Klischees mit einer blutigen Emanzipationsgeschichte zu kreuzen weiß ich ehrlich gesagt nicht mehr... aber hatten diese beiden Genres nur schon immer aufeinander gewartet? (*So wie Rasenmäher und Rennsport eigentlich zwei Seiten derselben Medaille sind und nur in der LAWNMOWER RACING LEAGUE OF ENGLAND vereint werden mussten, auf dass sie fortan nie mehr getrennt werden konnten.*) Demnach entstand also die Geschichte von Frankie, dem Mafioso-Emporkömmling, der keine andere Wahl hat, als in eine unglückliche Ehe einzuwilligen und fortan seinen Frust an seiner schüchternen Frau auslässt ... bis der Spieß umgedreht wird und er sich als Opfer einer perfiden Racheaktion wieder findet.

Manche Geschichten entstehen an ungewöhnlichen Orten und zu ungewöhnlichen Zeiten. Die ersten Worte von DIE FLUT (wie die Story WASSERSCHÄDEN zuerst hieß, huch, wie apokalyptisch-schwermütig) erblickten das Licht der Welt und die Mattscheibe des Computers ironischerweise an einem wunderschönen, sonnigen Spätsommertag im einzigartigen südkalifornischen San Clemente.

Stellen Sie es sich vor: Die Luft war vom leichtem Salzaroma des nahen Ozeans durchwoben, der Orangenbaum im hinteren Garten stand in voller Pracht, und ich konnte mir einfach nichts Perfekteres vorstellen als diesen wunderbaren Zeitpunkt im Sunshine State von La-La-Land, wo ich das Glück hatte, ein wenig Zeit meines Lebens verbringen zu dürfen.

Die Antwort auf die Frage, was an so einem erhabenen Nachmittag schief gehen könnte, lieferte ich mir selbst mit dieser grimmigen Geschichte, die von der Rache eines geborenen Verlierers an der Gesellschaft erzählt. Obwohl wir tatsächlich die Schmiede unseres eigenen Schicksals sind, ist leider eine Tatsache, dass manche Leute 60 Jahre lang jede Woche ihren Lottoschein ausfüllen und nie auch nur 10 lumpige Euro gewinnen oder für manche die Seychellen ungefähr so erreichbar bleiben wie der Jupiter. Genauso so gibt es auch Menschen, für die Liebe und Zweisamkeit immer ein Traum und eine Illusion bleiben werden. Im Höchstfalle bekommen diese Menschen, wenn Gott einmal einen seiner seltenen gnädigen Tage hat, einen kleinen Zipfel der Wurst zu fassen, können aber fest damit rechnen, dass ihnen auch dieser Zipfel eines baldigen Tages wieder entrissen wird.

Genau diese Menschen, nennen wir sie *Zipfel-entrissen-werder*, haben sich im Laufe der Zeit als die Hauptpersonen meiner Arbeit herauskristallisiert. Das war keine bewusste Entscheidung, muss ich hinzufügen – aber vermutlich einfach zu erklären: man schreibt letztlich immer über etwas, zu dem man einen Draht hat, ja, zu dem man sich zugehörig fühlt. Man sagt, das Hemd sei einem näher als die Hose, und die einsamen, traurigen Wanderer über diesen Planeten sind *mein* Hemd, und ich trage es gerne und immer noch, zumindest an der Schreibmaschine.

WASSERSCHÄDEN wurde übrigens innerhalb von knapp sieben Tagen niedergeschrieben und schmorte dann einige Jahre in der Schublade ... bis, nun ja, bis die Realität die Fiktion beinahe einholte. Zum Glück nur beinahe. Erst nach dem süddeutschen Pfingsthochwasser im Jahre 1999 (*als nur noch fünf Zentimeter Damm die Flutwelle des ansonsten beschaulichen Flusses Iller abhielten, das kleine Dörfchen Illerzell, in dem wir damals lebten, nachhaltig unter Wasser zu setzen*) beschloss ich spontan, mich wieder mit der Story zu beschäftigen. Dabei bekam sie auch mit der von Herzen kommenden Widmung an die Jungs der freiwilligen Feuerwehr Illerzell, die sich damals wirklich mit aller Mühe gegen die Fluten gestemmt haben und ohne die alles noch weitaus schlimmer verlaufen wäre, ein passendes I-Tüpfelchen zu verpassen.

WARTEN AUF KAROLA dreht sich um das Gift, das Worte in unseren Seelen anrichten können, wenn sie zur falschen Zeit von der richtigen Person gesagt werden und in unserem Unterbewusstsein auf fruchtbaren Boden fallen. (Eigentlich sollte Warten auf Karola der Prolog zu einem Roman werden, der jedoch nie zustande gekommen ist, steht jedoch auch alleine gut da.)

STREIFLICHTER FÜR TOMMY entstand 1998 und wurde von einem Song der legendären Gruppe »Spliff« inspiriert (»Deja Vu!«); es war mein Beitrag zu einem lokalen Literaturwettbewerb. Die Story gewann nicht, seufz, grummel, mecker, und irgendwie setzte sich deswegen in meinem Kopf die Überzeugung fest, das Ding sei wertlos. Mein Unterbewusstsein war anderer Meinung, und deshalb überlebte sie bislang jeden Umzug auf einen anderen Computer, während Dutzende anderer Doc-Files und physischer Manuskripte in die ewigen Datengründe eingegangen sind (manche leider, manche zum Glück.) Beim ersten Sondieren stellte ich fest, dass mein Unterbewusstsein Recht hatte. Und so landete STREIFLICHTER FÜR TOMMY in dieser Sammlung, keine direkte Rachegeschichte, aber dennoch dem Thema Schuld und Sühne sehr verhaftet.

Abgesehen vom meiner Frau, meinen Katzen, dem Schreiben und der Arbeit im Tierschutz spielt in meinem Leben die Musik eine große Rolle (und das nicht nur durch meine langjährige Verbundenheit mit dem Musikhaus Klier in Nürnberg, lange Jahre praktisch meine Zweitfamilie.) Reden wir also über Musik, und zwar in diesem Falle nicht von einem aktiven, sondern einem eher passiven Standpunkt aus. Egal, ob man ihre Arbeit nun mag oder nicht, ob man sie später zu kommerziell oder anfänglich zu atonal findet, so gehört neben Kraftwerk, Amon Düül, Popol Vuh, The Can oder Birth Control auch die deutsche Gruppe Tangerine

286

Dream zu den großen Pionieren experimenteller (in ihrem Falle elektronischer) Klangschöpfungen.

Mich faszinieren vor allem die frühren Arbeiten der Gruppe, die einem spannenden ersten Ausloten der Möglichkeiten, die elektronische Musikinstrumente dem Musiker bieten, gleichen und mich immer an die Strahlen von Taschenlampen erinnern, die durch einen vorher unbetretenen Raum gleiten (sehen Sie, da war doch noch eine Metapher. Huch, die kam aus der Tiefe des Raums!)

Daher besitze ich besitze noch einige der alten Tangerine Dream-LPs. Für alle nach 1995 geborenen: das sind große, schwarze Scheiben, die als Tonträger dienen, also prinzipiell so etwas wie CDs, nur werden sie mit Hilfe von Nadeln und nicht Lasern abgespielt. Unter anderem gehört auch der seltene Soundtrack zu William Friedkins Thriller THE SORCERER, dem schweißtreibenden Remake des grandiosen Henri-Vernuil-Klassikers LOHN DER ANGST mit Ives Montand, zu meinen Schätzen.

Warum ich dies erwähne? Auf dem Albumcover jenes Soundtracks ist ein englisches Gedicht abgedruckt, das es mir sofort angetan hatte. (Jenes Gedicht stammt übrigens, wie ich nun weiß, vom Regisseur des Films – dem großartigen William Friedkin, dem wir Meisterwerke wie FRENCH CONNECTION, LIVE AND DIE IN L.A. oder auch DER EXORZIST verdanken). Das fragmentarische Wortgeflecht beginnt mit den geheimnisvollen Worten *In the bottomless silence*, also *In der bodenlosen Stille*, und darin stößt der Leser auch auf die Textzeile *into a Midnight Dawn*. Dieses seltsam beunruhigende Bild einer mitternächtlichen Dämmerung spukte mir dann so lange im Kopf herum, bis schließlich die Story MITTERNACHTSDÄMMERUNG daraus entstand, die schließlich sogar zum titelgebenden Stück der Kollektion wurde. Das kurze, aber irgendwie starke Stück beginnt wie ein Fotoroman in der Bravo, bevor es das Schicksal genetisch programmierter Racheengel beleuchtet.

Jeder Autor hat ein oder zwei Lieblingsstücke unter seinen eigenen Arbeiten. Bei mir handelt es sich dabei um den schon mehrmals erwähnten Roman MORGENMENSCHEN, den ich mit tiefer Inbrunst liebe und hege und pflege, und auch die letzte Facette dieser Sammlung: KOPFGEBURT.

Manchmal macht es solchen Spaß, sich einer Grenze spielerisch zu nähern. Aber manchmal macht es noch viel mehr Spaß, sämtliche Grenzen einfach rigoros platt zu walzen, als würde man einen Bulldozer steuern und keinen Textcomputer. Und genau das habe ich beim Schreiben dieser Geschichte bewusst und mit heller Begeisterung getan. Ich fuhr meinen geistigen Bulldozer schneller, härter und auf abstruse Weise komischer als je zuvor (*und bevor mich jemand fragt: ja, das ist eine Parodie auf die berühmte Zeile aus dem Tom-Cruise-achtziger-Jahre-Streifen TOP GUN*).

Nicht, dass man mich falsch versteht: Die Grundidee, um die sich die Story dreht, hat eigentlich nichts Komisches an sich, ganz und gar nicht. Sie mag auch nicht neu sein. Denn, wie es der alte Witz sagt: *Warum werden Frauen seit Jahrtausenden unterdrückt? Weil es sich bewährt hat.* Daher wurde es für mich Zeit, lächerliche maskuline Verhaltensweisen und Vorurteile zu pervertieren, eine tiefere Moral aus Schleim zu erschaffen und einen triebgesteuerten Frauenhelden seinen Meister (oder eher, seine Meister*in*) treffen zu lassen und ihn am eigenen Leibe erfahren zu lassen, wie es sich anfühlt, ausgenutzt und dann sitzen gelassen zu werden. Das alles hatte wider Erwarten etwas derartig halluzinogen Beschwingtes an sich, so dass ich beim schreiben abwechselnd leise kichern oder laut loslachen musste, was mir weder vorher noch danach *je* passiert ist (abgesehen vielleicht von der Partyszene in DIE FREQUENZ DER ANGST, die bei aller Peinlichkeit auch irgendwie hochkomisch ist.)

So, und mit dieser Selbstoffenbarung war es das nun wirklich.

Ehrlich.

Ich höre jetzt einfach auf.

Das merken Sie spätestens an den leeren Seiten, die noch folgen... oder folgen würden, wenn noch Seiten kämen, was jedoch nicht der Fall ist. Denn, um noch einmal Sartre zu bemühen: *das Spiel ist aus*. Die Klappe ist zu. Die Rakete geputzt. Die Palme gewedelt. Der Frosch im Mixer. Und das Ei an die Schiene genagelt.

Noroc, prietenii mei!

Bucuresti, Juli 2015
S.A.M.

P.S. Sie können mich mal ... und zwar gerne jederzeit im WWW erreichen, wenn Sie wollen. Alles Wissenswerte und auch Wissens*un*werte über mich und meine Arbeit finden Sie unter:

www.Facebook.com/SaschaAndreMichael
oder
www.facebook.com/TypeWriterBucharest

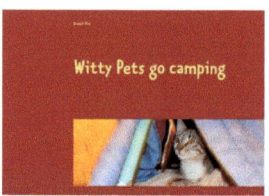